国家出版基金项目
NATIONAL PUBLICATION FOUNDATION

何紹基日記 ❷

甲辰 庚戌

〔清〕何绍基 撰

整理人 毛健 尧育飞

岳麓書社·长沙

道光廿四年

元旦 　（2月18日）寅初起，二刻入内，值上由堂子回宫。于翰林署西，恭候久之，始得过。辰刻，御殿受朝贺。今年同衙门到者颇多。巳初回家拜年。写《和潘师相重游泮宫》诗。午正后出门，各老师处并顺路拜年，城内外俱到。止孙兰检处，下车一谈耳。归，饮春酒，寿珊侄倩同坐。

初二日 　（2月19日）早，写《黄庭》册毕。饭后拜年，百数十家。龙兰簃处主人未回，独坐西园中久之。申刻归，吃鱼面。复出拜数十客，归，遂暮矣。今日各铺户祭财神，炮仗最热闹。

初三日 　（2月20日）忌辰不拜年。写小楷多。申刻到厂市，为王鲁之买书，止得《宗镜录》一种耳。归，过一樵话。赵心泉处夜饮。

初四日 　（2月21日）早复鲁之书，寄去《宗镜录》《指月录》《医宗金鉴》《净土圣贤录》。

并寄陶子立书。早饭后出门拜年，由西而东，穷日之力，不免惫矣。归，得子立书。

初五日　（2月22日）早，检理字画，午间方歇，仍未清也。未刻朱伯韩来谈诗甚久。到汇元堂赴何小峰约。归，写小楷不十行。夜饮刘小竹处，果子狸不解所谓。杨石涝新移居庵中，亦得晤。归甚迟。

初六日　（2月23日）早拜客。至翁玉泉处，下请先生帖。张翼南处少坐。周朗山尊慈寿，拜寿吃面。午刻到火神庙，买得《来禽馆集》。郑板桥竹幅题云："新篁几叶知何似，却是空中燕子飞。"殊有逸致。仍出厂东门拜客归。写小字数行。夜饮朗山处，金玉堂清音。

初七日　（2月24日）早剃发。饭后，街南拜年全完。吕鹤田处话。归，写小字数行。方少穆来话。夜请同乡王义亭司马、易念园比部、周华甫农部亲家、曾笛生侍讲、杜兰溪农部，黄黻卿、恕皆两编修昆玉饮。子愚在赵少言处饮。

初八日　（2月25日）早到条三处，为寿文事。朱伯韩来话，留早饭。午间写大字。送鹤田尊人挽联。申刻出门，拜曾笛生祖母太年伯母寿。至厂买得船山诗幅，归。夜饮翁玉泉处，酒后放炮仗，打锣鼓，大有孩童之乐。难得。

初九日　（2月26日）早到翁寓，拜邹庚南先生。归，过赵伯厚、张石州，俱未起。早饭后，先生来，杏、泉、联三侄上学。午刻到厂肆，有董香光直幅未买成。归，作小楷数行。复石梧书。夜请谢方斋、陶问云、朱霞峰、翁玉泉陪先生。月渐佳。

初十日　（2月27日）早写楷册二开。陈岱云断弦往唁。早饭后，至火神庙，买得董字二件。进前门拜客甚苦，路远而风大。止杨子言处一坐耳。归已昏暮。饭后看张石舟、赵伯厚，共话，归。根云来话。

史致鄂，字士良，江苏溧阳人。

十一日　（2月28日）早作楷。早饭后，进城由前门至齐化门、安定门、得胜门，各路拜客。出顺城门，归。夜约刘子豫、陈颂南、史士良、赵伯厚、庄味笙、张十洲饮。子愚赴兰检席，余未能往也。今日厂肆买得石庵四大字扁。

十二日　（2月29日）内子生日。有女客，唤集秀清音。伯厚、寿臣来晚饭。午间到蔡春帆、翁玉泉两处，拜其慈寿。会馆拜陈忠洁公生日。天大暖，倚歌至夜分，散。

张即之，字温夫，号樗寮，历阳（今安徽和县）人，南宋书法家。

十三日　（3月1日）早，进城拜年，穷日之力，抵暮始返。李竹朋处，张云间大字横幅甚佳。李季云处，张樗寮书苏子由《坟院记》，宋墨精妙，可宝之至。又王麓台画，大小十余轴，俱精。宣炉罗列，静雅无比。归，写小字。夜饮蔡菱洲处，花极多，辛夷盛开，鼠姑有极艳者。食鹌鹑，美。

十四日　（3月2日）早写楷册，临《黄庭》，今年第二次矣。午间，母亲往才盛馆。乙未会榜团拜，余与子愚先后往。余先到文昌馆拜万藕舲学士慈寿。将上灯，出至厂市，携字画几件归，有新罗山人画《举杯邀月图》佳。

万青藜，字文甫，号藕舲，江西德化（今九江）人，工诗文、善行草。

十五日　（3月3日）早过徐星斋话。进城至秋曹牛镜翁处，留饭，饮米露虽佳，气往上的。出前门至火神庙，无所得，归。未初赴李晴圃才盛馆席，一饭归。夜饮苏赓堂侍御处。酒后颇困倦。子愚今日消寒会。元宵酒都不在家吃，亦奇。

十六日　（3月4日）早作楷，刘小竹册纸殊佳。早饭后拜客。过厂店，买得钞书目一套，小唐镜一方，到东头一路归。夜赴易念园、汤海秋约。午后天阴无日，夜无月，有微雨。

十七日　（3月5日）早写楷册。饭后进城，兼补城拜年。并买酒，归。兰检来话。

十八日　（3月6日）早写楷册。早饭后到湖广会馆，同乡团拜。天气阴凉，看极佳，惜演剧二簧太多耳。桂、杏两儿亦往。

十九日 （3月7日）早至条三处，问姻伯母病，服华陀庙仙方而愈，所开方前后极有层次，所谓诚则灵也。丙申同年团拜，在才盛馆，演三庆部。上灯后，有《观音戏目莲》一折极丽。买得酒甚佳，共用三坛而已。母亲是徐新斋家请。子愚是梁矩亭请。桂儿等夜往看灯戏。

廿日 （3月8日）早到李晴川处，为丁松岑求寿文事。由厂市归。魏条三来话。午间拜阮仪征师八十一寿。至石州处话。文昌馆陈淮生请。归家楷册。

廿一日 （3月9日）早到文昌馆，定二月二十七日东楼三席。书坊携得《唐伯虎画谱》归。风大扬尘。午间吕鹤田处吊，董老四处吊。归，写字。夜饮曾笛生处，有湘乡萧礼容石刻草字《学堂谱》，颇有得，惜其人已老耳。

廿二日 （3月10日）早到伯韩处话。过兰检处。归饭。午时进城。卓师相、汤相国丈两处道喜，皆娶孙妇也。申正归，仍至叶宅上祭，有挽联。又送陈岱云夫人挽联，以其刲肉疗夫也。夜饭后，到笛生处话，有伯韩、椒生在座，亦饮数盏。夜冷。得子敬常德信。

廿三日 （3月11日）早上馆。午初出城。由厂市归。写大字多。赵伯厚、张石洲、庄卫生、白晓庭来，夜饭。黄寿臣不至。

廿四日　（3月12日）写楷册。到厂肆，周介夫升庐凤道，道喜。归，与子愚往魏家拜太姻母寿。吃面归。庆堂来话。文昌馆赴乔鹤侪席，一饭行。至上斜街，看寿臣新居，甚清敞可爱。归，仍至条珊处，听清音，饮寿酒。忽得大雪，亦奇。

廿五日　（3月13日）早入城，拜裕余山制军。晤星垣世兄。由小山处话，归。昨雪约四寸矣，今日晴亦可喜。写刘□岩尊人挽联、花思白祖母挽联。夜饮赵平山处，冷。

廿六日　（3月14日）早上馆，甚冷。雪后阴晴未定，又有风也。午间归饭。夜至厂肆，过寿臣不遇。心泉处闲话，梅花三盆尚佳，可贵。陈鼎求书。

廿七日　（3月15日）早剃发。刘世兄竹林来。花思白处吊。早饭后，张诚斋太守来，借阅《归批史记》。湖广会馆公请裕制军，演三庆部。未刻，至天和馆，己亥世兄团拜请。归，过汇元堂，定二月二十一日席二棹。根云来宿。阴天夜冷。

廿八日　（3月16日）早阴寒不浅。写《内景经》毕。到条三处，晤西亭一话，归。与陈海阳书。石舟、杏农先后来话。至厂市取对联。夜移樽至寿臣新居饮，晓川、小竹、伯厚同座，倚歌一曲。

廿九日　（3月17日）早，条珊来问医，即上馆。领□办文□恭公传，仍为《河渠》底，未及他顾也。两提调俱未至。午正饭后出城。徐保山放太守，道喜。归，刘小竹来查台历。客来不歇。申刻出，看官菜园屋。夜约晓川、琴鸥来，同根云饮。

卅日　（3月18日）早写《西园雅集图记》。午间过郑小山、朱建卿、魏条三、苏赓堂处。归，客来不歇。写大字多。小山来晚饭。庄肖梅至。

二月

初一日 （3月19日）杨杏农来早饭。饭后，彭松屏来。午间王晓林师处拜寿。回拜陈竹伯。又魏征容观察处道喜。送倪丈行。归，风沙大，吹人倦甚。

初二日 （3月20日）早未出。午间，蒋家道喜，侄外孙女传官周岁也。桂儿侍二娣去吃面。晤兰簃一话，归。客来多。夜饮伯韩侍御处，散后，送杨杏农至□店，复一话，归。

初三日 （3月21日）早上馆。午刻饭，复出东华门，拜客。出海岱门，晤庄肖梅话。至会馆拜文昌会。归，复至条珊处，为药方事。夜赴赵心泉席，陪金年伯。

初四日 （3月22日）早阅课文十二篇。早饭后至文昌馆，辛酉年伯团拜，请年侄也。两排共七席。同日王咲山请天和馆，止子愚去耳。归，杏农来晤。

初五日 （3月23日）先公忌辰四周年矣。早雨，旋

李伯時效唐小
李將軍為著色
泉石雲物州木

花竹皆絕妙動
人而人物秀發
各肖其形自有

复雪颇大，地上融□。下半日稍晴见日。夜话条三处。

初六日　（3月24日）早过徐樵生话。即上馆。午刻出城，到汇元堂，黄征三、宋小墅、蔡鼎臣请也，一饭后略坐便归。申刻复出，晤杜兰溪，为梅生□学□卷事。过刘小竹、杨石涝，俱不在家。

初七日　（3月25日）早剃发。闻魏姻伯母于子刻去世，怆叹之至。即往看苔珊，抱头一哭。归饭后，由厂肆回拜数客。拜常南陔廉访不值。由大川店庄卫生处话。道汪梦塘廉访喜。归写丁松岑母寿屏六幅。椒生、誉侯来话。唐天森世兄来。

初八日　（3月26日）早往晤常南陔。寿臣处早饭，饭后，同至报国寺话，同车归。寿臣去后写屏，客来不歇。夜约贺丹麓丈、徐樵生、杨杏农便饭。南陔廉访适来，即同座饮，颇畅。南陔言张叔未之侄有初拓《大观帖》，系砚山斋物。不审何日得见也。得石梧书。

初九日　（3月27日）早上馆，到馆者十余人。午刻饭后出城，由厂市归。兰检处送贺礼。写大字。夜饮兰检处。

初十日　（3月28日）早作楷字横幅。早饭后，魏家上祭。午刻，到湖广馆同乡公请常南陔，演三庆部，酒甚佳。归会数客。夜至兰检处，吃续弦喜酒。

十一日　（3 月 29 日）早，回拜数客。访南陔不值。由厂市归。写字多。李梅生孝廉到来，可喜之至。夜饮刘蓉峤处，醉归。与梅生谈，至丑正。

十二日　（3 月 30 日）起甚迟，昨为酒困也。午间赴黄蔼如上公文昌馆席。庄卫生处辞帖，子愚往。夜饮赵子舟处。复至陈颂南处饮。有月归，林香溪来到，畅话。

林香溪，可能是林昌彝，字芗溪，福建侯官（今福州）人。

十三日　（3 月 31 日）早至贡院送考，学正点名甚爽快。过杨子言处。早饭到馆。午刻出，送裕制军行。出城，赴曹二兄才盛馆席。夜饮寿臣处。

十四日　（4 月 1 日）早过倪梅生，同文堂陶问云，遇小雨。归，饭后至报国寺，小雨不歇，衣履颇沾湿。今日公祭顾亭林先生。并为陈颂南侍御做五十生辰。同集者苗仙露明经，苏庚堂、朱伯韩两侍御、汤海秋郎中、王少鹤农部、赵伯厚宫赞、潘季玉上舍、张石洲明经、庄卫生、冯敬亭两编修、杨杏农孝廉、杨子言上舍、罗椒生侍读，与颂南、子贞为十五人。子贞撰祭文，敬亭写，颂南主祭，伯厚读文。祭后，谈宴极欢而散。天已暮矣，余最后归，一切皆承办也。夜饮袁学三处。大同东河不得合龙，严旨□斥。

潘曾玮，字季玉，江苏吴县（今苏州）人，工诗善书。

十五日　（4 月 2 日）公车来者不歇。同药舲、范□□在此早饭之后，写大字极多，臂腕为之疲茶。

因连日耽阁，致积楮难清也。作书寄阮师相，并王而农先生书十套，求师作序，顾祠求作记，祝敬一封，均交张澄斋带去。晚出，送澄斋、南陔行。饮史士良处，酒佳。

十六日 （4月3日）早上馆，午初归饭。李雨门来话。写屏八幅，看苕珊去。王子溪、林香溪两门人来，同夜饮。得倪朗峰书。牛镜翁出狱，豫抚差遣。

十七日 （4月4日）收拾里外沁沟动工。早拜数客。午间，道杜芝翁总宪，牛镜翁出狱，李芝师大宗伯喜。由厂市至汇元堂赴李季云席，又至会文堂赴□鹄臣席。过苏庚堂，携字画归。杨漱云来，并留杏农同饭。

十八日 （4月5日）早写屏。清明上祭。早饭后，侍母至文昌馆，翁家请也。余亦就潘顺之兄弟约，看黄寿臣，唁其兄丧。晤赵伯厚、张石洲，商亭林祠祭文。晤陈颂南，回至文昌馆归。

十九日 （4月6日）早上馆。午刻到会文堂，华甫亲家请春酒也，一饭归。写大字。复出，游厂市，过鹤龄处看字画归。

廿日 （4月7日）早入城，过寿臣，至牛镜翁处，话小山处。至厂市归，写仓家屏完。出拜数客，小山来夜饮。

廿一日　（4月8日）早，华甫新居道喜，有海棠竹子。周芝台处吊其断弦。过周介夫观察，昨已出京。徐樵生处话。到汇元堂请客，刘蓉峤、杨介亭、王翰乔、赵少言、王曼生、赵心泉、蔡菱洲、徐心斋、袁学山、翁玉泉，卓鹤溪辞。有夜剧，余先回，子愚陪至散。

廿二日　（4月9日）早作书寄子敬，由云贵提塘去，昨得万里来书也。虽如面谈，我心如结矣。计此时才得到任耳。苏庚堂转科、陈子鹤得副宪道喜。归，陈颂南请报国寺饮。归，写大字多。夜复饮王若溪处。

陈孚恩，字少默，号子鹤，江西新城（今黎川）人。

廿三日　（4月10日）早杜云□洗马处道喜。牛镜翁不值。上馆。午饭后出城。到各会馆回拜。甚暖。至才盛馆拜庄卫生严寿。归写大字，颇倦矣。

廿四日　（4月11日）早至厂市。归，回拜江龙门不值。早饭后，文昌馆拜丁松岑严慈寿。饭后归。客来多。复往□母亲，是汤家请也。写对子数十幅。夜，刘小竹约饮寿臣处。醉后写大对十余付，更醺醺矣。

江开，字龙门，安徽庐江人，工诗善文。

廿五日　（4月12日）早晤小山，由厂市取回《钱氏全书》并小册，自书赠牛镜翁者。饭后镜翁来话别，取《楞严》两种去。才盛馆甲子团拜。又辛酉请张诗舲方伯。并赴戚丽伯仪曹楼上席。祝荀伯处拜其严寿。看黄寿臣小郎病。文昌馆拜杨简侯严寿。归写大字。回拜徐戟门、孙丈，归。夜饮荀伯处。

张祥河，字诗舲，江苏娄县（今上海松江）人，工书善画。

廿六日 （4月13日）早上馆。先到铁仁山前辈处吊。送镜翁行并册叶。归，饭后复出。何杰夫严奠。魏苔珊慈奠。归，赵心泉赠《法苑珠林》。杨漱云夜话。得龙石书并寄。

廿七日 （4月14日）早写大字，剃发。早饭后到文昌馆拜仓少平严慈寿。母亲楼上搭五席请女客。申刻我到才盛馆拜路小舟严寿。仍回文昌馆夜饭。灯后始散。而腹中饥甚，到家进酒一壶，饭一碗。

廿八日 （4月15日）早访晤魏默深。于海秋处看寿臣，并晤石洲。归饭，清《守山阁丛书》。文昌馆赴方子箴席。少坐即归。写大字多。傍晚到丁竹溪处寻印林不值，旋晤于石州处，并郑浣香俱得见，疏快无比。饮王鹿平处。亥正过博古斋遇老贾，约明早有□拓看。

郑复光，字浣香，安徽歙县人，通西洋历算。

廿九日 （4月16日）早，往看有宣和年制雁足灯，颇有趣。上馆，带《廓尔喀纪略》十本。纪略者，想是未成方略，故无刻本。侯荣唐前辈到副总裁任。午刻，饭后出城，拜邬太先生。归，韶女生日，有馄饨吃。写大字。申刻，文昌馆拜张星伯同年严寿。拜海秋严寿，即留吃寿酒。龙门、石舟诸君俱在座。金玉相晖，饮甚乐。清音至夜分始散。

卅日 （4月17日）早起复倦睡。久之，默深、卫生来早饭。侍母至文昌馆，易家请也。看老贾新得卷册，无佳者。才盛馆饭，张振之、许信臣、罗椒生、龙兰簃得差，四人公请，子愚同在。归，写大字甚多。夜饮黄黻卿、恕皆处。

初一日 （4月18日）早阅课文并会客。早饭后出门回拜。才盛馆刘晓川请。又甘石安请一餐。两谢归，写大字多。夜与邬先生、周寿珊饮。出至厂市，一无所见而返。

初二日 （4月19日）早回拜孙世叔、吴荀慈、□雨山。□雨山处，看邹县葛山图。山，六朝摩崖，信伟观也。归饭后，默深谈甚久。客来不歇。写大字多。夜话石舟，乃默深处。印林带来未谷先生《说文证义》，初次清本。

初三日 （4月20日）早回拜张仲迈。即上馆。午饭后出城，过厂市，带回闵正斋《豆棚闲话图》，及恽道生松竹幅。伍世伯处、陈子鹤尊慈处，俱拜寿。汪梅村未□，条珊处话，归。刘五峰来话。写大字。汪纯伯、贾□园来便酌。

闵贞，字正斋，江西南昌人，清代画家。
恽向，字道生，江苏武进（今常州）人，明代画家。

初四日 （4月21日）早拜陆立夫方伯未晤。到讷制军丈处话，即留吃肉，大有古人燔黍捭豚之意，惟苦烧酒醉人耳。归写小字数百。才盛馆拜陈石珊祖寿，一饭归。夜饮仓少平处。

初五日　（4月22日）早过伯厚，遇石洲于路，得观全谢山先生校《水经注》本，殊苦少所发明。看来《水经注》竟不得有善本妙注也。检点衣物。阮七兄、杨漱芝来话。

全祖望，字绍衣，号谢山，浙江鄞县（今宁波）人，清代学者，曾七校《水经注》。

初六日　（4月23日）寅初起，寅正上车，卯初到午门前听宣。约一二刻许，即得旨。正考官陈□俊，副考官文庆、徐士菜。会试止三总裁，又不派大学士，从来所无也。房考中，同乡得四人。散后，到国史馆。许信臣言：穆相国师，于郑邸见□度康石拓，亦不知真否也。归，返厂市，携□券帖归。伯厚、石洲来索饮。默深、卫生亦至。写楷册。晚回拜梁山□、刘五峰。过赵心泉处便饭。梅生今午进小寓。子愚弟不进场，殊为澹爽。而外人多议论，听之而已。

初七日　（4月24日）晨过杏农、仙露。仙兄谓："自西徂东"，当作"自东徂西"，方与韵合，殊妙。归写大小字竟日。桂儿看梅生小寓去。大风得雨。

初八日　（4月25日）早，雨住天晴。过赵心泉拜其母寿，未得晤。过古迹斋买得小集三种。到贡院送考。点名甚快，搜检松活，一切平安。午正后归。

写楷册。兰检、晓庭来饭。而我在心泉处吃寿酒，亦薄醉矣。

初九日 （4月26日）早上馆颇冷。午初出，到杨子立处饭。园中叶渐成阴，清得有趣。出城过厂市，送熊壁臣行。刘小竹处道喜，以同知拣发广西，借补知州也。与蓉崌之郎论写字法。过赵伯厚、张石洲。归，周华甫来久话。夜月佳。程蓉伯来话。子愚饮兰检处。

戚贞，字子固，号小蓉，浙江钱塘（今杭州）人。

初十日 （4月27日）早小竹来话，并看帖。戚小蓉从饶阳来。早饭后，拜周观察丈，杨介亭慈寿。笛生处话。归，写大字颇多。晚看寿臣乃郎病。饮椒生处。夜洗足而寝。计足不见水，四阅月矣。厂市买得光和□拓本。

十一日 （4月28日）午拜华甫亲家生日。即到举场送场，比头场更松快矣。午正归饭。与杜蕉林游崇效寺，牡丹清息尚早也。大暖不可耐。归，阅蔡香祖孝廉《沧溟出险图》，并书□奇游也。夜赴程蓉伯约。同子愚去。竹几、竹案，殊潇洒。

蔡廷兰，字香祖，号秋园，澎湖人，为澎湖首位进士。

十二日 （4月29日）早，为李少峰题《退食授经图》《秋灯课读图》《汪写园丛桂堂图》《驻春图》，得诗四首。午间写大字甚多。许信臣来话。傍晚出，回拜数客，归。张振之得司业，道喜。

十三日 （4月30日）早上馆。□□□二人至，甚静。午刻出，至梅生小寓饭。未刻归。写大字楷册。

华甫、伯厚、卫生来便酌。酒后同出，步月看云，夜分始返。

十四日 （5月1日）早起倦甚，复少睡方起。黄勿庵司马来，运皇木差，自前年二月在江南一别，今甫至京也。赵心泉来话。傍晚出，至寿臣处，看其三郎病。卫生新居颇宽敞，后院有无字石碑。夜月佳。

十五日 （5月2日）早剃发，写扇。今日寿珊侄婿移寓后院，树色殊清朗也。到籐轩处商量刻《宋元学案》事。归，写条幅。

十六日 （5月3日）早上馆。到者尚有恽老六耳。午刻饭后出城。梅生出场，贺丹翁及余、易、杨、徐诸君同来。共游法源寺，看屋别去。苕珊处共蒨园话，归。杏农来晤。夜饮庄卫生处，酒尚可呵，月不甚好耳。

十七日 （5月4日）早过默深，见其《海国图志》稿数篇。海秋适丧女。黄寿臣三郎已愈。归饭后，回拜各客。晤汪梅村、孙兰检。归，印林来吃点心，见《黄庭》帖跋有刘淇，曰此济宁人也。因检州志，果得之。吾日来为诸客络绎，遂将暮矣。写楷册二开。夜香溪来谈，至子初始去。

刘淇，字武仲，号南田，祖籍河南确山，居于山东济宁。

十八日 （5月5日）早到厂市，携石谷《梧竹图》，桂岩小山写□幅归。早饭后冒雨出。毛子刚处吊伯雨侍郎师。周铁臣处慈奠。各处回拜。叶昆臣、方少牧处话。归写楷册。又出订席。即过杜兰溪、张石舟处归。

十九日　（5月6日）早。文昌馆定席。上馆甚静。午初出，至宴汇堂拜邢五峰师慈寿。一饭归。写楷册。张石舟来话。傍晚回拜周年伯。过印林不值。夜写扇十余。

廿日　（5月7日）早回拜数客，归。早饭，写大小字俱多。下午到周朗山处，看唐六如、董□翁画册，六如《桃花庵图》、文衡山《蜀道图》均佳。心泉再晤。由厂市归。夜与子愚饮刘蓉峤处。

廿一日　（5月8日）早，印林来晤。余到报国寺归，晤□雨山，连会诸客。早饭后，天和馆赴陈酉峰席，客皆丙申同年。一饭后至报国寺，印林补祭亭林先生，以亡友俞理初、沈子敦、陈东之、张亨父配食。因请数客李启亭、苗仙露、王䑘轩、赵伯厚、张石州、陈□亭、魏默深及余也。余呼庖代办。幸天气不太热，人倦甚。

廿二日　（5月9日）早写字。饭后，文昌馆乙未乡榜团拜。汇元堂福建门生公请天和馆。孙兰检请，竟日录录，殊少佳趣。归写楷册数行。复出，至子舟处话。

廿三日　（5月10日）早上馆。午初出，至杨子言处。与伯厚、鲁川同坐。饮后，围棋。余先出城，归。

廿四日　（5月11日）早颇静。默深来早饭。饭后客来不歇。午刻出。汇元堂辛卯同年团拜，共三十二人。宴寿堂查世兄慈寿。晤阮五兄，知南园先生《五马图》尚在此也。文昌馆杜云□、高续□方伯公请晚席，止我一客耳。蒋誉侯处道喜，其次男婚事也。杏农来夜话。

廿五日　（5月12日）写扇甚多。作《郑云麓集序》。午刻出，晤寿臣，由厂市归。默深处看其画五印度图。访印麓，值夜饮。徐戟门来。

郑开禧，字迪卿，号云麓，福建龙溪人。

廿六日　（5月13日）早上馆。谢云遇赴挑来憩，因查其令曾祖传。午刻出天和馆，郑世兄训芳慈寿。饭后归，甚热。今日大挑头一天，东华门外车满矣。前门口亦拥挤之至。早间先到吴师母处送行。冯鲁川处未起，陈寿卿处一话。吊博霞庵侍郎，与策翁一话，方到馆也。夜林香溪、贺丹翁、黄西斋来话。

陈介祺，字寿卿，号簠斋，山东潍坊人，著名金石家。

廿七日　（5月14日）早到湖广馆、文昌馆。归饭后，写楷册。今日子愚移寓南院，上房裱糊。夜饮杜蕉林给谏处。

廿八日　（5月15日）早，看陈秋门前辈。遇蒋誉侯亲家。厂市买得龙□小诗卷归。饭后看裱糊及木工。写对联多。朱伯韩、魏默深来话。

廿九日 （5月16日）早上馆。至东华门，门者不令仆人入，余遂亦不入。内城东西拜客。出海岱门，至何晓枫处饭。饭后，由各会馆回拜，蔡菱洲处一话。冒雨归，写扇数柄。走看性农，邀同来饭。酒后同做诗一首。此地有兰有竹，得"修"字，颇不好做也。昨日得子敬正月书，今日得石梧书。

初一日　（5月17日）移床北屋。收检一切。又内子病发，甚闷烦也。抵暮回拜黄又园，不值，归。贺丹翁、徐樵生来便饭，颇醉。

初二日　（5月18日）早起，复困睡。午后到文昌馆，请福建门生共三十三人，己卯世兄三人，共六席。散甚早。夜饮刘小竹处。

初三日　（5月19日）阴雨竟日。写条幅，客来而罢。请魏默深、丁俭卿、许印林、郑浣芗、苗仙露、王麇轩、厚堂、赵伯厚、张石洲、林香溪、姚野桥、孙柳君、江龙门、杨性农、李棠庭、陈念亭、汤海秋。雨阻不至者三人：仙露、凌厚堂、麇轩。先辞帖者三人：蒋子潇、汪梅村、潘季玉也。雨透而谈宴亦酣。余亥正后倦睡矣。客在梅生处，未尽散也。

许瀚，字印林，山东日照人，精于金石之学，著名书法家。

初四日　（5月20日）丑时起，一路泥水至东长安门。天已大明，午门前恭接圣驾，由雩坛回宫也。

昨日先得透雨，钦征皇诚感召，年丰可庆。回家未卯正也。午刻至燕喜堂祝三□请，归。一路拜客。风极大，夜眠不得稳。

初五日 （5月21日）写扇。早饭后，蒋宅拜年伯母寿。回拜陈小坪直牧，宋杏友十兄晤话，翁玉泉处话。归，写大字多。清字画箱。晚至厂市，顺看赵心泉新居，留便饭。

初六日 （5月22日）晨，写大字。早饭后作楷十余行。文昌馆请客四席，皆公车也。子愚同往，早四晚二。申刻才盛馆山东乙酉世兄团拜公请，吃酒颇多。归后，至刘晓川处，与寿臣话。吃饭一碗而回。欲做诗而不果也。

初七日 （5月23日）早拜客至东草厂、西草厂，一路回拜江西、山东、山西、贵州四省小门生榜首也。归，早饭后，至文昌馆，同乡乙未同年京官六人公请，客共五席，只到四席。申刻到才盛馆，浙江辛卯世兄公请，湖南甲午同年请饭。归，写大字多。夜赴安香南前辈席。晤许珊林太守，言平度州天柱山铭摩崖上尚有大字一，壁斗绝，不可拓。亦从来所未闻也。杨杏农言：陈石珊处，有旧《皇甫碑》。

初八日 （5月24日）早，回拜数客，晤陈庆覃侍御，新从家乡来也。并晤龙门谈书法。归，饭后

十五日 （5月31日）早晴。看《庾子山集》。写楷折，竟日得三开。谒潘、穆两师相，俱未见。寿臣晚始来。

十六日 （6月1日）寅初起饭，寅□天大亮，入内，卯正始上殿。考试差者，共二百二十余人。余午刻已将完，因监试者诇出怀挟甚□人遂久。国华申刻始出场。家中送四肴来，与诸君共饱啖而睡。"其未得之也"至"无所不至也"。"谦也者致恭以存其位者也"。赋得君臣一气中，得"公"字。

诇，侦察。

十七日 （6月2日）早独步至池南，不见一人而回。根云起入直。余即归。过王咲山新居。午后，出拜数客，写大字。晚赴刘小竹约。席设寿臣处，倚歌劝客，颇尽欢。酒后，写联幅甚多，俱不劣也。

十八日 （6月3日）早送杏农行已无及。看李少峰宅内光景为悗悗。晤杜蕉林、杜兰溪、张石洲。归，少睡起。写对三十余幅。晡至祝蘅畦侍郎丈处，吃嫁女酒。与伯厚两人酌，妙在无他客。饮后，同至庄卫生处吃饭一大碗而归。许印林来话。

祝庆藩，字桉三，号蘅畦，河南固始人。

十九日 （6月4日）早到秋曹，看少峰同年。即上馆，更无他人到者。午初出，顺路拜数客而归。写大字未毕，海秋、默深来话。出至胡楚山处道喜。翁玉泉处吃喜酒。夜雨先归。

廿日　（6月5日）早赵尚琦来。余饭后趋至午门听宣。从卯至午无消息。与王蘅皋、梁翰平同至国史馆吃面。得奉派弥封信。出过曾涤生，归。少憩，襆被入城，与梅生同住烧酒胡同关帝庙。

廿一日　（6月6日）寅初起，寅正天大明。送梅生应殿试。至西右门久候。周芝台侍郎散卷。风声严紧。点名完后，余出，作楷册。到杨老六处早饭。午刻至史馆，与受卷弥封诸君同入。受卷处，两翰林、两御史。弥封处，四翰林、两御史。收掌处，四翰詹。申正，始有交卷者。昏黑尚百余卷。受卷与弥缝，至亥初二刻同时毕而出。惟收掌，要与阅卷大臣同住文华殿，须传胪方得出也。共二百十人。除去怀挟一人，共二百九人。殿试查怀挟，二百年来仅见之事。临轩策士，乃亦用此法度。夜与梅生俱困睡。梅生酉正出场，甚写得好。

廿二日　（6月7日）早与梅生同到杨家花园吃点心。又同至陈伟堂大空师处拜寿。归，早饭后，复少睡。写扁数方，写苏庚堂尊人挽联。出，至条珊处话。华甫病。过厂市取来沈小宛注班书二十本，从苏州艺海堂寄至文华堂者。赵心泉处招饮，园林潇洒可喜。

廿三日　（6月8日）早，邀郑小珊来，为伯母诊脉。莼伯、蒨园来早饭。朱伯韩一话出。午间写大字多。晡时回拜数客。蓉峤处一话。夜默深来话。根云来宿。

廿四日　　（6月9日）寅正起，卯正入内，候至巳正，
　　　　　　圣驾由园回宫。十本头引见，已午初矣。梅
生第七，状元孙毓溎，榜眼周学濬，探花冯培元，传胪王
景淳。十本中山东、浙江、直隶、广东各二，江西、湖南
各一。雨阵阵不歇，归途尤沾渥。复出拜卓中堂寿。归，
写大字、小楷。夜饮蔡菱洲处。

廿五日　　（6月10日）丑正起三刻行至内，不久即明。
　　　　　　寅正二刻，上御太和殿受朝贺。一甲进士三
人出班行礼。新进士到者约有百人。出城过厂市，携李耳
山画归。赵心泉园亭看晓晴。午刻写大字多。申刻赴园，
住根云处。

廿六日　　（6月11日）卯正至大宫门候至巳初后，引
　　　　　　见于勤政殿。宗人府、内阁、翰林院、国子监，
共一百一十九人。明日院调九十九人。回拜根云生日，同
乙未世兄吃面。午刻回，甚热。写大字。晡至庚堂处吊。
晚与寿臣便酌心泉处，树影清深，酒杯凉润，殊不醉也。

廿七日　　（6月12日）早，许印林、李棠庭、刘蓉峤、
　　　　　　小竹先后来看碑帖字画，留便饭。并邀张石
舟来话。午初方散。余写扇对各件。赵心泉来晚饭。命桂
儿入城，送梅生场。

廿八日　　（6月13日）桂儿早归，知入场甚早也。余
　　　　　　至报国寺少坐。由上斜殿过厂肆归。写扇

三十余柄。梅生出场甚早。晚在寿臣处，同请蓉峤、小竹，请赵心泉作陪。金尊宝碗，饮颇欢。酒后，戏为小竹画团扇，其劣可想矣。

廿九日 （6月14日）早，由厂肆上馆，遇许信臣，言洛阳令马老七，新拓龙门造象极多。午刻饭后出城，拜数客。送小竹行，归。母亲于巳初下阶，蹉跌伤足。请王雅泉来看。内服七厘散，外敷整骨，不用手方，恐筋骨不能无损矣。赵心泉请写字，周十一兄请便饭，俱辞谢。

卅日 （6月15日）请雅泉来洗药后敷药，较昨差安矣。写大字甚多，因公车催促也。得石梧书。江龙门、汤海秋来便饭。雨不大。

初一日 （6月16日）母亲夜得佳眠，晨起好多矣。

辰初二刻，报来，奉旨云南正考官着晏端书去，副考官朱昌顺去；贵州正考官着万青藜去，副考官着何绍基去。母足未痊，忽得此信，心中如坠石矣。午刻出门，拜万藕舲学士。由厂市归，请李云衢二兄余庆来为老人符治，似乎有效也。小竹约至寿臣处饭，先吃饭归。

初二日 （6月17日）寅刻起，卯时至午门前。辰初，礼部堂官来宣旨。考官五人谢恩。藕舲自到园□折也。回，家中贺喜，客来不歇。潘师、穆师俱见。姚、陈未见，归。李二兄于巳正来。黄蒨园来夜饭。黄琴隖同侄来，亦善念符寄痛也。

初三日 （6月18日）早，闻林香溪病危，往看，则受暑误服温补剂，致气闭失音欲绝。朱伯韩之友孙恬庵，饮以萝卜汁两次，已醒回，可喜也。复冒雨看李少峰，承赠轿，即舁归，付店收检去。雨遂竟日。江龙门来，钩大《麻姑记》。邀张虎头来，谈刀剑术，夜同饭。

万藕舲、庄卫生亦至。根云来宿。李二兄仍来用符咒。

初四日　（6月19日）早，料理节事颇烦。午后出门，各师处拜节。归，李二兄来，老人今日觉得好些，真慰喜也。写大字。夜赴龙兰舲、刘晓川、胡怀茳、祁幼章公请局，在龙寓，殊绚烂也。

初五日　（6月20日）节事全清，甚静。贺节后，写字看书而已。梅生引见得庶常。下半天大雨。雨住出门，拜数客归，饮菖蒲酒，小酣。

初六日　（6月21日）晨，过藕舲、兰舲，俱未起。回至子舟处话。归，写大字。午出，至湖广馆。同乡公请乔见斋方伯，一晤而行。过厂市买纸及扇。

初七日　（6月22日）竟日晴，少见也。藕舲来商各事。请廖先生来，为老人推拿。又王三兄来化符水。午赴曾涤生席。即归，写大字。夜赵兰友年伯处便饭。送苏赓堂行。

初八日　（6月23日）真晴矣。早寻王曼生不值。由厂市归。午间，写赏封。客来。邹云阶来弈。傍晚出即回。夜足痛早睡。

初九日　（6月24日）大晴。母恙渐愈矣。廖君复来治。许云生言□生□法。王素园廉访来晤，八年辰沅道，甚得军民心者。领到盘费银二百两。写对五十余。与石州晤。夜，翁玉泉、赵心泉、钱苹江、蔡菱州公请，在菱州处，薄醉。得子敬三月初九日书。

初十日　（6月25日）写赏扇。黄勿庵来晤。夜，王若溪、邓子久与陈子□公请，酒尚佳。□屋子热甚，听倚歌数折。写寄子敬信。

十一日　（6月26日）早写扇。午，访周朗山不值。到厂市，买对扇等件。归，夜饮甘实庵处。

十二日　（6月27日）早，廖君来。午间，写礼对并扇。夜赴朱霞峰席。酒后赌饭大饱，可笑也。

十三日　（6月28日）早。朱朵山来话。明日行矣。午间写扇。夜至万藕舲、魏默深、黄寿臣三处谈。

十四日　（6月29日）早到厂市裱对。宋莲叔处话。归，写大字，清旧债也。左足敷药。

十五日　（6月30日）写大字多。晡，过新斋、兰簃话。复六舟上人书。为题宋拓麟游朱□长廊醴泉铭，及潭□庵两高僧同注《金刚经》引首。夜，雷雨，无月。

十六日　（7月1日）雨大不住点，午后歇。夜饮蔡春帆前辈处。

十七日　（7月2日）上半日不雨。申刻大雨倾盆。写大字，清积债也。夜饮蒋誉侯亲家园。赵迪斋说所得顾千里校本书颇多。

十八日　（7月3日）晨过厂市，买扇对，携文衡山画《贺季真舟泛图》，甚精澹。检点行李，并写对。约牛仲远、徐惺宇、杨介亭、彭松屏、翁玉泉、桑子实，为仲远饯也。席设子愚小竹院中。无雨有云佳。

十九日　（7月4日）早到馆。因有官书，当交付也。值谢方斋到署提调任。出，至杨子言处饭。频婆果树，结子甚繁，绿阴满院，竹篱兰箭，均可爱。出过厂市，买得小石庵横扁，殊有趣。傅青主草字卷亦佳，但苦价昂，未必能得。雅集斋看帖写对。归，作大字。王曼生携看来酌，并邀白晓亭、赵少言同坐。根云、子愚，饮刘晓川处。

廿日　（7月5日）写扇甚多。雨不歇，傍晚大。夜饮倪梅生处。

廿一日　（7月6日）竟日细雨，午后略住。申刻吊黄寿臣兄丧。

廿二日　（7月7日）两日内写墓志三篇，兼了各小楷册叶帐。有清音，为慈寿预庆也。午刻到观音院，丙申同年公请。归，大雨所未见。伯母住屋水穿墙入，前后各院水皆满，可悸也。雨住旋干。夜两席，夜幸未雨。客至者，赵伯厚、张石舟、蒋誉侯、周华甫、赵少言、赵心泉、郑小山、黄琴隝、孙兰检。

廿三日　（7月8日）雨时止时作。收检行李。晡时到厂市。归家宴，别浓于酒，醉矣。

廿四日　（7月9日）雨住且大晴。骡夫及兵部号头到颇迟。辰正叩别堂上，慈颜且怆且喜，止行子泪耳。子愚真细心，借以稍解慰也。过报国寺，与戒师一话。出彰义门，至三妙庵，福建门生饯送，饮三盏而别。梅生、寿珊俱同桂儿来送。途中过泥水数次，跌轿一次，然尽有干路矣。长新店茶尖，等骡子到始行。至良乡，已将酉初矣。作楷册十余行。家中送赏刀来，遗失未带者，因付信归。小雨一阵。

廿五日　（7月10日）寅初起，卯初始行。因马到甚迟也。二十余里至宏恩寺，寺凡五层，高松五六丈，低松丈余，俱古劲，错落清阴。前后院，系明太监所修庙也。有本朝行宫，已荒废。又二里豆店尖，尖系自备。又十里至琉璃河桥。又二十里至涿州北关，又将十里穿城至南关外公馆住。刺史吴芸荪丈，子席之叔父，未晤。为写一直幅。今日不遇雨而奇热。王六带轿夫回去，付家信。夜热不得眠。

廿六日　（7月11日）寅正，行路甚泥泞，巳初至高碑店尖，无人应差，向例然也。因两仆骑马落泥水不到，久候始行。遇大雨，未初至定兴县城住。署令杨金骏来谒，河南人，甚详雅。雨复来，略解热。未到县数里有碑，题"祖逖故里"，从前所未见也。晚饭后，雨更大，且不歇矣。

廿七日　（7月12日）早雨住，卯初后始行。一路沙多，泥水不大，四十里至故城，少憩。又三十里安肃县，尖城内，李令焜号同雯，行一，费县人，乙酉世兄名松葆之侄，求写团扇。酒甚佳，惜天热，不敢多饮耳。廿五里至慈航寺茶尖。有古架松，闲院敞洁，方敏恪祠在厅后，漕河古渡处也。又廿五里保定西关外住。公馆极狭热。制军以下差接。衍东之、蔡凝堂来晤，因饭。夜奇热。藕舫处，江西客数人来。寄家信。

廿八日　（7月13日）卯初复行。路比昨更好。四十五里泾阳驿尖。满城县韩同年象鼎，差人办差。北距县四十里。又十五里至方明桥。又三十里望都县城外宿。县令黄同年名赐履，号菽原，来谒，索书联幅，当是能者。昨日制军遣一郭什哈护送。为衍东之书扇二柄。

韩象鼎，山东章丘（今济南）人，为官果勇有为，善理繁剧。

廿九日　（7月14日）大晴。早行树阴中。过唐河共六十里，定州尖。王雨农直牧仲槐来谒，官此十三年矣。东坡雪浪盆重刻者，在此地也。又二十五里明月店茶憩。又二十五里新乐县宿，公馆在南门外。县令春和谒见。竟日有风不甚热。出门六日，才得买豆付炒食之，殊堪哂叹。西瓜尝新。夜不甚热。

六月

梁清标，字玉立，号蕉林，本为明朝进士，后降清，官至户部尚书、保和殿大学士。他因与河南睢阳袁氏兄弟有交，故得袁家珍藏书画。

初一日　（7月15日）寅正后行。过三次河，颇累赘，实止一河，雨大成三也。二十五里马头铺，又过河一次。又二十五里伏城驿尖，属正定矣。又四十五里至真定府，途间积水甚多，舆夫疲老殊可厌也。梁香初大令谒见，甲午同年，名宝书，能吏也。言城内梁蕉林相国家，收藏尚无恙。有一捐知州梁钺，收古物尚多，惟人品欠佳耳。又有王姓，收藏亦富。岁底归来，当一访之。大雨庭水骤长。香初久坐方去。真定守冯启曾差接。为香初作书颇多。发家信，由近堂制军丈处去。

初二日　（7月16日）昨日大雨竟夜，早起尚不住点。起行时，已辰初头。一路行积水中，幸人夫众多，得不坠泥涂。十里过滹沱河，水流颇急。至二十里铺，与藕舲入麻绳店中，吃面，复行。约四十里，有茶尖。到栾城，将酉正矣。县令李琢之来谒，纷□，二十年前，曾见于历下，尊人克学，辕巡捕时也。与藕舲各店住。夜热。为琢之书幅，初学画兰。

初三日 （7月17日）寅正后行。风凉晓润，四十里至赵州。换夫马。又十里，大石桥尖。州牧胡允植差接，早餐殊不堪。三十余里至王莽城小憩。又二十余里，至柏乡，穿城出，南关宿，已酉初矣。县令德亨来谒。夜渐凉。

初四日 （7月18日）昨五更雨，至天明不住。早行，泥泞甚。三十余里，过沙河，又二十余里，内邱县尖。县令陈敬猷接送，谒见甚敬，言其兄是余己亥门生也。公馆亦佳，惜乎尖耳。未初行，十八里，圆津庵茶尖。庵中园亭幽异，诗刻甚多，有梁蕉林所题"延绿"二字扁。出京来弟一处佳境，从前来往，竟未及至。又十二里，绕东行，避水。又三十里，至顺德府，未至前数里，路烂甚难行，穿城五里余，至南关外右店住。县令陈希敬病假，旧仆赵升、长顺俱在此。闻城东南有孔雀庵，水活竹多，春深吃笋。距康庄五里，并不绕道。归来记得一游，此刻积水难通也。

初五日 （7月19日）寅正二刻行，天大晴，有风甚凉。三十五里，至沙河，穿城过，而县令不管。先过十里铺，新立宋文贞神道石，墓、祠在道西里许。过河，又三十五里，临洺关尖，永年县管。看颇佳。县令张宝锷，又沈西雍太守送菜来，尖后热矣。三十里，至黄粱仙梦处，荷花盛开，仙梦犹昔，王鲁之题诗尚无恙在。又二十里，至邯郸，绕城西行，至南关外客店宿。署令陈秉信来谒（庆堂、行八），乙未同年，山东荣成人。藕龄过

宋璟，字广平，邢州南和（今河北邢台南和区）人，唐朝名相，与姚崇同心协力，辅佐玄宗开创"开元盛世"。死后谥"文贞"。

店来，因同饭。夜上表失手，遂停不行。

初六日 （7月20日）早，将行，陈同年来，久话始去。行七十里，磁州城内尖。城自十年地震后，倾圮未及修也。州牧金照来谒，酒肴佳。（师农，行四，钱唐人。）又三十里，渡漳河，入河南界。至丰乐镇，公馆甚开敞，属安阳县，县令朱显曾，淦臣先生之叔也，着人办差尚好。郭什哈回督署，与东之书，寄近堂丈一扇，兼付家信。

初七日 （7月21日）母寿辰，家中之乐可想，第不知足患如何，好生念恋。四十里，彰德府城内尖。未到城，有大生禅寺，竹院清佳。俞云史前辈太守及朱令来晤，托带黔中银信，因作家书，将银寄京去。又七十里，至泥沟驿公馆宿。先是行四十五里，至汤阴县岳庙茶尖，看碑久之。泥沟系汤阴管，县令程廷镜未来见。

初八日 （7月22日）因夜间家人被窃衣物，作札交办差人，由县查取，不知可得否。公馆失物，殊堪诧也。卯初三刻始行，早凉，过淇水桥，忽增河一道，十余年前所无。六十里，淇县公馆尖。县令郎盼（壬年世兄名曈之堂弟）来谒，复索写册叶，为书山谷《演雅》一章。又五十里，卫徽府西关客店宿。过小河两次，午后甚热，似伏天矣。署令马殿元来谒，癸酉直隶拔贡，由教官升县令者。店热，人困甚，不能作字，画兰。见月一喜。比干墓在城北大道西二里许。夜热，不得佳眠。

初九日 （7月23日）早，卯初后行，后河桥有船舫，似南方也。六十里，新乡县城内公馆尖。县令朱丈士廉未来。又五十里，亢城宿。先是至山西会馆茶尖，到住处二十里亢城，系获嘉县管，县令罗传林。晚吃烧酒数杯。雨来。

初十日 （7月24日）五更时，大雨可怕，与藕舲俱起，然烛看漏，乍歇，天明时复滂沛一大阵，旋止。迟至卯正三刻始行，颇泥泞矣，幸沙路不大碍。五十里至河边渡黄，得东风甚顺。又二十里，潮平铺尖，已申初后矣。夫马不齐，将酉初始行，过贾鲁河，又过汴河，昏黑后然灯乘月行，四十里，至郑州西关外公馆宿，已亥初，一屋分两院住。郑州崔老前辈寿，己丑翰林。潮平铺属荥泽，距县三里，县令蔡鸿翥，俱未来见。

十一日 （7月25日）早行，皆土山夹道为多，古成皋、广武一带也。五十里，郭店驿尖，属新郑，未尖。前遇刘谷仁学使于途，问以湖南事，尚不知有四百里报。又四十里，新郑县城内公馆宿。城北有欧阳文忠墓、子产祠，惜天热，俱未谒。新郑令李鋆未来。文忠墓系丁亥年杨海梁中丞丈重修，时余客大梁，因属书碑记，惜未得一往也。夜热。

十二日 （7月26日）早，卯初行，过洧河，船舫颇多，似南方矣。距周家口二百六十里耳。三十里，惠和集小憩。又三十里，石固驿住，到公馆才午初，亦借息疲乏也。得汤阴程令初九日来禀，知窃物俱获矣。今日是子愚弟生日，甚系思念。

十三日　（7月27日）卯初行。自过河来，寅初不得天亮矣，地异，天亦不同也。五十里，颍桥尖。热。又四十里，襄城县南关宿。城内甚闳，皆石道，从前坐车，都走城外也。桥南路东，醋房张姓，访之未见，曾与谈写字法者。桥西船不与桥东船通波。桥西上游至汝州九十里。桥东船直至周家口。县令石常泰未来见，山西廪贡，年六十余。与藕舲各店住。

醋房即"槽坊"，酿酒的作坊。

十四日　（7月28日）早，腹泄一次。行七十里，叶县尖。先过湛水，县令鹿传洵，号又泉，先迎谒于关庙，复至公馆谒见。公馆宽敞，旁院有竹，惜其在花台耳。又三十里，旧县宿，公馆不大，而梧荫亦妙。夜月佳。

十五日　（7月29日）早行，六十里，扳倒井尖，一路小山坡，石子颇多，有卖圆石及石砚者。扳倒井者，光武之遗迹，有庙。公馆在庙左，有竹石池木之胜。又三十里，裕州城外公馆宿。州牧王垲迎谒，山东定陶，癸未进士，问以宛令李孟初碑，不知也。回忆十八年前，周鉴湖刺史署中谈碑阅古之乐，为一怅也。公馆宽敞，朝南，剃发洗足甚爽。与牛敬翁书。付第七次家信。王牧索书扇。帐褥搜讨臭虫二十余，夜眠一快。

周瑞清，字鉴湖，广西桂林人。

十六日 （7月30日）早行，六十里，入州城，博望
驿尖，南阳县管。公馆尚可。过小河两次。
又三十里，新店铺同店宿，向西颇热，忽雨来一阵。

十七日 （7月31日）早行，阴，不复凉。三十里，
南阳府尖。都镇台、陈太守仲良差接。吴令
茂孙迎谒送甚恭，尖行试院，先后俱过白河。问卧龙冈，
在郡西南七八里。昔年余往邓州，曾过之。又六十里，瓦
店宿。店尚可，略似公馆。先是三十里，屯茶尖。向来在
里河店尖，因水冲失公馆，而一路冲陷屋子尚多也。夜奇
热，不可睡。

十八日 （8月1日）早行，六十里，新野城南公馆尖。
县令韩春卿世兄（潮）谒见，言汴城新出钱
忠懿碑，在洛阳者，余未曾见也。邓氏人尚多，其南阳外
家乎？阴后故里，在城外杜村，有鸳鸯。尖后三十里，过
河两次。遇急雨一阵，新店铺宿。同店住，街上似南方矣。

阴丽华，南阳新
野（今河南新野）
人，东汉光武帝
刘秀皇后。

十九日 （8月2日）早行，太早，天未大明也。一
路坡陀，四十里，吕堰驿尖，甚草草。又
六十里，过水两次，因昨夜大雨，山河水漫出者，至樊城
官店宿。署襄阳福兄绍，丙申同年。江观察绍憙、刘桐坡
太守丈俱差接。因轿竿太长，恐将来难上山，饬工收拾去。
夜饭有苦瓜、蕌头，惟太少耳。入湖北界，便见稻田，一
慰乡思也。夜凉佳。

廿日 （8月3日）因收拾轿竿并驮子，住一日。

骡夫雇至此，以后由沿途按站运送矣。买得苦瓜、蕹菜颇多，明日便带着走。写楷册，写扇二十柄。发第八次家信，交办差人陈姓。夜有风，凉甚。五更时泄腹。

廿一日 （8月4日）早起，桐坡太守丈来话，言樊城有湖南会馆，要嘱贺耦翁、罗苏溪各捐资买屋，为公车住处。雨畊消息不可得，止知其移住苏家巷矣。行过漾江，风浪甚大，久之，始渡过。襄阳府城六十里，又过河一次，始至□□□尖。庙中陋而热，甚草草。系宜城县管。又三十里，宜城县城内公馆宿。县令蔡君应桓来谒，四川人，从前曾在顺天为先公属吏，光景似循转也。夜凉甚，几不可席。略有蚊。

廿二日 （8月5日）早行，甚凉，见稻田渐多。四十五里，南新店尖，宜城管。又四十五里，利阳驿宿，钟祥县管。今日路平坦，止过小河一次。将到公馆，大雨追逐而至，衣屦有沾湿处，赶至馆，幸开敞。又遇云南火牌，付第九次家信去。雨竟夜，未免愁人。

廿三日 （8月6日）早行，不甚早，雨未住也。冒雨行，一路泥泞，行田径中，尤可悸。兼山坡上下处甚多，可惜一路好稻田，不得静赏也。三十余里，至乐仙桥，有街市而未入。又约三十里，至石桥驿，止得住下。驮子别住他庙。公馆甚浅，后有小菜园，驿系荆门管。晚餐自备，办差人颇不解事，太阴不答也。夜，雨住。

廿四日 （8月7日）早行，过小溪河，旋即上山下山，颇不好走，好在无雨点。三十里，至蓝桥，甚闹热。桥上忽大雨一阵，仍歇。又三十余里，至荆门州，试院开敞，有梧桐树，紫荆花盛开。州牧郭觐辰，江西人。住处因雨潮湿颇剧，复雨竟夜。今日戌刻立秋。

廿五日 （8月8日）早行，出州城，便过一大岭，幸石路甚宽。过岭后，一大平阳直路，四十里，至团林铺尖，尖次狭陋。又五十里平路，建阳驿宿。惜雨后路烂，又绝少村落竹木，舆夫落肩三次，无味之至。巡检刘德晖出迎，公馆亦甚小，且潮漏。一路均未甚断雨。夜，大雨。

廿六日 （8月9日）昨夜雨奇横，可怕。中庭水深尺余，轿子水全入腹，半夜起，呼仆人舁轿，听差人无一应者，可叹也。屋亦多漏。天明后起，雨稍止，架门板出店门而行，途中却不透。泥泞四十里，四方铺尖，已午初矣。又三十里，龙骨桥，始出荆州州界。又二十里，荆州府西门外公馆住。西门、北门俱闭，将军主持，恐堤破江水入城也。民人多从城上梯缒出入，索钱方得过。石首堤已破，江怕伏汛。公安陆路已断，明日须由船去矣。李戟门观察、程省斋太守前辈来话。江陵令升□来谒。雨住，苦潮热，夜不得好睡。

清朝在全国设立了十四个驻防将军府，荆州将军为湖北驻防八旗最高长官。

廿七日 （8月10日）未明即起，等行李齐发，已卯初后矣。行十余里，至江口下船，四川艕艕子，各人一支，轿船在外。下船处曰玉路口。溯流十五里，恰得东风，甚便利。过江，入太平口，水程共算二十里。走下水，又五十里，清水泊，公安县界。因发付船价迟延，遂不能复行，地方办差人之可恶如此。竟日晴热。夜热，蚊横甚。

廿八日　（8月11日）开船太早，树根几触船。天明，已至黄金口，行五十里矣。行至瓦窑河，澧州接差人至，署州牧彭君世昌。又行过交溪市十余里泊。今日共行一百八十里。天热如昨，夜亦相同，余腹泄数次。

廿九日　（8月12日）船上拉纤行，因南边长水，水为不流也。行入草湖中，将暮，连发风报两次，可悸之至。得雨，夜稍凉耳。澧州办差人欠水脚。武陵接差人不携一钱，持空帖来。船户索价乃行，甚费排当也。得蔡玉山前辈书，彼此相忆，昨已作一书，复添一纸报之。

卅日　（8月13日）行草湖中，竟日不过廿卅里耳。南风太大，曳纤无路，办差人不管早饭，借船上饭吃之，有腌菜极佳。未时，办差人供一餐，晚便寂然。余热甚，不适，早睡。

初一日　（8月14日）行不久，出湖，入沅水，有路矣，两岸景致殊佳。夜泊牛皮滩，半夜后，风凉。

初二日　（8月15日）早阴凉，竟日不热。将至常德，不十里，遇大风报，船篷揭去，雷雨猛迅。船泊久之，复行，抵岸，天已暮，雨不住点。熊锦峰明府同年来迎晤，旋即上坡至公馆，即旧日考棚也。邓湘皋丈同老九来夜话，感恫之至。并赠《沅湘耆旧集》一部。夜极凉。

初三日　（8月16日）因收拾包竿，住一日。锦峰来话，杨荔农午间持杏农书至，甚慰甚慰。作家书附入致黄新甫太守书中去。书扇对不多。夜留荔农饭，饭后，湘翁与小皋来话，见示《沅湘耆旧集前编》，属为书签。出蓬樵《永州山水画册》，请湘丈写旧作二首于上。夜分始别去。黄海华司马来晤。

初四日　　（8 月 17 日）早行，凉甚，一路禾苗竹木，韵趣殊胜。卅里，陬市尖，已入桃源界。又四十五里，桃源县住，过河两次，大约仍沿沅江而行耳。景晴垣大令星迎谒甚敬，住处即沅南书院，即考棚，颇开敞。刘练堂同年沄来晤。晴垣索书联幅扇件，讲院诸生亦索书，写对十余付，幅七八纸，扇六件。

初五日　　（8 月 18 日）早行，竹木更茂密。惟山坡上下有甚高斗处。廿余里，至白马渡，渡沅水，又数里，茶尖。因登山至桃源洞处，扪石径，听泉而上，颇费力。竹多，不见桃泉出处，有秦人古洞横石刻，不见洞门以内是何象也。又卅里，过小河一次，至郑家驲住，才午正耳。早凉午热，申刻，大雨一阵，后院有积水矣。和藕舲学士桃源洞诗二首。服眼药三次。

初六日　　（8 月 19 日）早行，阴，旋晴而热。皆沿山走，听田水，卅二里，茶尖。又廿八里，郑新店住。巡检周作孚迎谒，问知为杭州人，濂溪之裔也。雷声欲雨久之，暮来一小阵。

初七日　　（8 月 20 日）早饭行，尽在山夹水中，始用纤矣。二十五里，茶尖后，出桃源县界，又二十五里少憩。又二十里，过辰龙关，石壁斗立，路狭直上，扼关处宽一丈耳。过关下岭，水皆南流矣。又数里，界亭住，属沅陵县。壁间见朱啸庭隶书、萧芝水行书，如见故人也。晚，大雨狂风，与藕邻作《七夕诗》及《辰龙

萧品三，字芝水，湖南祁阳人。

关诗》，并有赠藕舲二律。

初八日 （8月21日）早饭后行，上大马鞍坡，甚险。以后复过数坡，路殊斗竦。四十里，狮子铺茶尖。又三十里马底铺住，路比前较平。有巡检刘正章迎候。连日因目疾，服药遂愈。今日未雨。

初九日 （8月22日）早行，山路高险殊甚，可悸之至。三十五里，陶饭铺茶尖。又三十五里，路多平者，然尚过高坡四五处，辰州府隔江南岸辰阳驿住。公馆高而在山下，向北，甚热。太守雷震初前辈于昨日送辰州兵往衡州，知耒阳民变尚未尽平息，可叹也。典史董钰迎谒。写扇五柄。公馆依山逼迫，无风。

雷成辅，字震初，陕西朝邑（今渭南大荔县）人。

初十日 （8月23日）早行，四十里，麻溪铺茶尖。又四十里，船溪驿住。住处公馆颇宽，后院有紫荆树，花开茂甚，旁一小庙，奉紫荆花神，亦奇。今日所走路，虽有斗山坡上下，然大致比前两日平坦多矣，殊觉可喜。到公馆后大雨一阵，热。多蚊。夜雨。

十一日 （8月24日）因大雨彻夜，晨起不住，止得歇下。竟日竟不甚住点。得诗数首。清蔬鲜肉，早晚俱佳。

十二日 （8月25日）早行，仍阴，路不险，且石色多润，入辰溪界矣。四十里，至辰溪县城内公馆尖。县令吴垣，乙未同年，送太守护兵去矣。尖后，与藕舲渡沅江游丹山洞，大雨登岩，颇极胜赏，旁有小山寺，僧云：即大庙也。丹山洞深数丈，其下仅容一人，不能入。闻通江可数丈也。石壁甚佳，惜为楼屋遮掩。下山后，仍渡麻阳小河，始登陆。三十里，遇大雨，至山塘住。驿馆逼仄湿漏，天已昏黑。余苦头痛，未餐，归寝。藕舲寂寂可念。

十三日　（8月26日）早行，阴。山坡有险者而不多，石峰多奇秀，胜沅陵远矣。四十里，中和铺茶尖，在留云寺内。有陈古华题"回头是岸"扁额。因茶尖后过桥回头走，仍见这边云树，中隔一溪也。又四十里，路更平，止中间大山坡，亦不甚险。遇大雨两次，行未歇。怀化驿住，芷江县管。巡检出迎。晴。

陈廷庆，字兆同，号古华，江苏奉贤（今上海）人。

十四日　（8月27日）早行，一路皆平路，自桃源以来，为最好路矣。十里，过石塘。又三十里，玉树湾，更人烟稠密。又二十里，公平驿住，到公馆才午正耳。在野外，又新造屋甚开朗。石榴巨如碗，甚甘，三钱一枚。后院有榴与桂，桂花无消息也。藕舲丹山洞诗极佳。夜至江边看月，仍同坐前庭。夜数起，冀有月华，不可得。

十五日　（8月28日）早行，皆沿沅江而行，石路颇有高低，不甚好走，然总算平路。四十里，火烧铺茶尖。又二十里，沅州府芷江县公馆住。太守重豫有考事未来，谢小庄大令（廷荣，甲午同年）迎谒，李倬斋教授柬候。申刻，小庄邀同藕舲先到杨远村拔贡家看素心兰，又唐松楼广文家看兰竹，花木清胜，一豁尘想。晚餐时，倬斋来共话。亥刻，震雷大雨，可悸，雨遂不住。

十六日 （8 月 29 日）雨不住，止得住下。见雨忽想种竹，因后院有隙地也。小庄即饬役觅来百余竿，乘雨种之，余题扁为"玉笋堂"，兼有记。午后，作大字多。晚，小庄来，并请倬斋来同饭。有天禄班小剧，颇尽欢。余先醉就睡，客至丑正始散。

十七日 （8 月 30 日）雨略住，即行，一路叶飞云走，兼以雨脚不断。三十里，裴家店茶尖。又四十里，便水驿住。今日山色多云气，甚可玩。早间出城，即过龙津桥，又名江西桥，跨沅江之上，将长一里，亦大观也。小庄来送行，又送点心，情意周挚之至。夜雨未歇。公馆系巡检衙门，蚊子极多。

十八日 （8 月 31 日）早饭后，过沅江。因夜雨不大，水落一丈余，不然，今日不得渡也。有小溪斗水，冲失人家数十，可叹可叹。过江后，路可行，二十里，至对河铺。以后多山坡卸落，泥草塞路，行走艰难可怕。将至州时，沿江路窄，共四十里甚大，到晃州公馆住。芰亭老宗兄甫于十二日到任，迎晤甚欢。巡检来候，未见。今日路间未断雨，却不甚大。芰亭来同晚饭，并乃郎、侄孙先后来见。苦瓜丸子甚佳。此间即夜郎，芰兄拟创龙溪阁也。枕几俱闻江声，相距极近。公馆佳。

十九日 （9月1日）早行，过沅江，芰兄送行，谢昨夜诗。沿江行，甚险。山坡破落处颇多，二十里，大鱼塘茶尖，晃州管。又十三里，鲇鱼铺尖，玉屏管矣。巡捕刘宝善、陈承禄来迎，皆拣发府经也。又二十七里，玉屏县住。县令刘玉麟（南山，行一）迎谒。公馆后院有柏树及紫兰极大，韩云舫先生题扁曰："翠柏红苹之馆"。今日轿夫少而且劣，坠舆田间，几乎落水，昨日谆托芰亭，真想不到也。张船山联云："忽地香来花蕴藉，及时吟罢竹推敲。"今日整晴一日，可喜可喜。

廿日 （9月2日）早行，有山坡，晨雾不大。三十里，羊坪茶尖，属清溪。又二十里，清溪县署住。署令洪九轩，名凤翥，迎谒，本麻□知州也。县东门外又渡沅而西，河身较小矣。到署才未初，见后院有蕉、竹，前庭亦有树，颇有致。晚席甚恭敬，惟不能多吃，奈何！

廿一日 （9月3日）早行，右高山，左深江，一线高低，可悸可悸，前此所未有也。二十里茶尖，又三十五里，渡沅而左，焦溪尖，属镇远。尖后复走当心路，约将十里，方入山溪，虽坡陀而不甚害怕。尖后三十里，镇远府城住。将入城，有桥临绝壁，跨沅而右，极伟观。太守朱德璐，江西人。县令蒋翁时淳，誉侯亲家之叔祖。俱候安，照例不来谒。今日甚热。

廿二日　（9月4日）因有月，起稍迟，出城后，即上高山，过文德关，又连上高坡，有相见坡，两山可相见也。有扁曰："山河壮观"。共三十里，至刘家庄，无办差者，吃鸡蛋两枚而行。又三十五里，路多平，山不甚多。将到县，仍过沅江而左，旋秉县城外住。署令庚华迎谒，照例不见。把总以下率兵来迎，中途小雨一阵。和藕舫文德关诗，用昌黎《南岳庙》韵。

廿三日　（9月5日）早，阴，行甚凉。过大高坡几处后，便平坦可喜。三十里，蓝桥尖，公馆悬空，临田水，殊妙。尖后八里，至飞云洞，天下奇观，胜淡岩、月岩矣。旁有月潭寺。行冒小雨，后又过一处，有石额"玉峡晴虹"四大字，惜不得游。尖后三十三里，至黄平州住。州牧彭桂舫，行二（泉楠），湖南人，已卸事。署牧刘元标也。桂舫留联求书。夜凉甚。公馆后院有秋海棠并菊。先去灯笼担子。

廿四日　（9月6日）行不甚早，天阴极凉。过数山坡，路宽不险，二十七里，重安驿尖。尖后过江，二十余里，至大风洞，甚奇朴，妙在有泉出洞中。又十五里，清平县署住。过观音山及诸坡，都不险。院有兰叶梅根菊，县令汪君申禄迎。

廿五日　（9月7日）早行，凉如昨日。过数大坡，路仍好走，四十里，老杨塘尖，平越州管。州牧陈文衡。又四十里，酉阳塘住。中间所历山坡颇险峻。

过鱼梁河桥，两边山岩悬峭，大水从峡出，地名响琴峡，有字在石壁也。公馆宽敞，有两院，亦平越州地。夜有小雨，无蚊。今日轿前绊断，乃在镇远所换，应差人之不可靠如此。而旧绊已被换去，幸是平路耳，可怕可怕。

以上为湖南省社科院图书馆藏，题名《何绍基日记》

廿六日 （9月8日）早饭后行，将辰初矣。小雨后略有泥水，山坡不甚好走，山沟内窄路，尤当心。五十里未歇气，至贵定已未初后矣。略见日，余阴凉。县令刘宜轩（乙未世兄，嘉嗣）出迎。

廿七日 （9月9日）早行，路不好走。十余里至牟珠洞，僧持炬引入，深曲五六丈，灵奇古怪，中悬一柱与飞云异曲同工。下洞后路稍平，共卅里，新安尖。尖后多高坡，十里后渐平，共卅里。龙里县公馆住，湫隘难居，因商定明日入城，亦因初一进城似未为定例。一路辛路，乐得早歇息也。着巡捕持帖先到省知会，县令程枚出迎。夜雨数阵。

廿八日 （9月10日）雨虽小，然未住也。早行，上坡数处，颇滑。廿七里谷脚尖，尽上坡路。尖后小雨住，坡石不断。卅三里至贵阳，南门外有河桥，入城至公馆，已酉初矣。中丞贺藕翁以下俱差接。不得京信，惘惘殊甚。得子敬七月初八日从广通发来信，娠子消息复虚，可念叹也！传巡捕申严门禁，自发菜单，核开各项花名。公馆太阔落，故宜加谨。夜凉甚。

廿九日　　（9 月 11 日）竟日凉，着夹且棉。日中略见
　　　　　　日耳。检行李衣箱书箱，俱无恙。藕舲两箱
因落水后淹渍日久，衣服半糜损。甚矣，行路之难也。

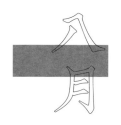

八月

初一日 （9月12日）阴竟日，时有雨，而不大。罗苏溪方伯昨日到，差人来候。中丞处送到照例文书卅二件，撰策题三通。中丞索题阳明先生遗像册。晚得七古一章。今日更凉，两棉上身矣。

初二日 （9月13日）因提调复派巡捕、管帘官，公馆封条，因令其自行回明另派，以公馆宜谨严也。昨夜雨达旦，渐歇。撰策题三通。夜写京、滇两处家信。

初三日 （9月14日）昨夜雨大，至晨未住，遂濛濛竟日。差巡捕送家信交苏溪，当有谢折去也。阳明先生像册写好送交藕丈。夜蒙差人持示子愚六月廿八日寄藕丈书，中有家中平安语，稍慰孺慕。见邸钞，根云得仆少。

初四日 （9月15日）早作小诗望晴，虽未晴，而竟日未雨。从朱丹木处借来邸钞，得知各省试

朱韠，字丹木，云南石屏人。

差，止山东、山西、河南未见耳。翰詹召见，前于五月廿二日停止，廿六日复初，至六月初六日复停。未知何故。

初五日　（9月16日）晨起剃发。早饭后检点书箱衣箱。藕丈处送来子敬七月廿日书。有役来，乃因杏农寄滇书有"子贞方谨，可早挈全眷回里"之语，子敬因悬系家中有何事，特着人来问也，可为一笑。即作复书饬该役速回广通。下午检出《沅湘耆旧集》两部，着巡捕分送藕翁、苏溪。藕翁有与子敬书，已无及矣。提调、监试送会同宴帖。

初六日　（9月17日）早，催行李夫进贡院。午初朝服坐亮轿至抚署，谢恩后赴会同宴毕，进贡院。幸而雨住，仍未晴也。藕丈须发苍白，且亦瘦，见老矣。方伯罗苏溪前辈、廉访吴仲云世叔、粮道冯桂山兄、署贵东道朱丹木太守、首府周小湖前辈、学使胡小蘧同年俱晤。入贡院许久，仍朝服同内监试、房考祭魁星，礼毕，升堂掣房分签。散后换蟒袍拜内监试、内收掌及各房考。旋各同来回谒。衡鉴堂屋止一层三大间，两人各住一边，中间为公堂。仆人俱住楼上，楼上中间一间颇敞亮。八房及收掌住堂下，两边厢房各一屋一楼。内监试住东边一小院，有屋三间，不大。刻字匠住其后。书吏住西厢房之南二间。合为一院耳。

内监试

平越直隶州陈文衡，福建人，讷斋，行一，壬午进士。

吴振棫，字仲云，浙江钱塘（今杭州）人。

内收掌

东五，普安县佛德，厢蓝，满洲，普亭三，翻译笔帖式。

同考官

东二，一房天柱县许朴，浙江嘉兴，蕙塍一，己卯举人。

西一，二房署安南县事广顺州章诒燕，江苏江阴，鹭门二，丙子。

东一，三房署开州委用县严锡珍，四川巴县，琴帆二，乙酉举。

东四，四房署安平县仁怀县朱毓文，浙江海盐，鹿宾二，庚辰癸未。

西三，五房毕节县竺陈简，浙江奉化，个园五，壬午解元。

西二，六房署绥阳县毕埜珍，江苏太仓州，雪佣四，戊寅举。

东三，七房威宁州朱右贤，四川荣昌，秋田三，丙申。

西四，八房铜仁县郑凤鸣，顺天宝坻，桐峰四，丙申。

房考先全不知是何人。典试官入内龙门后，抚院方出，内帘官单即时传入。此与闽省不同，又闽省无祭魁星事。

初七日　（9月18日）雨未住而不甚大。与诸房考往来谈晤。讷斋频至，商公事也。同早饭。夜雨大，诸生可念。

初八日　（9月19日）天明，闻外间开点，雨未住也，辰刻雨住。上楼料检一切，见玉尺楼扁，系雍正癸卯四月持衡者沈宗敬所题，旁挂李双圃丈题联云：

李象鹍，字云皋，号双圃，湖南长沙人。

"称从天授人双玉，眼并秋高月一楼。"竟不甚可解。已刻先刻诗韵，午刻与藕舲同监刻《四书》题、诗题。刻既不快，而此间刻匠不管刷印，刻竣后刷匠始来和泥钉版，耽延甚久。共三版，与藕舲、讷斋各监其一。共刷三千六百纸，子初始完。花衣送交抚军。子正后吃夜饭，讷斋在此共饭谭饮。睡时丑正矣。刻匠六人，写匠一人，刷匠九人，书吏二人，加以我三人，仆二人，共廿三人。椁几之属约廿件，同在一楼也。晤藕丈时，劝言二三场可免搜，颇以为然。雨至暮止。

父母在，不远游，游必有方。

吾学殷礼，有宋存焉。

文王之囿，方七十里，刍荛者往焉，雉兔者往焉，与民同之。民以为小，不亦宜乎？

赋得须臾静扫众峰出，得"峰"字，五言八韵。

初九日　（9月20日）雨住矣，且有日气，或者诗题有验耶？满院吟哦声，中丞命诸同考作拟墨也。清策题稿。讷斋来久话，邀往夜酌，酒殊佳。雨又至矣。过东西屋话，作诗书怀柬同考诸君，用坡公"墨水真可饮"韵。

初十日　（9月21日）黎明，偕同人朝服望阙行九叩首礼。早面、晚席俱同坐，有抚军送席，首府送看也。复用坡韵一首赠讷斋。抚军有闱中苦雨简两主司诗，即和答。昨日住雨有日气，今日仍雨。二鼓时始闻外间封门也。

十一日　（9 月 22 日）雨仍不住。早饭后发刻经题，请竺个园、朱秋田、佛普亭监刻刷印。两司送席，仍邀诸君同吃。亥正送题出。中丞丈言直隶、安徽、福建、江西各省俱大水，此次黔闱苦雨，亦十年来所未有。夜索《章鹭门诗集》，咏史佳。

两司，明清时期，对承宣布政使司和提刑按察使司的合称。

十二日　（9 月 23 日）天阴不雨。巳正上堂阅卷，同考诸君毕集。向来黔闱不如此，一坐后各散归房，此次坐阅至酉正二刻始散。荐卷各止阅十本。夜阅各房落卷。有月，喜甚。

鸣鹤在阴，其子和之。

帝曰：咨！四岳，有能典朕三礼？佥曰：伯夷。帝曰：俞、咨、伯，汝作秩宗。

蔽芾甘棠，勿翦勿伐，召伯所茇。

公矢鱼于棠（隐公五年）。

鞠有黄华。

十三日　（9 月 24 日）堂上阅卷，荐卷太少，甚闲暇，且看书也。雨时止时作。首府送席，邀诸君同餐，饮颇畅。灯下阅落卷，得二，藕舲得一。严琴帆、朱秋田和廪字韵俱佳，琴帆尤作手也。

十四日　（9 月 25 日）无大雨而未晴，申刻略见日耳。

今日荐卷颇多，阅改闱文数篇，亥初即送策题。与藕丈隔门阈坐话久之。仍阅落卷。子正方寝。雨竟夜。

门阈，门槛，门口附近。

十五日　（9月26日）早雨更大，未申间晴见日，遂至暮，到黔来第一次也。夜复阴矣。今日荐卷极多。晚间提调、监试送席，约同考诸君共酌，颇欢。内监试与同考合送节礼，茗、腿各色。晨起相揖为贺。北望叩慈节。又日日看"不远游"文字，心绪可想。

十六日　（9月27日）阴，小雨。午后晴，大日出矣。夜月极佳。今日荐卷亦多，屡有佳作。得俞云史前辈书，为兑物事。得唐印云书，知墓树一案，竟为李家把持，可叹也。

俞焜，字昆上，号云史，浙江钱塘（今杭州）人。

十七日　（9月28日）昨夜睡不着，天气燥热之故。今日荐卷复稀。晚饭后甚困，早睡。未见月出也。

十八日　（9月29日）大晴竟日。荐卷亦不多，而佳者未绝。连日删润发刻文字，颇费心力。申刻中丞索一话，因外帘事毕，即回署也。子刻方睡，睡不久，大雷雨，雨遂达旦。

十九日　（9月30日）早不住点。午后住雨而不见日。荐卷更稀，各房已看二场。

慧成，字秋谷，
满洲镶黄旗人。

廿日 （10月1日）无雨而阴，未刻略见日。得慧秋谷书，并寄示近诗，河事尚无头绪。得佳策颇快目。夜与诸君话，至子刻睡。连日不得佳眠，想是改文用心之故耶？

廿一日 （10月2日）阅二场荐卷，并改文。天颇晴有见，下午复云阴矣。约同考诸君共饭，两席，酒未多饮，散后仍阅文。

廿二日 （10月3日）雨未住，申刻住。收拾经文矣。作第十四次家书。夜眠甚迟。

廿三日 （10月4日）看三场卷，颇有佳者，殊出意外。家书交藕丈处，闻明后日即有折差行也。竟日阴而未雨。

廿四日 （10月5日）不雨，午后大晴。连日各房自搜二三卷，陆续有补荐者。因重二三场，前此所取定头场卷多有移易者。夜食蟹羹，甚佳。蟹系提调、监试所送。蟹佳则食之养人，故好睡。

廿五日 （10月6日）先公冥寿，天半阴晴。

廿六日 （10月7日）晴竟日。收拾策五道，诗几首。所取卷都定。

廿七日　　（10月8日）定草榜，有刻文章而被斥者，
　　　　　总以后场为准也。自清诗稿至暮方毕。竟日
雨。

廿八日　　（10月9日）撰进呈录序，改定闱墨诗，和
　　　　　鹿宾、鹭门谢蟹诗。因邀同人赏菊，外边送
来八盆，虽细碎，亦殊有致也。酒佳，饮颇洽。

廿九日　　（10月10日）看刷印闱墨，仍理诗稿，移
　　　　　写粗毕。夜与藕舲、讷斋、雪佣、桐峰饮，
颇醉。

卅日　　　（10月11日）写卷内批，因闱墨刻成，合《四
　　　　　书》文、经策得六十余篇，为黔省从来所未有，
题诗一律。今日晴。

初一日 （10 月 12 日）细勘朱卷，甚费心目，竟日未得半也。酉刻饭后甫上灯，中丞丈即催请出至至公堂写榜，亥正甫毕，知名之士极多，元二名尤超迈冠时，甚可喜慰。发榜后中丞、学使别去。罗苏溪方伯、吴仲云廉访丈、朱丹木、冯桂山偕来晤话。谭铁梅来话。榜发即雨颇大。睡时子正后矣。

初二日 （10 月 13 日）雨未住，早饭后住。磨勘朱墨卷，目为之病，佑典掌太守来晤。藕丈遣示石吾来书，亦及老母足疾就愈，计日内当可得家书。磨勘小疵，愈勘愈多。功令烦苛，致典试者许多顾忌，可叹也。约典掌来夜饭，同事诸君齐集，惟蕙塍因恙，鹿宾、秋田因不闲，未入座。雨竟夜。得霍绍庭书。

初三日 （10 月 14 日）雨竟日，夜不住。同考诸君俱出，余与藕舲于早饭后移原前边监临堂，房屋较亮洁矣。门生来见者七人。磨勘试卷，小疵愈看愈有。竺个园、毕雪佣来同晚饭，并同勘卷，至子刻方罢。

初四日　　（10月15日）见门生。贺中丞丈来话，藕
　　　　　　舲先出拜客。余于饭后出，拜抚、藩、臬、
粮道、首府、首县、兴义府朱丹木、平越牧陈讷斋、候
补经历吴广生，崧甫师之侄，世兄也，谭铁梅、鹿都司。
藕丈处看字画数件，苏溪方伯处看数十件，携借九件归。
个园、雪佣、桐峰在此磨勘，铁梅后至，同饮至夜分，
都醉矣。

初五日　　（10月16日）早拜朱荫堂漕帅、花思白前
　　　　　　辈并各同考。荫翁处交明带来祭帐、奠金。归，
有客。忽发冷，不能坐，解衣复寝。未刻汗出如浆，始起。
申刻赴同考及首县诸君公请，席设潮音寺，为城中最高处，
演《双凤》《保和》两部，未及十剧即散。归，阅方伯借
来各帖画，三鼓后方寝。

初六日　　（10月17日）六君子来勘卷。自五更雨未住，
　　　　　　闻中丞到黔林山祈晴去，巳午间雨遂住。午
正后赴鹿鸣宴，新贵到者约三十人，从来所少也。宴后中
丞处一话出，过方伯不遇。归，写对款，读廉访吴丈《花
宜馆诗》。首县照例送席，郑莘田观察丈差人送信物来。
晚饭后陈讷斋来话。

郑世任，字莘田，
湖南长沙人。

初七日　　（10月18日）作书寄吴松甫师，并闱墨交
　　　　　　吴寄梅广生去。别星农前辈。花思伯侍御来

晤。午初赴中丞丈席，同席者藕舲学士、小蘧学使、丹木太守。得七月廿日、八月初三两次家书，欣慰无量，自老母以下均清吉也。惟海秋猝病而亡，朋友凋零，可为惘惘。归与藕舲、讷斋同酌。今日大晴，诚祈之效如此。

初八日 （10月19日）

早同藕、讷出东门，游东山。

郑冶亭大令先在，在城正东，望城中晨雾，其白如练。下山往北，登扶风山，楼阁甚多，有池水放生，旁有奇石紫竹，上有飞阁，为山中最胜处。拜阳明先生祠，系塑像，惟尹荆州乃列旁位，殊未为安也。驯翠阁有孔雀二。下山又北向西至照壁，山高而路颇宽，层栏敞拓，即宝相山也，有洞宾洞。老僧心印，清泉人。上山俱乘亮轿，下山乃易去。仍绕城东入东门，归贡院。午初早饭，写大字。中丞来拜。申刻赴观音寺公宴席，在南门外，临水边。席设鸣玉山房，共六席，演《珍珠塔》剧整本，颇有致，子初后始散。

初九日 （10月20日）

早同藕舲、讷斋、冶亭出西门，向北行约五里余至黔灵山，树木蕃盛，石色幽异，曲折而上，尤显敞可爱。至山神祠，则今年因乞雨灵应新建者。出山门，坐小亭，茶饮后下山，由西北，一路木石清古，约三四里至圣泉，传言以消长占休咎。久坐，归已午正矣。申初过仓门口兴发店，看启周叔、绍箴弟，问故山光景，事多不遂心，可叹也。出南门至雪崖洞，亭阁临水，见山殊妙，系朱丹木、冯桂山请小湖前辈、冶亭大令同座，昏黑始散。归，颇倦。

黔灵山在今贵阳市云岩区，以山林幽密、湖水清澈闻名。被誉为"黔南第一山"。

初十日 （10 月 21 日）一早拜杨、陈、刘三山长。伯山丈处一晤话。回拜数客。先到寿佛寺，即湖南会馆，寿佛、文武帝、周子神位前拈香。同乡首事俱集，一茶而散。归，写大字，会客。送十一叔、箴弟盘川，促速归。申刻赴藩署，藩、臬、道公请局。

十一日 （10 月 22 日）早打发子敬来差行，又补送十一叔共两次百卅两。客来，不歇。谭铁梅、竺个园、郑桐峰、胡小蘧同早饭，饭后写大字多。申刻出，至兴发店送行。赴周小湖前辈、郑冶亭大令席，于府署，有剧。子刻归。

十二日 （10 月 23 日）早中丞丈人来，留客久话，惟恐我即成行也，深足感念，本定十五，因改十八，亦由各事俱未清楚也。铁梅来早饭，讷斋来作别，小湖前辈、小蘧学使俱来话。府、县送公礼，丰盛过闽省矣。写大字多，申正出，至苏溪处话，有傅青主画二、马远画直幅一，俱奇妙。赴学使席，归来困甚，亦疲于酬应矣。雨。

十三日 （10 月 24 日）收拾箱子五个装好。天阴雨竟日。申刻赴江西会馆席，拜许真君祠，有剧，饮颇醉。

十四日 （10 月 25 日）早甚冷，门人来不歇。申刻冒雨出，拜小湖前辈生日，不遇。郑冶亭处，

许逊，字敬之，晋代人。曾任旌阳令，弃官修道，创立"太上灵宝净明法"。宋徽宗政和二年（1112）追封为"神功妙济真君"。

不值。吴仲畇丈处话。归，与藕舫小饮。

十五日　（10月26日）各衙门仍贺。望检行李箱颇烦，因各处托带之物总不即来也。申刻始出，至中丞处话，过苏溪便饭，藕舫、畇丈、小湖同坐，观苗碑甚奇，不可识，在武宁州。装入小箱，贵平：五十，少二两一钱；五十，少九钱二分。手匣带。

十六日　（10月27日）检箱，并写大字。客有来者。晚饮小湖前辈处。

十七日　（10月28日）收拾行李并涂大字，忙迫不可言。得印云书。申初出门，各处辞行。晚饮中丞丈处，殷殷劝酌，极尽欢。古谊如云，别怀似雨。归时丑初矣。

相传"八蜡神"为除虫捍灾之神，农人多立庙祭祀。

十八日　（10月29日）早方伯、廉访来，余两人尚未起也。早饭后催发行李，约巳初始行。出南门，过桥至八蜡庙，中丞、司道、府、县齐集送行，因藕舫学士寄请圣安。行十五里至图云关，门生送者廿三人。共四十里谷脚尖，又卅里龙里县住。陈吉人大令谒见。

十九日　（10月30日）早行三十里新安尖，又三十里贵定住。刘宜轩大令世兄处拜，入署话，旋两次来见。得张西丰书，即作书复。谢巡捕二人，令不必前送，持各衙门帖去。作家书，托藕丈寄京。

廿日 （10月31日）冒雨行六十里，至酉阳尖，行李住此。与藕舫由前路北行，共廿五里至平越州，因与讷斋有约也。讷斋及同城游击、教官俱出迎，即住署内上房，菊花烂开，命酒薄醉。

廿一日 （11月1日）早冒雨先至城西隅高真观，有张三丰石刻像。草鞋泉水甚佳，福泉井不过尔尔。登楼眺远，极有致。出南门，西行四里，至仙人洞，愈上愈高，由小洞门蛇行入一洞，西向，下临悬崖。见远景，最妙。然肥躯人不能入也。回至南门外，向东至潮音阁，面山临水，亭槛开朗。茶话，久之始归，写滇信。吴中丞瀹翁、周子俨观察、蒋云青太守、罗六湖观察及子敬处共五封，写扁对各件。夜三人畅饮，颇尽兴，酒佳，殊未觉醉也。

廿二日 （11月2日）早行，雨略住矣。四十里至杨老，讷斋先至，同饭，送客情至如此。过葛镜桥，甚有景致。又卅六里，昏黑，打火把至清平署住，汪舒谷大令迎谒。雨大，行李、仆子可念，五更一仆来，行李及二仆未至。

廿三日 （11月3日）早，行李及仆到齐。昨夜住十里外，因铺司不与火把，致争斗，可叹也。行卅五里过重安江，尖，黄平州管，又卅里，黄平州城内宿。雨脚不歇，到已头炮。行李仆子竟夜未到齐，襆被不来，借被而寝。

廿四日 （11 月 4 日）行李已到者先行，余与藕舲坐候未到，各件至申刻始齐，已不能前进，老程一日，可笑之至。傍晚得晴矣，因与藕舲畅饮消闷，酒后为署中人写大字。

廿五日 （11 月 5 日）五鼓起，天甫明即行，颇冷。卅里蓝桥尖。公馆悬屋如楼，来时桂花未开，今亦止有叶耳。又卅里至施秉，入南门，出北门，公馆宿。申初到。今日天大晴，可喜。庚大令华迎谒。

廿六日 （11 月 6 日）早行，过河，路高低临河，不好走。卅五里刘家庄尖。又卅里至镇远，高岭雄关，幸无雨潦，然路已多冲坏处。行李由船来，闻离施秉城五里有诸葛洞，滩险须盘陆路过。行李到，甚速也。朱绥堂太守德璗、蒋星坪明府丈时淳迎谒，即回拜，镇台荣公玉村病未出，游击、都司迎候，即着仆子看船去。绥堂、星坪来，同饭。

廿七日 （11 月 7 日）因太守坚留，不得行。早起写对联甚多，至午刻方清，尚退却许多纸也。同藕舲先至江西会馆，即万寿宫，又至文昌阁。太守、县令皆在，登小亭，颇宜眺望。又至寿佛寺，即湖广会馆。又入卫城拜崇镇台。仍由对河过桥来，上船少憩。剃发。府县俱送礼物。酉初至府署，赴席，谭饮颇畅，回船亥正矣。朱、蒋两君仍来送，子初寝。水脚溜子屡催不得，可叹可叹！

十月

初一日 （11月10日）芰亭、升甫早来船，因留早饭。

芰亭赠其家集及各食物，廿里至波洲，始别去。共行百余里至沅州。太守重笠亭豫、芷江谢篠庄大令同年来迎谒，李倬斋广文亦来。旋上岸，回拜笠亭、倬斋。到县署篠庄留饮、观剧，入坐太迟，复留连畅叙，寅正始回船。

初二日 （11月11日）早起催开船，藕舫船稍后开。

则篠庄、倬斋来送行并赠物，而余行远矣，主人情重如此。从沅州下便滩少江宽，晨雾得晴，畅行竟日，晚至竹仓泊。篠庄遣使赍纸来索书。

初三日 （11月12日）船暂开即泊，雾大不见滩路也。

催舟子行。早饭后为篠庄书联幅十余件，并玉笋堂诗。又寄芰亭通守联二付，皆瀊阳书院的。午正后至黔阳县，县令范君上徂迎谒。因水脚迟延，至酉刻方行十里，暮泊白马塘。办差人止讲排场，不管我们走路不走路，十有九如此，吏治之弛，其一端也。

初四日 （11 月 13 日）伯母寿辰，家中称觞，味可想
也。早雾阴，开船五十里至洪江，久泊买物。
且作小楷十余行。又六十里至安江，又四十余里至新洛河泊。

初五日 （11 月 14 日）早行，阴雨。廿里至腾湾，
又九十里至江口，又廿里至堪石塘泊，午后
雨更密，入夜滂沱大注。饮芰亭所赠苏酒，得鲜冬笋，复
薄醉矣。

初六日 （11 月 15 日）早行，阴。六十余里至辰溪县，
已午后矣。望丹山洞甚不险峻，未能再游也。
登坡石至会龙祠前石台上望远景。水脚迟发，无可如何
也！署令龚自树，季田先生胞侄。又行约廿卅里，麻子石
泊。有雨。

初七日 （11 月 16 日）开船迟，风太大难行，不廿
里泊石岩下，岩势奇险，可悸，地名岩门口。
坡上荷火石者不绝，二三文一斤，装往苏、扬一带。山色
俱铁黑，宜其有此。买得鳊鱼，早餐佳。午后风略定，行
廿里至泸溪县泊，无人探听，着人到署，水脚久始发给。
风复大，不得行，遂住。此县令丙申同年冯君开年竟全不
相顾，亦奇。

初八日 （11 月 17 日）风息，细雨，可行，颇寒。
午刻至辰州，太守雷震初前辈成朴来晤。上
坡回拜，得见湖南闱墨，知刘晓川放荆州守，程有斋前辈

因江水破堤，褫职也。复行六十里，至白榕泊。

褫职，革去官职。

初九日　（11月18日）早行，寒，殆霜矣。过清浪滩，一滩三四十里，有波波庙。前一段滩甚险，横船皆斜行而下，江中处处见石棱如兽物溯流而上也。尽日晴，得西南风，二百四十里，一更后至桃源。景晴垣明府星迎谒。夜月佳，见《顺天题名录》，同乡周寿昌中南元，隽者熟人甚少。

明清时期，南方诸省人应北闱乡试，考中第二名者称南元，因第一名例归直隶籍人。

初十日　（11月19日）天变晴和，略有西南风，小阳春，果然准也。作书寄刘禹庚、张芾蓉、张得吾、张紫垣、熊荷亭、李季眉、唐印云，俱交印云处。未初到常德，庆太守、熊大令兄先后来，闻陆路不可行，定坐原船去。旋得九月初五日京寓书。据折差云，陆路可行，令人无计。上坡，拜府县并黄海华司马、邓湘翁、杨紫卿、杨性农。紫卿一别十年，不料特来一晤，诗已付刻，亦足喜也。回船定，仍上坡，夜至朗山书院，与湘翁、紫晴畅话，海华作东。归船已三鼓。

十一日　（11月20日）早，催行李先上坡，湘翁、紫卿来话，旋入南门至考院，见号屋整齐，堂屋亦高。早饭后客来不歇，有子敬门人陈璐，杏农门人戴□号云巢，戴生以郑少谷书札为挚，求拜门下。晚出至湘翁处话，赴锦峰明府县署席，有剧，子初散。仍至书院，湘翁、紫卿俱睡矣，乃归。寄印云各信交锦峰。

十二日 （11月21日）锦峰早来。刘觉香前辈、赵三兄同年、陈生、汪七弟俱来。杏农来话。巳正后始出，回拜各客。杏农住胡家，其门人出见。至湘翁处饭，未刻归。早午写大字甚多，其不能书者仍多，积纸退去。赠湘翁、紫卿、杏农、汪七、朱世兄、叶心樵各件。晚出仍饮县署，锦峰强邀也。

十三日 （11月22日）早收拾，赶早即出城。锦峰送于城外。至三十里铺，小船渡溪，久始达，先是泥水亦多有之。又卅里大龙驿住，未初即到。自初十来，天色大晴暖。驿屋开敞，有溪，木颇佳。馆后院有双桂，堂左右各一大桂树。写大对子十付。

十四日 （11月23日）早得澧州彭伯凤直牧信，言往公安仍须上船，可笑也。早行，略有山坡，全无泥水。三十里鳌山铺小憩，又卅里复憩，又十五里清化驿住，属澧州。后院双古柏及巴蕉都好。

十五日 （11月24日）早面，行。向北十五里，向东又十五里，到新州，有聚萤台，盖车武子故里也。又东北行十五里至津市，上小钓钩船少憩。渡江北至关庙拜蔡玉山前辈，玉山由州至此相待，因留饮至亥刻散。天奇暖。州判宋君仿祁，玉山又不见四年矣，明日卯时月食，玉山须赶回救护。

车胤，字武子，东晋大臣，留有"囊萤夜读"之典。

十六日 （11月25日）天明开船。下水六十里至汇口，又五六里暮泊，有纤夫，仅得一小站，北风，颇难行也。

十七日　　（11月26日）北风大。行四十余里泊潭子口。夜雨，风冷甚。

十八日　　（11月27日）北风仍大，午后略小，天亦晴见日，住四水口。行有六十里。傍晚帆为大树所挂，久始得脱，可怕之至。夜雨。

十九日　　（11月28日）风雨未住，尚不大耳。公安办差人太谬，一文不发，迟至午刻开行，廿余里已暮，至郑家渡泊，借钱担代，舟人始答应前进。

廿日　　（11月29日）行十余里，纤夫如宝，复有大北风报，雨不住，泊于高庙，闭置闷甚。竟夜风浪磨飐，赖诗消遣耳。

廿一日　　（11月30日）风雨不歇，行有卅里，泊处沱口过来五里，名朱护口。今日过港关三条，河西去即公安矣。夜风大极。小不适，早睡。

廿二日　　（12月1日）早风息些，行有廿里至黄金口，换纤夫，尚不甚耽阁。又廿里李家口泊，风歇日出，甚冷。

廿三日　　（12月2日）纤夫来得早，风又不大，行四十里至弥陀寺。此后过一浅滩，回头行，久始过去。将出口，有一横石堤，溜急可怕，纤断，舟触石，幸未破绽。共十五里出江，风平浪静，泊二矶头，已漆黑。夜冷。

廿四日 （12月3日）早收拾，上坡进南门，距马头十二三里。一路水气未退，泥泞还多，城内街道房屋亦尚未全涸。出至考院住，所住一层，系甫收拾出，余屋皆新出水者，可叹也。早饭后剃发，写大字。先是李戟门观察、世兄联秀峰署守英、程省斋前辈、升阶平大令俱来晤。裕东岩制军留赠荆锦，作书复谢。自七月初七李家埠溃口，江水破长堤入城，官衙民房全漂浮，制军前来驻督防江，用扫土合龙，驻两月余始去也。回拜各署。至戟门处晚饭，饮后写联幅扁额。归，复写赏对。得九月廿九家信。

廿五日 （12月4日）早行出北门，复小舟过积水，大桥冲没矣。一路却干爽。五十里四方铺尖，荆门管。又四十里建阳驲住，屋小且陋弊，天阴飘雪数片。饮烧酒数杯，暖，睡。

廿六日 （12月5日）早行，大风东北来，冷矣。五十里团林铺尖，四十里荆门州考院住。进南门先拜州牧郭镜堂，直牧觐辰迎谒，晚酌解寒，风未息，更大。此处有象山书院，陆夫子曾讲学于此。写赏对廿付。

廿七日 （12月6日）五更起。无如抬夫不齐，行李迟发，不能早行也。行过土坡不绝，风大甚冷。六十里颇远，石桥驲尖。又六十里利阳驲住，钟祥县管。下半天风略急，不甚冷。

廿八日　（12月7日）起早而夫不齐。辰正甫得行，风息不甚冷。四十五里过新店，河南星店尖，宜城管。又四十五里宜城，进南门，到公馆住。署令施君均未在家。蔡明府闻被议去官矣。申刻行李到齐，真想不到，施君用小车送行李，亲自来督办，夜分始闻归去。写赏对廿付。

廿九日　（12月8日）早行，无风，不冷。卅里小河太山庙尖。又六十里，中间过小山坡颇多，进南门拜襄阳府刘桐坡丈、襄阳县福同年绍，俱未值。单地山前辈处一话。过濠江已昏黑。到公馆，久始吃晚饭。买书一二种。行李到得不甚迟。

卅日　（12月9日）早称行李，共二千六百斤，定用三套车四两，取轻便可速走也。午间装车毕，与藕舫同至跨鹤楼，在西北方土城上，楼甚高，可瞰远，有洞宾骑鹤吹笛象塑于楼上。乩笔字不可识，泼墨画铁树花不解其意。此间于前年水退时得张文贞父元弼、兄弟景之、侄孚、孙朏、曾孙轸各墓志共六石，轸乃有二也，石新好如初刻者，从僧买得拓本归。过水星台，亦高冈寓。单地山前辈来，将孙纪堂兑项交清，亦承赠张志拓本。夜，徐锡三大兄来话，稼生胞兄。

两，同"辆"。

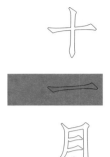

十一月

初一日　（12月10日）五鼓起，而车行，轿候天明久始行。六十里吕堰驿尖，候车不来，尖后行四十里，新店铺住。自买饭。新野办差人二鼓始至。六车来而一车不来，等至子正，睡矣。着人探迎去。

初二日　（12月11日）探者回，知一车骡困住吕堰。留办差人等候，我们止好行。风大，过河两次，唐河、白河也。三十里至新野，南关外公馆住。韩春卿来晤，因同早饭，止好在此等车矣。车于申正亦到。回拜春卿，留饮、观剧，酒事佳畅，允出新得画卷示客，酒后忘却。

初三日　（12月12日）行不早。六十里瓦店住，车仍住别店。

初四日　（12月13日）早行，足冷甚。六十里里河尖。早间瓦店驲丞姜□□昨迎谒，今早复送，言河工已动手，而南河高邮复决口，如何如何？又卅里北新

店住，本可尖南阳府，须渡两次河，故东行尖里河，署南
阳令袁诜。

初五日　　（12 月 14 日）早，行李车有练勇四名护送，
　　　　　　持锚子鸟枪。三十里白望驲尖，又六十里裕
州东北关外住。今日大晴无风，早寒午温。州刺史王垲查
乡去，闻小窃等颇多也。先是赵河行馆茶尖，有花木，夜
饮烧酒，睡暖甚。

初六日　　（12 月 15 日）早行，冷，有西风。路多石，
　　　　　　不好走。三十里扳倒井庙左道人院茶尖。蜡
梅盛开，有好几树；竹色青翠，池水静定。振声炼师复索
联，壁间有小幅兰竹、山水各件，均佳也。盆松甚茂。又
卅里保安驲尖，亦有花木，已未初二刻方到。又卅里旧县
住，院有橦树，夜见月。

初七日　　（12 月 16 日）大风奇冷，卅里叶县尖，竹
　　　　　　色尚佳。鹿又泉大令传洵谒晤，即同饭，不
免略耽延。又六十里冒风更冷。襄城南关外住，县令石长
泰老未来见。夜雪。

初八日　　（12 月 17 日）雪住，早行，冷可知矣，幸
　　　　　　无大风耳。四十五里颍桥尖，颍考叔庙有春
秋二祭，仍襄城管。又五十里石固镇住，长街石桥可观。
长葛令彭元海差迎。酉初到公馆，索火锅，久始得。

颍考叔，春秋时
期郑国大夫，为
人正直无私，素
有孝友之誉。

初九日 （12月18日）早行，冷。六十里新郑县西关内尖。所过吕祠、欧墓，将到城过溱、洧水。尖次闻李东竹前辈到关外往湖北粮道任也。藕舲往晤，余差人帖候。又四十里郭店住，仍新郑管，此县不发车价，李令銮不迎谒。竟日行土山曲中。

初十日 （12月19日）行，不甚冷。五十里郑州尖。刺史崔老前辈寿，不在家，吏目刘宜轩迎送。尖后四十里潮平铺住，荥泽县管。蔡令鸿翯来谒，知广西主考，初六过河去，大暖可虑。

吏目为各州参佐
官，掌文书等事。

十一日 （12月20日）五更风起，知难行矣。勉强行不数里，行李车因风沙眯目，不能至河边，因折回。余与藕舲便由西去，入县北门，拜蔡梦塘大令，看京钞，至十月半前，见广西闱墨。留早饭，黄河鲤鱼极美，红鳞为记，可见波涛中鱼劳致然也。回公馆已未初，风息遂行。廿余里至河沿渡河，因洲多水浅，纤回难迅渡。又行不数里即月出，乘月行廿里，王禄营少憩。又廿八里亢城驲住，获嘉县管。到时已亥正。酒暖就睡。车子寅初始到，罢了罢了。

十二日 （12月21日）不甚早行。一直平路，六十里新乡县东关外尖，未初后矣。申初二刻行，又五十里卫辉西关外住。天气甚暖，剃发后饭。与藕舲各店，蒙来过话。新到令张励堂德荣谒晤，沧州人，久谭始去。借阅河南闱墨。

十三日　（12月22日）子时冬至。早行，奇冷，有风。

过姜太公故里，殷太师祠、墓，俱不能往谒。五十里淇县城内公馆尖，郎大令在工上。又六十三里，甚长，泥沟驲住，汤阴县管。月色殊寒。

十四日　（12月23日）黎明行，大北风，冷甚。

七十里午正后至彰德府尖，俞云史前辈上工，朱大令迎谒，同饭。牛镜塘丈惠书，知河工捐事颇易集也。未正后行，又四十里丰乐镇住，安阳管。到公馆尚未天黑，为近日所少。在安阳呼各法帖铺来，竟无一片可采者，迥非十八年前光景矣。

十五日　（12月24日）虽早起，而漳河桥为水漫，又冻结，打冰开水而行，甚费事。卅里磁州城内公馆尖，金师农州牧谒晤。买磁人物五对。行又七十里，有八十里远，邯郸南门外住。入城拜莫戟门大令，即饭署内。大月。

十六日　（12月25日）早行，冷而无风。五十里临洺关尖，永年张令及沈西雍太守差候。又卅五里至沙河，又十里即纤道东北行，约廿余里至孔村，俗呼孔雀村，水木清华，惠济寺竹林极佳，有堵阳苗云官书大幅临《书谱》，甚雅重。又西北行十余里，入顺德府南关店住。陈慎甫大令希考来谒，言达活泉、野狐泉泉水合为城北之鸳鸯水，城南白泉即孔村水之上源也。百泉、野狐泉俱东坡刻诗处。

《书谱》为唐代书法家孙过庭的书论，见解精辟，本身亦是精美的书法作品。

十七日　（12月26日）早行，甚冷。六十里内邱尖，
　　　　墨全冻矣。又六十五里柏乡住，两县令俱公
出，未来。

十八日　（12月27日）早行，月色甚大。五十五里
　　　　大石桥尖，赵州牧宝世兄琳公出，宾旭丈之
子也。又四十五里藁城住，县令李鈖迎谒。

十九日　（12月28日）不甚早行，无风，不觉大冷。
　　　　说六十有八十里，过滹沱河桥，到正定，许西
园大令迎谒。出拜梁石川司马钺，蕉林相国元孙也。老屋
仅存，古匲告匮。出示画幅册十六件，有蕉林图廿四幅，
可爱，余罕精品。西园陪游大佛寺，回拜县署，即饮署中，
同坐者有万云巢大令同年，与藕舲同乡同年本家，饮殊畅。

廿日　　（12月29日）五鼓行，有月。四十五里伏
　　　　城驲茶尖。又四十五里新乐尖，县令春和迎
谒。又五十里定州住，住西关外。复入城，东行约有八里
至行宫，看东坡雪浪石、雪浪盆铭、雪浪斋铭，真古妙也。
回公馆，已将头鼓。与藕舲酌，颇解冷。惟老毅别我五年，
思之怆怆。

廿一日　（12月30日）天明始行，途遇王雨农州牧，
　　　　迎藩台也。旋遇陆立夫方伯前辈，立谈片刻
而别。六十里望都东关外尖。先是入城拜黄菽原，不值。
尖后卅里住方顺桥，大早，满城县管。韩同年象鼎差迎。

苏轼知定州时，曾得到一块黑地白脉的美石，取名"雪浪"。为盛此石，又找来一块白石制成盆，并撰写铭文，刻于盆沿。

廿二日　（12月31日）五鼓行，卅里至大吉店，遇梁七兄芮，酌，一话。又廿五里至保定，制军以下差接，遂至节署。讷近堂丈留饭，复邀刘五峰、章柏心作陪，畅饮，遂醉。寄家信，对大对，相待殊有逸趣。出署拜臬司陆梦坡，清河道高兰衢两前辈。梦坡处拜谢信斋诚钧，赠我孟津画，甚佳。又倪文正书，亦妙。府经方铁珊先生老而仍健，赠碑拓。两君皆十年不见，快晤可想。又拜清苑令梁香初同年宝书，保定守熊虚谷守谦，即饮府署，有剧。虚谷虽初晤，然其神采意度令我佩服也。亥正后至公馆，闳敞非复前屋。山亭来话。困甚，睡已子正。

臬司即提刑按察使司，掌一省刑名按劾之事。

廿三日　（1845年1月1日）早，天明起。孙、许两世兄来晤，与藕舲坐车至莲池书院，新整饰，甚开拓。万卷楼、藻咏楼、水东楼、花南研北草堂等处皆佳，篇留洞名不可解。督工人施君导游。李芝坡世兄培来话。归，早饭后梁香初及芝坡来送行，写对幅不少，始别。五十里安肃县住，令尹姚心垣世兄忠亮，乙未教习世兄，因留共饭。

廿四日　（1月2日）丑正起，寅初行，卅余里始天明，共七十里至定兴尖。县令王烻未来见。尖后又七十里涿州南关外住。吴芸孙世叔有事往拜，亦未得见。雇定轿夫两班，大钱五千文。

廿五日　（1月3日）天明行，风奇大，轿难支持，可怕，冷不待言矣。四十里豆店散尖，又廿五里良乡茶尖，等马甚久。又廿五里长新店住。王贵持家信来迎，家中老少平安，可喜之至。惟母亲腿疾，竟不得复元，无可如何矣。

廿六日 （1月4日）天明行，巳刻到张萝轩宅歇足。家中一切嘉善。剃发后收拾衣帽，携折匣进城，东华门已闭矣，至杨墨林处住。

杨尚文，字仲华，号墨林，山西灵石人。

廿七日 （1月5日）子刻即起，丑时进东华门，幸与藕舫相遇，有苏拉张姓照应，入景运门朝房。寅初多递折匣，候至卯正入乾清门。蒙召对养心殿，考事俱正考官奏对。臣基荷询及先臣去世年月，并基两次大考名次，得闽差年岁。是日于朝房晤崇雨林中丞，书君元，尚君新放副将，即尚太守本家也。辰正出，巳刻到家，堂前称贺，欢聚可想。午后倦甚，睡一时许。乔星农、龙兰簃、匡鹤泉、王荫芝、黄寿臣、孙兰检、李竹朋诸君来集饮。

李佐贤，字仲敏，号竹朋，山东利津人。

廿八日 （1月6日）早，客来多。午后出门，拜老师，城内外未及遍也。石州来，《顾亭林年谱》知已刻成，可喜之至。晚请王实樵、方六兄联选、杨老四、周亲家、郑小山、陈竹伯饮。

廿九日 （1月7日）早，清各件书籍。朱伯韩、庄卫生、牟一樵先后来，遂同饭，颇畅。午后出拜客，暮归。

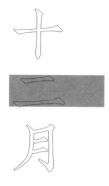

十二月

初一日　（1月8日）清出各处银信，着人分送。午后出门拜客。至赵心泉处，留便饭。上于今日亲诣坛求雪。

初二日　（1月9日）清送礼物单。午间拜客。于厂市得青主、梦楼两字卷，殊佳。伯厚、小山来晚饭。旋至伯厚处观所批校《明史》。

初三日　（1月10日）早，朱伯韩来谈诗，携《使黔草》本去。午间黄琴隝处吊其兄丧。即拜客，过周朗山，看其新得石田卷、《关河行旅图》，朴厚润胜，绝胜他作，真可宝也。石谷卷二亦佳。

初四日　（1月11日）早，买新印《明史稿》归，即动手看。客来不绝。晚祝赵兰友年伯寿，有清音。为群史轰醉，然尚不至沉寐。

初五日　（1月12日）四十六岁生日，母亲恐我怆念

子毅，命早面晚酒，不许出。诸友早晚来集，昨子愚买花
八盆，佳。夜有雪。

初六日　（1月13日）早，剃发。校《顾先生年谱》。
　　　　午后出门谢客，暮归。

初七日　（1月14日）早，校《顾谱》毕，午刻赴才
　　　　盛馆，潘顺之请一餐。后至报国寺，拜顾祠。
杨墨林兄弟请，丙刻散。到龙兰簃处，看根云，甫使粤归也，
乙未世兄俱集，共两席，子愚亦往。散后，子愚仍赴杨老
三席。

腊八日　（1月15日）与石梧书。诣陈子鹤处，晤李
　　　　春湖丈之孙翊华，观所藏各帖，其《魏栖吾》
《丁道护》两种从前曾见，《孟法师》《李元靖》则今始见，
纸墨之旧、翁跋之精，信为至宝也。归已午刻。令桂儿谢
各门生步。

初九日　（1月16日）早起即入城，由西而东而北而
　　　　西而南，四门俱到，惟在墨林处一饭，写对
一付，余未歇脚。又镜海丈、笛生、西垣处各一下车。书
三兄元放喀拉沙办事大臣，极窘，可念，当为致书石梧照
应也。上举行三坛祈雪礼，命阿哥分各处拈香。

初十日　（1月17日）吊蔡八爷母丧，牟一樵丧偶。
　　　　顺路拜客。晤伯韩及黄氏兄弟。伯韩撰《国

朝铙歌》，新乐府成矣。

十一日　（1月18日）晨出，归饭。看《明史》得四十叶，为近日所难得，应酬废学，可慨也。晚吃玉泉生子满月酒。大雪。

十二日　（1月19日）早，至龙爪槐看雪，独坐楼屋，清妙无边。归饭。看书廿叶。薄暮至霁吟处，为诰轴事。伯厚处一话。黄寿臣、孙兰检、罗椒生、郑小山公请，在寿臣处，酒暖花明，引人入醉矣。

十三日　（1月20日）晨起，上史馆，午初出，过厂市，至才盛馆，邢五峰师、翁玉泉两局归，少憩。请余菊农、彭咏莪、方少穆、黄寿臣、翁玉泉酌，颇畅。

彭蕴章，字咏莪，江苏长洲（今苏州）人。

十四日　（1月21日）颇冷。早饭后拜客，申刻归。看书廿叶。伯韩来，夜话。

十五日　（1月22日）早，拜客归。未刻，袁午乔、彭咏莪同请在袁宅，两席皆乙未世兄也。连晚月色佳。

袁甲三，字午桥（乔），河南项城人。

十六日　（1月23日）早，到史馆，甚冷。一人静坐，久之将行，少坪来。午初后至墨林处饭，饮数杯，写对数付。出城由厂肆过，归憩。晚饮乔星农处。

十七日 （1月24日）晨，过郑小山、龙兰簃处。哭汤海秋。晤周敬修制军之五世兄。归早饭，赴汤敦甫丈席，见示《游龙杖诗》，命和。过卓海帆相国师处道喜，昨日宣麻，卓师大拜，陈伟堂师转大冢宰协办，自前年五月王文恪师相薨后，悬缺二年半矣。归饭。晚步至藕舲处小饮，话。

十八日 （1月25日）早，进城，伟师处道喜，并拜客。归饭。饭后复出，晤严仙舫，年六十矣，神采如昔，一快也。一路拜客，归，过根云处话。

十九日 （1月26日）早出门，西头拜客。归，饭后到翰林署，陈伟堂协揆师午刻到任，余未赶上，师来太早也。归，过厂市，晚蔡菱州处作坡公生日。玉泉新作苏诗酒筹，极有趣，惟筹令苦迟延，丑正方散。因先散，后玉泉复拉饮也，与萍江、心泉共五人，余子四，妙在无酒意。

廿日 （1月27日）早到署，卓海帆师相辰正到任。归憩。赴陈子鹤处早局，未刻始散。归看书。晚赴张振之席。

廿一日 （1月28日）早拜潘中堂师寿，与季玉、柳君一话。吊戚丽伯父丧。入城拜数客，过石州话。归饭，看史，遂暮。

廿二日　　（1月29日）早饭后出门拜客，晤朱朵山，问子敬近状。朵山使滇甫归也。誉侯处一话。

廿三日　　（1月30日）早拜客，入城，归饭。拜藕舲生日，晚饮其处。

廿四日　　（1月31日）天阴而暖，似酿雪。午后寒。今日看书多。石州、卫生来话。夜赴王翰乔席，剥橙佳。

廿五日　　（2月1日）看书竟日，暮出即返。

廿六日　　（2月2日）晨起剃发。入城拜数客，过杨墨林处，看字画，有方正学先生画，无可与言，图奇古厚润，生气凛凛，真神物也。出城至严仙舫兄处话，许信臣来，复久坐，归。夜赵心泉请在寿臣处听曲呼杯，年意闲妙。

廿七日　　（2月3日）早晚俱未出，写年对。午间拜胡小初侍御。由厂市归，复张小谱、劳星阶、戚小蓉书。

廿八日　　（2月4日）晨未出。未刻出拜客。晤边漱石一话。石州来，送到《亭林年谱》一百本。卯刻立春。复崇雨舲、陈问山书。寄陶子立书。夜请朱霞峰、谢方斋、翁玉泉陪邹先生。

廿九日　（2月5日）晨，入城拜穆中堂师生日，拜数客。出城，归饭，看书，殊静。下午潘师处，王师母、程师母处送节敬，归。酌后藕舲来话，打锣鼓。

除日　（2月6日）晨未出，写字数幅。饭后游厂市，自西至东。买得石斋先生小简册，甚妙，梦楼联一付亦佳。其张得天一幅为杜蕉林夺去，亦妙迹也。归，喜无客。与子愚及儿侄辈吃团年饭。数日来，老人颇觉欢喜。钟曾亦善顽耍，年光殊不为劣也。子初三刻睡。

王文治，字禹卿，号梦楼，清中期书法家。

道光廿五年

初一日　（2月7日）寅初起，寅正行，卯初至东华门，入内候至辰初。上御殿受朝贺，宣表时足跪地甚苦，此恙可虑也。散后即归家，叩贺新禧。午间少睡。未刻出拜各老师年。晚饮新年酒，如昨日既无一客，先生又未回也。

初二日　（2月8日）晨出拜客。归，早饭后复出。申刻回，复出。今日共拜二百余处。邬庚翁归，晚间陪酌，亦薄醉，早眠矣。今日甚冷。

初三日　（2月9日）忌辰，不拜年。晨过厂市，进前门至墨林处，看帖、写字，并邀颂南同往，早饭，颇有趣。申初回家，看书十余叶。晚赴蔡菱洲请。寒花齐放，冷气稍解。

初四日　（2月10日）晨，拜年十余处。竹朋处见石涛画《蕉山归隐图》，佳甚。归，早饭后复出，由大街绕至前门，南、西俱遍。归，未暮也。

香殊妙也。出海岱门，看华甫新居，回拜数客，归。饮家酿酒数杯，颓然困睡，殊有趣也。

初十日　（4月16日）早，为林勿村撰年伯母寿文，又作石斋先生与乔拓田书跋。午后出门，拜曹镇远、于洵阳、程三水三新大令。宗笛楼、李千之一话。大风沙，归。写小楷数百。晚饮易念园处，均未过十盏，可喜也。

十一日　（4月17日）晨，至顾祠，即过石州处话，归。饭后甚静，写字多。晚饮李海观处，颇醉。

十二日　（4月18日）起迟些。午后出拜客，由厂肆归。晚饮甜酒，得佳眠也。甚热。

十三日　（4月19日）早，上馆，清风，复冷。巳正饭。出城过厂市，买得杭大宗诗字、板桥竹、颠道人水墨，归。晚饮兰簃处，木香花盛开，香颇剧。

十四日　（4月20日）风大，到顾祠，归，写大字多，为龙石题《鹤铭》诗并跋。灯下作小楷，尚可。

十五日　（4月21日）晨，过石州、腾轩。过厂肆，归已暮矣。心泉、松屏、寿臣来晚饭，酒罄矣。

十六日　（4月22日）早，上馆，甚静。午初饭后出

杭世俊，字大宗，号堇浦，浙江仁和（今杭州）人，清代文学家、书法家。

城，拜数客。归，久坐。晚出吊王师母。道赵少言续弦之喜，即晚饭。

十七日　（4月23日）晨，过杜兰溪，为乙未团拜事。至寿臣处，早饭，归。午后复出，拜王子坚刺史，由厂肆归。晤万藕舫、李梅生。晚饭后杨瘦芸、朱伯韩、林香溪先后至，话至子初，始散。

十八日　（4月24日）晨起，颇凉，至顾祠。归，饭。写大字。午后出，拜数客。漱芸处见龙石《雪浪盆诗》，有书索和。晚未出。

十九日　（4月25日）早，上馆，微雨数点。午初出，归，颇静。晚由甘实庵处，过厂肆，心泉留便饭。

廿日　（4月26日）晨，会数客。午刻到才盛馆，林勿村慈寿，同年到者颇少，一饭归。兰检来话。

廿一日　（4月27日）早起，东头拜客，巳正始西。将午初，到文昌馆拜陈露平堂上寿。一饭出，到才盛馆拜程楞香慈寿。早吊彭春农丈。晚饮家酿酒。

廿二日　（4月28日）晨，出拜客，归，饭。漱芸诗来。未刻到文昌馆，林树南请。申刻归，足心肿，因贴涌泉膏致此也。

廿三日　（4月29日）晨，静。辰正出，至王师母处公祭。至才盛馆，请客四席。徐戟门、黄蒨园、陈念亭、罗茗香、郑浣芗、蓝田年、钱子万、庄锡纶、杨漱芸、许世兄、胡老六、蒋子潇、于石甫、程仰思、曹同年、梁三亭、周毂臣、张石州、屠小如、陈受卿、黄大哥，郑、罗二老谈算法竟日，申正后始散。本会馆题名，余到时已戌初，少坐即行，饮翁玉泉处。脚心起泡，不良于行。

廿四日　（4月30日）足起泡，竟日不能出，写字极多，做《雪浪盆诗》，用坡韵，三首。浙江世兄送席，因约陈颂南、沈朗亭、李竹朋、李棻庭、陈小莲、庄卫生便饭，惟棻、莲、卫三君至耳，颇畅谈。

沈兆霖，字尺生，号朗亭，浙江钱塘（今杭州）人，工诗文，精篆刻。

廿五日　（5月1日）晨，静。华甫来话，午静。晡至厂肆，并唁徐霁吟同年丁内艰。归，饭后赵伯厚、张石州来夜酌，天大热，不可耐。本初一日换戴凉帽，今日忽有旨，改廿六日矣。

廿六日　（5月2日）早，上馆。午刻出至汇元堂，福建门生团拜公请也。子愚及桂儿俱往，甚热，申初归。晚饭后魏默深至，留饭。

廿七日　（5月3日）晨，静。午间至顾祠，看王腾轩移居寺中，为部置一切也。晡复出，拜数客，归。晚，孙兰检在子愚书房做东，请根云，丑刻方散。梅生今日下园，住石州处话。

廿八日　（5月4日）晨，至腾轩处校《宋元学案》两卷。归，饭。写大字。申刻，林章浦、杜蕉林请在林宅，见坡书"苏门山涌金亭"六大字，元遗山《涌金亭诗》，翁覃溪题咏，殊佳也。

元好问，字裕之，号遗山，金末元初文学家。

廿九日　（5月5日）早，上馆。风极凉，不久坐，出至墨林处饭，并作书。午正出，至湖广会馆，公请徐梅桥廉访，申正梅桥去。余赶至报国寺，顾祠春祭也。至者潘季玉、魏默深、李棨庭、赵伯厚、张石州、杨墨林、子言。大风得雨，院树有清气矣。

初一日　（5月6日）晨静，作小楷。饭后写大字多。午刻拜玉泉四十生日，未晤。过伯韩、香溪。回拜孔绣山，归。

初二日　（5月7日）晨，作《游龙杖》诗，早饭后至顾祠，与腾轩商量一切，归。晡至厂市，根云请客，兰检、兰簃、寿臣同席，散颇迟，余先睡矣。

初三日　（5月8日）早，上馆。午刻饭后出，拜数客。归，写大字多。买酒，石州来，因并邀棻庭同酌。

初四日　（5月9日）早，看蒋誉侯病。过默深话。携《蠡勺集》，并《定庵遗集》归。即出至文昌馆，请贵州门生七席，福建门生五席，藕舲因病不至。酉初散，余复至会文堂，拜田吉生堂上寿，归。

初五日　（5月10日）早，陈子嘉处贺嫁女。蒋宅拜年伯母寿。文昌馆湖南乙未同年六京官作主人，客十四人。未刻余行至许信臣处饭，戌初始散，归。夜静。子愚同桂儿在蒋家吃寿酒。

初六日 （5月11日）早，上馆。伯厚处道喜，生子满月也。拜客，由厂肆归。徐霁吟处吊。心泉来便饭，杨漱芸后至。

初七日 （5月12日）晨，静。午刻写大字多。晚过石州新居，因与伯厚、卫生四人同酌于新开之荣寿堂。

初八日 （5月13日）晨，出至顾祠。拜数客。由厂肆归，饭。未刻出，至才盛馆，拜王荫芝慈寿。晤甘石安、徐莱峰，归。默深来谈。晚，心泉处便饭，酒殊佳，然不多饮也。风凉。

初九日 （5月14日）晨，上馆，凉。午初出至寿臣处，吃面两碗。归，写大小字多。晡时至厂肆。朱伯韩、林香溪来晚饭，亥正去，送姚伯昂师七十寿对："老圃看花编一品集，高风脱帽写八分书。"

姚元之，字伯昂，号荐青，安徽桐城人，清代书画家。

初十日 （5月15日）早，客来多。饭后进城，回拜张羊子，拜姚伯印师七十寿，不请入。看李千之。出城，归，写大字。晚出至厂肆。阅红录，闽黔两省门生无一人隽者，闷极闷极。

十一日　　（5 月 16 日）竟日闷不解。早饭后出，贺新
　　　　　进士。过李寄云侍御处，看石斋画松，信厚
劲殊特也。携阿文勤《奉使西域图》归。客来不歇。根云
来宿，明日磨勘也。兰检、寿臣同来话。

阿克敦，章佳氏，字仲和，满洲正蓝旗人，乾隆时官至刑部尚书，谥"文勤"。

十二日　　（5 月 17 日）晨起，子万、漱芸来久话。余
　　　　　作书与隆锡堂太守、徐星城、唐印云，俱为
九子山事，交樵生处去。午写大字，连日题记之件颇多。
未刻至才盛馆，拜吴老七母寿。至伍燕堂丈处饮，先写联
幅。暮归，颇倦。得钱星吾丈论《亭林年谱》信，所驳皆
过当。

十三日　　（5 月 18 日）早，上馆，甚凉。先拜周虎亭
　　　　　前辈慈寿。午初出，过厂市，归，写大字，
忙甚，公车催促也。漱芸来话，今日杏侄生日，因留饮。
散后至寿臣处一话。

十四日　　（5 月 19 日）晨静，写大字多，并写与龙石
　　　　　书交漱芸去。午刻出至报国寺，与腾轩商订
一切。至香溪处一话。会文堂己亥世兄公请，申刻归。灯
下复谢信斋书，即往送伊婿陈少泉孝廉行（廷华）。

十五日　　（5 月 20 日）晨起，赴园，甚冷，风大。至
　　　　　大树庵，看李梅生、周韩城。娘娘庙晤林镜帆。
翰林花园晤醇士、根云。归已申刻矣。

周寿昌，字荇农，号友生，湖南长沙人，诗文书画全才。

十六日 （5月21日）晨凉，上馆。巳正即出，至华甫处，贺周荇农。湘潭馆，贺袁潄六。归甚静。晚，月食既，子时复圆。伯厚、默深来夜酌，闻荣庭中风。

十七日 （5月22日）晨，看芝房、史楼所写字，拜客归。少憩复出，由寿臣处为作诗，少坐。过厂市，邹云阶请陪许世叔，戌刻归。看荣庭疾。

十八日 （5月23日）晨静，拜数客。归，写大字多，晚至默深处话。回拜洪子龄龉孙，未晤。

洪龉孙，字子龄，江苏阳湖（今常州）人，工骈文。

十九日 （5月24日）早，上馆。巳正到子言处饭，写字颇多。拜王子仁廉访。出城，归，写大字、小楷。晚酌心泉处，颇清妙。晚过默深话。

廿日 （5月25日）晨静，未刻至报国寺，诣朗亭处话。看荣庭病，略见好些。

廿一日 （5月26日）殿试，未送考，亦因足恙也。小字写得多。未刻才盛馆拜宋莲叔慈寿，晚顿散，归。饭后看老默出场，仙舫亦至，同话。

廿二日 （5月27日）晨静。午刻陈伟堂师相处拜寿，甚热。回拜单廉泉，谈书律，贻我《瘗鹤铭》新刻本。过厂肆，归。晚邀仙舫、默深、子寿、小舫、芝舫、梅生饭。梅生、小舫新留馆，今日引见也。

廿三日 （5 月 28 日）上馆，午时出。至衍东之处话，
留饭。出城时已申刻。由厂肆归。晚饭后至
石州、伯厚处话。过默深、开生共话，热甚。

廿四日 （5 月 29 日）晨，为李千之作《莲花桥修禊
图》诗。午拜卓师相寿，即到千之处话。出
城至厂肆，过李竹朋，小传胪，因足恙未去。同乡萧史楼
得状头；金翰皋榜眼，浙江人；吴同年福年探花，浙江人。
今年同乡写手甚多，一甲仅得一人，殊为可惜。根云来宿，
兰检、寿臣、子愚为做三十生日。余于子初先睡。

> 萧锦忠，字黼平，
> 号史楼，湖南茶
> 陵人。

廿五日 （5 月 30 日）丑正起，与根云、梅生同饭，
即入内。上于寅正二刻御殿受朝贺。三鼎甲
率诸进士上表谢恩。出，余至厂肆一游。辰刻至湖广会馆，
状元归第，榜、探同来，真是华贵！鼎甲前辈到者十余人，
酉初始散。归，倦甚，一饭即眠矣。

> 鼎甲，科举制度
> 中状元、榜眼、
> 探花之总称。

廿六日 （5 月 31 日）晨，凉甚。上馆。得雨，极快。
出城，过雷春亭给谏，索阅奏稿。到文昌馆，
姚白印师请一饭。归，写大字多。晚饮玉泉处。

廿七日 （6 月 1 日）晨静。午间到荣庭处，病少愈耳，
未能佳也。曹西园来，为教习报满事，为往
谒祝蘅翁，不值。归，与西垣饮。

廿八日 （6 月 2 日）晨，诣蘅丈，归。午间，吴退

斿丈夫人寿，在文昌馆拜寿。过赵伯厚、张石州、魏默深、冯探花。至厂肆，又拜沈莲叔都转，归。晚饮袁学山处，为萧琳村饯行，琳村颇醉。钟曾生日。

廿九日 （6月3日）早，上馆，止一人耳。坐至巳正。出，饭于墨林处。写字甚多。出城，过厂肆，得八大、苦瓜各画，甚惬意。借墨林处石溪画，并悬于斋壁。过伯韩、香溪话。心泉、寿臣、晓庭来便饭。

石涛，清初画家，原姓朱，名若极，号苦瓜和尚。

卅日 （6月4日）晨，过默深，晤茗香，拜俞太守，未值，归。午静甚，傍晚出至厂肆，无所得而返。伯厚、石州来夜话，今日汪莼伯至。

初一日 （6月5日）晨出，归。饭后写大字多。晚邀茗香、默深、伯厚、石州、颂南同酌，浣芗、仙舫未来。

初二日 （6月6日）晨静，午写字多。晚请汪纯伯、方少牧、潘带铭、梁子恭、金愿谷、沈朗亭、童肖轩饭。

初三日 （6月7日）因节事忙，未上馆，清节帐。晚为邬先生补做生日，约翁玉泉、孙兰检作陪。默深久话。

初四日 （6月8日）晨，至报国寺，归。饭后，城内外各老师处贺节，未刻归。过厂肆，买得石溪、白阳画，甚快。晚龙兰稆、赵心泉、白晓庭来便饭，高歌痛饮，客俱醉矣。

陈淳，字道复，号白阳，长洲（今苏州）人，明代画家。

初五日 （6月9日）早起，拜堂上端节。作大字多。

晡时出门。晚约严仙舫、魏默深、李梅生过节，白晓亭亦
来，与子愚酌。

初六日　　（6月10日）早，上馆。午刻出，过墨林处
　　　　　饭，饭后写字。体中不甚适，归。

初七日　　（6月11日）晨，作字多。午过仙舫，不值。
　　　　　过厂肆，归。

初八日　　（6月12日）晨，作大字多。未刻拜顾棣园
　　　　　慈寿于才盛馆，归。李海观来晚饭。饭毕，
默深、伯厚、石州来酌，夜分始罢。余倦矣。

初九日　　（6月13日）早，上馆。午刻出，至才盛馆，
　　　　　王荫芝请。申刻归，寿臣来便饭。

初十日　　（6月14日）晨，出拜客。午后静。

十一日　　（6月15日）伯父光禄公忌辰。晚赴心泉便饭。

十二日　　（6月16日）晨静。腹泄数次。午刻长沙馆
　　　　　请陪萧殿撰，演春台部，酉初始归，甚热。
晚饮罗椒生通副处，月佳。

十三日　　（6月17日）早上馆，巳正出。由厂肆归。
　　　　　晚乘月话寿臣处。

十四日　（6 月 18 日）静，未出，亦因足疾也。晚饭兰簃处。

十五日　（6 月 19 日）晨出，唁马湘帆。诣罗茗香，茗香旋来早饭去。余出过厂肆，归。根云夜饭作东。

十六日　（6 月 20 日）早上馆，热。巳正出，心泉处便饭，为写小横幅二纸，归。鼎侄生日。

十七日　（6 月 21 日）足疾颇剧。晡出门，即回。医药俱不效，可叹也。

十八日　（6 月 22 日）竟日未出，李海观赠药浸酒。

十九日　（6 月 23 日）早，上馆。午初出城，晤金湘门丈话。心泉处饭，饭后写字数幅，归，极热。晚李梅生请陪朱朵山，归。方运足，默深来话。

廿日　（6 月 24 日）大父章五公冥寿。王腾轩来话。午间过默深，问游西山光景。至厂肆，过高姓外科谈。回至伯厚处话。归，写大、小 [字] 多。心泉、寿泉来饭。

廿一日　（6 月 25 日）竟日未出，因足恙也，然静得有趣。石州、伯厚夜来话，香溪来话。

廿二日　（6 月 26 日）未出。晚，王曼生在子愚小院请客，有醉者，敬和兄做寿。

廿三日　（6 月 27 日）因足恙，未上馆。晚出。

廿四日　（6 月 28 日）未出门，连日因足恙，静甚。看书兼习画，借自消遣也。

廿五日　（6 月 29 日）未出。晚玉泉来便饭。仙舫来话。

廿六日　（6 月 30 日）未上馆。阴雨大沛，观音院吊卢条岑。冒雨拜数客。至心泉处作字，小饮，归。晚晴。

廿七日　（7 月 1 日）晨静。午出至湖广会馆，同乡公请乔见斋中丞，申正归。

廿八日　（7 月 2 日）早到报国寺，顾亭林先生生日，辰正上祭。到者廿二人，巳初坐席，午初散。石州承办，余因足恙转托也。杨龙石寄到《雪浪盆铭》，果精古。晚与子愚至心泉处便饭。甚凉。

廿九日　（7 月 3 日）仍未上馆，足恙不见差也。竟日未出。

卅日　（7 月 4 日）未出。晚因买酒出，因至寿臣处饭。

初一日　　（7月5日）未出。

初二日　　（7月6日）未出。

初三日　　（7月7日）未上馆。

初四日　　（7月8日）买酒四坛，由厂市一游，得画
　　　　　数幅，归。

初五日　　（7月9日）未出。

初六日　　（7月10日）五娣生日，晚席，暖慈寿。

初七日　　（7月11日）母亲寿辰，余因足恙不能行礼，
　　　　　老五偏劳，我陪面，亦觉劳乏。晚客稀，有
清音。

初八日　　（7月12日）同人公局为慈寿演剧，春台部

兼三庆，入局者黄寿臣、赵心泉、方子桢、王翰乔、宋莲叔、何根云、何小笙、陶问云、胡槐江、李海观、翁玉泉、朱霞峰、梁矩亭、梁翰平、孙兰检、龙兰簃。巳集，子散。妙在未遇雨，散后雨即来矣。老人坐竟日，不倦也。

初九日　（7月13日）雨不住点。余自初七始服周朗山同年药，今日复来诊。香侄生日。

初十日　（7月14日）雨住而未透晴。默深、石州、伯厚来晚饭。

十一日　（7月15日）子愚出门谢寿。下午雨。朗山来诊，方中用穿山甲等药，当有效矣。

十二日　（7月16日）仍前方。子愚生日，玉泉、心泉、晓庭、兰簃来饭。

十三日　（7月17日）仍前方。晚兰簃处便饭。默深行。

十四日　（7月18日）昨夜痛，不得眠。朗山来易方。

十五日　（7月19日）午间蒋宅上祭。因拜李双圃丈、牛镜塘丈。周朗山处话。杨老六借《雪浪盆》去。

十六日　（7月20日）未出。陈岱云来晤，郑晴川来奕，双圃丈来。

十七日　（7 月 21 日）未出。来客，未歇。琴隖来奕。

十八日　（7 月 22 日）朱伯韩来话。李海观来晚饭。

十九日　（7 月 23 日）雨。

廿日　（7 月 24 日）大雨竟日，夜作书，寄子敬与
马艺林。

廿一日　（7 月 25 日）易宅拜生，子愚去。子愚收拾
书房。动工。

廿二日　（7 月 26 日）孙兰检得学士，来话。傍晚游
厂市，无所得。至心泉处便饭。归，大雨。

廿三日　（7 月 27 日）早过朗山，不值。至琴隖处话，
归。午时李晴川来话。晚候朗山及姜春帆，
未至。

廿四日　（7 月 28 日）未出，雨。晚，朗山同春帆来，
方同前两日。

廿五日　（7 月 29 日）客来不歇。藕舲晚来，晚饭后
至寿臣处。

廿六日　（7 月 30 日）早至春帆处诊，改方，用桃仁、

红花。

廿七日　（7 月 31 日）方同昨。雨。

廿八日　（8 月 1 日）春帆来改方，用熟地，服之，
　　　　不甚佳。雨。

廿九日　（8 月 2 日）仍服前日方，觉好些。

七月

初一日　（8月3日）仍服前方。午后至厂市，得蓬心画、梅道人墨竹卷子，归。雨至夜，大。

王宸，字子凝，号蓬心，江苏太仓人，清中期画家。

初二日　（8月4日）雨住。蒋家开吊，子愚去。申刻寿臣携其婿来见，因留点心。夜雨不久住。

初三日　（8月5日）竟日未雨，而亦不晴，时有毛点耳。山羊血冲酒服。颂南、伯厚来话。

初四日　（8月6日）未雨而阴。春帆来开方。孙兰检、易问斋来。杨子言来。石州来饭。庄卫生午来。寄云南信，藕丈贺信。

初五日　（8月7日）真晴，见日。朱伯韩来话。寄龙石信，并朗峰札。仙舫来话。

初六日　（8月8日）足痛不得愈，计不服药矣。

初七日　　（8 月 9 日）早，陈秋门来。同子愚看义园屋。

初八日　　（8 月 10 日）郑晴川来围棋。到厂市。

初九日　　（8 月 11 日）梁三亭来早饭。

初十日　　（8 月 12 日）张翊南、王咲山、杜兰溪先后
　　　　　来话。蔡香祖大令来（廷兰），索题《沧溟
出险图》，人朴实，能看书者。

十一日　　（8 月 13 日）李竹朋来早饭。罗柏亭来辞行。
　　　　　仙舫夜来话。题孙芝房尊人《采芝图册》。

十二日　　（8 月 14 日）出，过厂市。过刘宽夫侍御，
　　　　　看画数件。心泉处饭。

十三日　　（8 月 15 日）赵伯厚来。

十四日　　（8 月 16 日）上官蓉湖来别，索题《寇莱公
　　　　　墨迹册》，以不确，未敢题也。晚饮寿臣处。

十五日　　（8 月 17 日）阎图南、庄卫生、黄寿臣来话。

十六日　　（8 月 18 日）

十七日　　（8 月 19 日）方夔卿来。

会馆团拜。申正归，少憩。赴袁学山席，杏侄辈子刻始归。从学山处与曼生、心泉到厂市看灯，至雅集斋茶话，返拜藕舲慈寿。

上元日　（2月21日）晨静，看书多。韩小亭请，巳刻出示方正学先生《仁虎图》，当查《台州府志》，信奇伟也。文五峰所画《顾汝和园亭册子》，覃溪题，均佳。宋版《礼记》精妙。文衡山《豳风图》大笔头，甚厚韵。未正后始散，归，作小楷五行。仍出，赴钱萍江请才盛馆席。回家看放花。

文伯仁，字德承，号五峰，文徵明侄子，明代画家。

十六日　（2月22日）晨静。巳刻到文昌馆，丙申团拜，三庆部，同年共九席，宴集竟日。夜令儿侄往看灯戏。

十七日　（2月23日）晨静，徐樵生来早饭。饭后写大字多。晡赴赵心泉请文昌馆席。一饭归，少憩。晚赴周朗山席，散后与玉泉同车看月。至心泉寓园，看《聊斋》两段，心泉未归也。

十八日　（2月24日）贵州门生陆续来见。阅邵丹畦师行略毕。午刻到才盛馆，乙未世兄团拜，共九席，晚酌后始归。

十九日　（2月25日）早出门拜年，过寿臣处早饭，顿鲍鱼，甚美。顺路至琉黎厂雅集斋写联二、

顿，用同"炖"。

幅四。到翰茂斋，议刻《宋元学案》事，归。天阴，若雪若雨，甚冷。

廿日 （2月26日）晨静。早饭后拜阮师寿，即归，客来不歇。申刻请王菱堂阁学、李梦韶廷尉、叶棣如祭酒、许信臣侍讲、曾涤生侍读、孙兰检庶子、杨简侯宫赞。酉正，城内客去，止梦韶、兰检同饮，至戌正散。兰检话子愚处。夜大风。

廿一日 （2月27日）风冷路冻。晨，过严仙舫、徐樵笙话。陈小舫处看其近作，张蕉云处道喜。归，已午初矣。午后复出，为刻《学案》事与腾轩商量。便路晤龙兰簃、张石州、罗椒生、宋莲叔。至厂市两宜轩，携《蓬心画册》归。

廿二日 （2月28日）风定暖来，晨静，早饭后写大字。午刻到文昌馆，乙未世兄乔星农、李竹朋、龙兰簃、何根云、胡槐江、陈子嘉六人，皆去年典试者也。楼上杨简侯请一餐而归，少憩。晚赴祁春浦大农席。晤陈小莲，木夫先生之婿，去年新中，年五十余矣。

陈宝禾，字子嘉，浙江钱塘（今杭州）人。

廿三日 （3月1日）早，上馆，甚冷。朱供事携文、董各迹呈阅，无一真者。午初出城，过吴菊裳话。庄梅叔、牟一樵河工记名，道喜。一樵处久话，归。请福建门生十一人，半酌未完，至寿臣处，陪张劢庵轰饮，至醉。

廿四日 （3月2日）晨起，甚冷，复睡，仍冷。未刻，赴陈颂南报国寺席，大雪殊有趣。归，仍请闽士，酒后出字画册卷同观，梁平仲、俞小坡，皆解看也。

廿五日 （3月3日）晨静，吴菊裳来话，汤协揆丈来同早饭，酌十余盏，兴剧佳胜。翁玉泉邀游龙树寺，与莘江三人酌。散后至琉利厂，与赵心泉同游。归，约张劢庵、陶问云、黄寿臣夜酌。

汤金钊，字敦甫，浙江萧山（今杭州）人。协揆是对协办大学士的称呼。

廿六日 （3月4日）晨，上馆。午刻出城，到会文堂，朱镜堂同年请一饭。归，静，甚难得。

廿七日 （3月5日）晨，静，阅书多，写大字多。未刻，才盛馆拜吴引生祖寿，归。由厂肆归。严仙舫来话，留饭。邀朱伯韩同话，畅甚。子愚饮寿臣处。晨起写《经筵讲章》，即送署。

廿八日 （3月6日）晨，阅课卷。饭后写大字。入城吊李世兄维醇内艰。出城，赴文昌馆，祁幼璋请。饭后归，仍写大字。许信臣来，久话。赵心泉来。晚饮祝衢畦总宪丈处。

廿九日 （3月7日）早，上馆。午饭后出海岱门，道何小峰太守喜。由厂肆过麻线胡同、义兴布店，看帖。归，写大字多。晚饮龙兰簃处。

初一日　（3月8日）晨，静，早饭后拜王晓林师寿。

到会文堂，甲子年伯请，祝蘅畦丈承办。母亲命搭楼上女客五席，演《得意缘》整本。午饭后到文昌馆，乔鹤侪请。春农学士丈今早仙逝。绳匠胡同铺户失火。

乔松年，字健侯，号鹤侪，山西徐沟（今清徐）人。

初二日　（3月9日）晨静，午间到会文堂，李晴川同年请，一饭后行。赵兰友丈处话。过厂市，携董画册归。林勿村来话。

林鸿年，字勿村，福建侯官（今福州）人，清朝福建首位状元。

初三日　（3月10日）早，上馆。午初二刻出，过墨林处，饭，看字画。李竹朋来同坐。申刻，出海岱门，至本会馆，拜文昌会。由厂肆归，少憩。杨漱芸来晤。晚饮陶问云处，与椒生、伯韩、振之公请张椒云也。子愚在寿臣处，晚归。

初四日　（3月11日）晨，静。饭后写大字。走哭春农丈，丈得嗝食病，不食不便，而精神不衰，故身后一切事皆自己料理，有自挽诗并联。吊吴虹生兄丧。

回拜各客。石州处话。归，写大字。杨漱芸来晚饭，阿郎敬士亦同坐。

初五日　（3月12日）先公忌辰，早晚奠，未出门。惟贵州门人来，则见。写大字多。

初六日　（3月13日）早，上馆，馆中人颇（多），几无坐处。同椒生先出，至翰林院，与清秘诸君同饭，饭后看《永乐大典》，及前明朝报实录，朝报等俱在尘土中，不堪入目，可叹也。出城，由厂肆，贺徐新斋太守喜，归。晚饮陈秋门给谏处。过心泉话。

初七日　（3月14日）孙女荫姑满月，早面，吃得饱。客来未歇。午间过王腾轩，为《学案》事。吊刘宜庵宗丞丧，刘宽夫侍御妻丧。回拜数客，归。夜饯兰友丈于其寓，同者徐新斋、黄寿臣、袁学山、王曼生也，王若溪该班，不能到，张石州陪客，度曲、轰饮，丑初始散。

初八日　（3月15日）晨静，饭后到厂市，与墨林同至宝晋斋，交代《蓬心画册》《翁题砚册》。到才盛馆，己亥世兄团拜公请也。饭后归，风沙颇大。

初九日　（3月16日）晨起，上馆。出城至汇元堂，朱致堂师请也，一饭归。客来未歇。晚请祝蘅畦丈、叶东卿丈、但云湖前辈、万藕舲学士、蒋誉侯亲

但明伦，字云湖，贵州广顺人。

家，饮甚洽。写大字多。

初十日 （3月17日）晨，过厂市，看书，无所得。过石州、伯厚话。归，饭。写大字。午间至才盛馆，李竹朋请。一饭归，得静。

十一日 （3月18日）为王荫芝作母寿文，看课卷廿三本。客来不歇。出门拜客，晤孙芝房舍人，不见多年矣。晚借蔡菱洲处，请翁玉泉、钱平茫、梁矩亭、赵心泉，子愚偕往，并袖笛信歌为乐，却未醉也。

孙鼎臣，字子余，号芝房，湖南善化（今长沙）人。

十二日 （3月19日）晨，出，回拜数客，归。作大字三次。李梅生庶常到，住莲花寺，晚为接风，约徐樵笙、彭松屏同坐，朱伯韩、林香溪后来。樵笙大醉，发牢骚，将丑初始去。

十三日 （3月20日）晨，上馆。午初至墨林处，为颂南侍御作生日也，石州、鲁川俱在，伯厚不来。由厂肆归。晚请庄梅叔、何晓峰、周华甫、杜兰溪、王翰乔饮，晓枫后散，一樵辞。

十四日 （3月21日）晨，拜客。晤仙舫、菊裳归，午刻写大字、小楷，看书略静。晚饮华甫亲家处。

十五日 （3月22日）各省新举人在贡院覆试，新例第一次也。到报国寺，看定顾祠添屋基址。晚饮扬州馆孙同年宗礼处，月色佳。

十六日 （3月23日）晨，上馆。午初饭。以无提调到，故得早些出城。回拜数客，晤庄世兄、易墨村、郑小山。小山出四川审案差，从文孔修总宪去。写大字。顾祠动土开工。晚饮蒋誉侯亲家处，甚迟迟。月中射箭颇有趣。丑初始归，寝。

文庆，字孔修，满洲镶红旗人。

十七日 （3月24日）晨，阅课卷十余本。门人陆续来见，或者覆试俱妥当乎。午刻同乡公祭刘宜庵宗丞。拜厉彦秋慈寿于文昌馆。赴王竹侯请观音院席。归，已暮矣。写大字多。晚饭后到朱伯韩处话，并与林香溪话。有月而阴。

十八日 （3月25日）早，门生多来见。饭后到会文堂，同年十二人公请陈伟堂、卓海帆两相国师，李芝棱尚书师，朱致堂侍郎师。伟翁阅覆试卷，不能到。申正后始散。送樊又山观察行。

十九日 （3月26日）早，上馆。午初出城，回拜梁三亭。到才盛馆，丙申同年公请徐新斋太守，庄梅叔河差，喻、瑞两明府。是日又乙未乡榜值年请差客。午饭后归，写大字多。晚饮心泉处，酒佳歌缓，入无功乡矣。

王绩，字无功，性嗜酒，曾著《醉乡记》。后世因以"无功乡"指醉酒。

廿日 （3月27日）晨起，拜龙兰簃生日。进城，回拜刘讱簃副宪，拜讷近堂制军丈，留吃肉。吊秀年伯母丧。晨寒中人不甚适。午后归憩。晚约徐星斋、徐惺宇、白诗庭作饯，陈云州、王竹侯、张萝轩作陪，饮酒不多，而谭咏甚乐。

廿一日　（3月28日）晨到报国寺，因顾祠添屋，基址须另打，酌移前一丈。归，饭后写大字三次，极多。门人来谒，并客至数次。晚饮朱霞峰同年处，子愚饮心泉处。

廿二日　（3月29日）晨，略静。饭后至顾祠，与梁平仲同往观所藏《鹤铭》《石斋册》二种。归，小憩。至文昌馆，梁子恭、方少牧、樊子安公请也。一饭归，写大字。晚同祝蘅翁丈、谢方斋、王若溪、蒋誉侯公请郑梦白方伯丈，席设祝宅。

郑祖琛，字梦白，浙江乌程（今湖州）人。

廿三日　（3月30日）早上馆，先过罗茗香一话。馆上午初吃饭。出城吊宋寿甫母丧。拜张劢庵廉访。过梁平仲处，看帖、字画，有山谷草书，剧妙，生平未见。涪老真墨迹，此乃确耳。归，晤沈朗亭、张劢庵话。晚饮蔡春帆前辈处，散迟，未醉，可幸可幸。

黄庭坚，号山谷道人、涪翁。

廿四日　（3月31日）晨，出门，回拜至城内。出过厂肆。归饭。乔星农带见湖南小门生，余得见十四人。午刻赴华甫会文堂席，一饭归。写大字、小楷。牟一樵来作别，何匆遽也！留看《山谷卷》，赵伯厚、张

石州同来看。孙芝房、钱子万亦至。钱、张、赵同晚酌，
子愚夜始归。今日李千之到来，不见将廿年矣。

廿五日 （4月1日）晨起，剃发。为牟一樵写小楷册，
今日申刻行也。并题其所藏傅青主画《乾坤
一草亭》轴子。又题名图，字大豁、号君猷所书册，似曾
做台谏官，明人迹也。出门送一樵行。到文昌馆，拜顾湘
坡严慈寿。游厂市。过心泉处。买酒归。复出，至报国寺，
适有泥匠从屋上跌落，久获苏，急买黎洞丸，令服之。归，
请周虎亭、陈庆覃、郑小山、张雨农、黄黼卿、徐云渠晚饭。

顾嘉蘅，号湘坡，
江苏昆山人，其
父顾槐，号南林。

廿六日 （4月2日）早，上馆。午初出，至墨林处饭，
饭后写大横幅二，极费力。出城，拜梅小素
同年。归，写大字极多，人倦甚。

廿七日 （4月3日）早，出门拜客。过张润农，阅
其近作文字，多讲考据，可敬也。至寿臣处，
留早饭，不过十盏，意思醺醺矣。归，写大字极多。李季
云侍御来阅字画，兰检来话。晚过厂市，徐新斋邀饮，不
醉为幸。

廿八日 （4月4日）晨出，过朗亭话，携旧拓《崔
敦礼碑》归。至报国寺看工。归，饭后写大字。
午刻才盛馆拜殷年伯母寿，又拜赵心泉生日。归，申刻朱
伯韩处便饭。酉正归，兰簃、寿臣来便饭，听歌，大醉。

廿九日　（4月5日）清明节，因上祭，不能到馆。

午正赴园，见潘中堂师，久话，为带见小门生也。风沙不见日，颇冷。酉正回家，晚饮寿臣处。

卅日　（4月6日）早，香溪来话，拜。报国寺看工。

归，饭后写大字、小楷，颇闲妙。晚约李千之、张润农、刘廉泉、徐戟门、杨石涝、叶介唐饭，孙芝房辞。

三月

初一日 （4月7日）早出，到梅生处话。到潘师宅，晤季玉。拜杜兰溪慈寿。晤石州、伯厚。归，写贵州贺中丞、罗方伯、吴廉访丈信各一件，交提塘去。写大字。张斗翁来，久坐，余未及晤也。晚约毛寄云、仓少平、田敬堂、曹颖生、陈岱云、祁又璋饭，又璋因有公事未到。早间墨林、子言来看字帖，因同饭。

初二日 （4月8日）早，到顾祠。归，写大字多。张劢庵来话。午正到才盛馆，乙未世兄公请，陪劢庵也，一饭归。晚饮翁玉泉处，皆丙申同年。

初三日 （4月9日）早，上馆。午初出，过厂肆，买得正学先生画，甚喜。金冬心字亦佳。才盛馆杨、徐两年伯请，一饭散。与信臣小坐，归。写大字。晚，星伯、子舟请在赵宅。拜陈子鹤慈寿，任翰屏严寿。

初四日 （4月10日）晨，过星伯处看帖，颜书《干禄字书》拓本，颇旧。归，早饭后吊骆籥门母丧。到宴汇堂，卓师相请一饭。出，至会文堂，拜周莲士堂上双寿。彭咏莪宗丞、张振之洗马处道喜。文昌馆叶棣如请，归。夜眠颇早，亦倦甚矣。

初五日 （4月11日）早，过法源寺，晤子万、戟门。报国寺顾祠厢房工毕矣，归。饭后午刻至才盛馆，贵州门生团拜公请也。未正后至文昌馆，拜车意园慈寿，归。

初六日 （4月12日）早，上馆。听宣，同乡唯曾笛生侍讲，乙未止罗椒生学士，丙申同年得四人。馆上午初饭。出城至厂东门群玉斋看帖，归。写大字多。晚饮李梅生处。

初七日 （4月13日）早，回拜各省新贵，皆先公小门生，共七省，山东、陕甘尚不带见也。徐惺宇选金乡令，道喜。归，写大字多，晚饮庄卫生处。

初八日 （4月14日）以足恙不送考，上半日静妙。申刻至报国寺看工。过寿臣话，伯厚、石州话。见菉友寄来之锡叔液彝字，及翁祖庚所赠之冯姑昏鑃，"鑃"盖即"铫"字，器形奇而字极趣。心泉处拜其慈寿，即留晚酌，有清音，得薄醉。

初九日 （4月15日）晨，过厂市，即上馆。颇冷，因太早也。巳正出，至墨林处饭，兰已开矣，

十八日 （8月20日）吴子序来话。刘宽夫来说五倍
子方。

吴嘉宾，字子序，
江西南丰人。

十九日 （8月21日）酉刻，用五倍子方敷足痛处。
翁玉泉、赵心泉来晚饭。

廿日 （8月22日）千之、石州、伯韩先后来。卫
生来饭。

廿一日 （8月23日）客来不歇。足疾忽就愈矣。白
晓亭、赵心泉、黄寿臣饭。

廿二日 （8月24日）足大佳。祁幼璋来晤，放黄州
守也。

廿三日 （8月25日）客来多。未刻闻有治病和尚在
贾亮才处，因足恙未尽除，试往访之，不得
入而归。杨介亭来晚饭。子愚在心泉处。

廿四日 （8月26日）蔡树百来赠膏药。夜饭寿臣处。

廿五日 （8月27日）出拜数客，因足大愈也。王小
园直牧履亨来话。夜饮心泉处。

廿六日 （8月28日）伯母自十五日稍有不适，行止
如常也。昨日因梅官随母送归周家，难于为

别，未免怆怀，疾似剧矣，延医调理而不肯服药。

廿七日　（8 月 29 日）至厂市，黄倩园来晚饭，赵伯厚、恽次山后至，颇醉。

廿八日　（8 月 30 日）郑晴川来早饭。

廿九日　（8 月 31 日）朱建卿来，伯韩来。未刻，寿臣处喜事，前往道喜，并吃酒，亥刻归。

卅日　（9 月 1 日）陈秋门来，同往看义园屋，留早便饭。晚不甚适。

初一日　（9 月 2 日）因伯母服药不效，渐见疲怯，
　　　　请姜春帆来看。午间过姚圣常处看帖。

初二日　（9 月 3 日）午刻出，至厂市。

初三日　（9 月 4 日）请春帆来诊，觉好些。寿臣来晚饭。

初四日　（9 月 5 日）朱建卿来，春帆来诊。

初五日　（9 月 6 日）春帆两次来诊，用姜附收汗。

初六日　（9 月 7 日）并邀周朗山来，同春帆诊，用
　　　　意略同。未刻忽变症，服旋覆代赭汤，得安。
朗山意也。

旋覆，即"旋覆
花"，有降气、
消痰、止呕功效。

初七日　（9 月 8 日）许芳庭来晤。今日伯母似稍愈。

初八日　（9 月 9 日）邀朗山来诊，以后未再请春帆。

以姜附不得手也，傍晚势加剧。双圃丈来话。

初九日　（9月10日）病又好些。

初十日　（9月11日）邀朗山来，据云脉象不佳，难
　　　　　于着手，留一方而去。傍晚刘五峰自保定来，
请其诊视，据云脉底尚佳，火气未退，用凉药。

十一日　（9月12日）早，伯母光景佳。午间服药又
　　　　　不对。

十二日　（9月13日）早仍佳，晚辄剧。喧怒不止，
　　　　　竟夜。

十三日　（9月14日）早仍静，晚不静。多怒少眠。
　　　　　每日服药不过一两啜而已。

十四日　（9月15日）早，舌发黑，盖病温全发现也，
　　　　　用大黄、芒硝服，才两啜耳，晚得泄。

十五日　（9月16日）早，泄后大通适，一切均减，
　　　　　服肉汤米饭少许，为多日所未见。竟日不肯
服药。

十六日　（9月17日）病复剧，五峰无计，因昨日耽
　　　　　阁也。

十七日 （9月18日）早，五峰留方，别去。请陈竹
伯来诊，云止须服芦根汤、小米汤可矣。

十八日 （9月19日）早好些，或者芦根、小米有效
矣。余于早饭后下园，过蕴检之花园，不值。
谒潘师相，得见。至根云处，同游宝藏寺，归。大风沙。
江晓帆住朝房。

江国霖，字雨农，号晓帆，四川大竹人。

十九日 （9月20日）寅初，同晓帆入内，递折，二
刻递入。归，憩。卯正同根云入，晤唐子方
廉访于朝房。辰正二刻，召对勤政殿之东书房。

蒙问：我几时见过你的？

奏云：上年贵州试差覆命，蒙恩召见。

问：汝前此曾出何处差？

奏云：十九年蒙恩放福建试差。

问：汝考差几次？

奏：考过三次。

问：既然考过三次，得试差两次，中间想必分过房了？

奏云：未曾分房。

问：原来两次得差过，不曾分房。道州是那一府管的？

奏：是永州府管的。

问：永州是与贵州接界否？

奏：是与广西接界。

上云：与广西接界是湖南省之极南了？

奏云：是。

问：汝父亲过去几年了？

奏：过去六年了。

问：汝中间自然回去一回？

奏：是，扶灵柩回去的。

问：已经安葬未？

奏：已经安葬了。

问：尔弟兄几人？

奏：臣共四兄弟。

问：尔排行第几？

奏：排行居长。

问：尔兄弟都做甚么？

奏：二兄弟早已过去了。

问：还有两个兄弟呢？

奏：三兄弟是甲午举人，现在云南做知县。

问：自然是榜下即用了？

奏：未曾得中进士，中举后曾取教习……（语未毕）。

问：教习如何就能得知县？

奏：教习尚未得补，因天津捐输议叙得知县的。

问：原来是捐输得的。还有小兄弟呢？

奏：是己亥举人。

问：今年我记得尔家中了一个进士，是否？

奏：不曾得中。

问：自然还在会试？

奏云：是。

问道：是尔这个兄弟自然同在这里了？

奏云：现在同住。

上又云：我记得今年尔家中一进士，原来未有。

问：尔曾派撰文否？

奏：未曾派过撰文。

问：曾办过事否？

奏：不曾派过办事。

问：尔自然在国史馆了？

奏云：现充纂修。

问：曾办《一统志》否？

奏：《一统志》不曾经手。

问：办些甚么？

奏：传、志都曾办过。

问：尔所办志是何志？

奏云：是《河渠志》。

问：《河渠志》已将成书否？

奏：《河渠志》才动手办，成书尚早。

问：难道从前不曾办过么？

奏：不曾办过，于今才动手。

问：所以馆上进书我止见《食货志》等等，未见过《河渠志》。

问：尔已进二十名未？

奏：未曾进二十名。

问：尔资俸也不浅了，何以尚未进二十名？

奏：中间丁艰耽阁了。

问：虽然丁艰耽阁，尔食俸有几年？

奏：食俸五年。

问：食俸五年，还未进二十名。尔曾得京察否？

奏：不曾得过京察。

上俯躬，臣遂出。至根云处一憩。谒穆师，未见。唐子方留便饭于吉升堂。匆匆归，未初后矣。而伯母遽于未初三刻弃世。希冀渐愈，竟成不起，怆痛何可言。诸事皆先已预备，看戌时大殓。

廿日　　　（9 月 21 日）遍讣告同乡，来唁者不绝。搭棚安灵。

廿一日　　（9 月 22 日）卯时成服，同乡先后俱至。

廿二日　　（9 月 23 日）刻讣文。黄蒨园来帮忙。早到报国寺。

廿三日　　（9 月 24 日）黄蒨园、赵心泉、曹西园相帮料理讣帖。

廿四日　　（9 月 25 日）客渐少。

廿五日　　（9 月 26 日）头七上祭。又值先公冥寿，可惨也。心泉来帮忙。

廿六日　　（9 月 27 日）早到报国寺，看定殡所。又顾祠添屋事商量定准。

廿七日　　（9 月 28 日）发题主、陪吊各帖。

廿八日　（9 月 29 日）客来渐少。石州、伯厚来话。今日辰刻顾祠动工添南屋亭也。

廿九日　（9 月 30 日）得陶子立书，八月廿日子时得第三郎，即复书贺之。连日寄张劢庵、刘晓川书，又寄常南陔、欧世兄、黄蘅洲吊信并挽联去。未刻同陈秋门到义园，为买屋写契也，未及成而归。

初一日 （10月1日）昨日房契成。

初二日 （10月2日）己亥公祭，到者十八人。颇冷。

初三日 （10月3日）第二七祭。

何裕承，字福将，
号小笠，河南祥
符（今开封）人。

初四日 （10月4日）巳刻题主，何小笠学士为题主官，龙兰簃、翁玉泉、赵心泉、李梅生襄题。小笠来独早，礼成后即席饭，散时午正矣。寿臣来话。俞同年敏中来久话，解铅到京，行三年矣。

初五日 （10月5日）开吊，发帖仅五百，到者四百余，乙未公祭请陪吊者多止上半日到，下半日余三数人。惟严仙舫未请而在此竟日，古谊可感也。今日先伯父光禄公冥寿。昨夜上斜街吴家失火，白晓亭一甥遭惨，东西邻受惊，幸无风，不至延烧耳。

初六日 （10月6日）补吊者廿余分，午后拆篷。

初七日　　（10月7日）半夜收拾，卯初朝祖迁枢。寿珊、梅生赞礼读文，赓南祭杠，起枢时约卯初三刻。由轿子胡同出大街，至报国寺东堂安枢，时卯正三刻。严仙舫亦来送殡，后尚有蒋侄婿、杨子言、周亲家、许信臣、赵少言、张润农、王腾轩，早饭后散。余于晚奠后归。顾祠移入开成井阑。

初八日　　（10月8日）五更小雨，晨，阴冷。到庙上早供。顾祠安石刻小象。黄寿臣来晚饭。

初九日　　（10月9日）到庙上早供，供后早饭。顾祠秋祭，张石州承办，因我未能与祭也。石州同其侄张斧文大令来寓（名黼荣），索书与许芳庭。

初十日　　（10月10日）三七上祭，巳正始行礼，因家中人都去也。张姓写字人来，与老孔同住庙内。

十一日　　（10月11日）早饭后出门谢客。因过厂市，吊周鹤舲。

十二日　　（10月12日）午后出门，过厂市，遇心泉、玉泉同行，看字画，无所得，归。至顾祠。

十三日　　（10月13日）早上馆，自五月初九以后未到馆，瞬四月余矣。巳正后出至墨林处便饭，与石州、浣艻同饭。前厅有称觞客，余不便往，故三人酌于或可轩也。出过厂市，归。晡时到报国寺。晚饭后到仙舫、梅生处话，亥正归。

十四日　（10 月 14 日）未出，写大字多。

十五日　（10 月 15 日）早至顾祠，归。午过厂市。

十六日　（10 月 16 日）早上馆，午刻至墨林处，写字、吃饭。与浣香兄同酌，颇适。归已申刻。玉泉招食蟹，颇醉。

十七日　（10 月 17 日）四七，庙中上祭。晡时出，仍至顾祠。

十八日　（10 月 18 日）早，赵伯厚慈寿，昨日送对及面烛。今早先吃面两碗，归，又吃饭，觉不甚消化。归写大字多，又作小楷。晡游厂市，并谢客。

十九日　（10 月 19 日）早上馆。出至东城谢客。玉泉、心泉来便饭。

廿日　（10 月 20 日）晨至顾祠。归，饭，写大字多。

俞汝本，字秋农，浙江新昌人。

廿一日　（10 月 21 日）未出，俞秋农来话，闻华甫丁内艰。

廿二日　　（10 月 22 日）晨静。午至厂市。晚心泉处
　　　　　便饭。

廿三日　　（10 月 23 日）早上馆，归，过心泉处午饭。
　　　　　由厂市回。

廿四日　　（10 月 24 日）五七，上祭。今日张、赵各
　　　　　宅喜事，俱不能去。写大小字竟日。晚约邹
寿泉、俞秋农、刘宽夫、王子寿、张仲远、吴子序便酌。
寿泉画大松，酒后宽夫、秋农俱作画，甚有致。

廿五日　　（10 月 25 日）谢客，过厂市。晚至顾祠。

廿六日　　（10 月 26 日）早，上馆。午初出至东北城
　　　　　谢客。暮出顺城门，至兰检处，值其会课，
留便饭。

廿七日　　（10 月 27 日）静。午后过顾祠, 至厂市。

廿八日　　（10 月 28 日）晨静。写大字多。晡出至蒋
　　　　　誉侯、周朗山处话，归。根云来宿，邀兰检、
玉泉、心泉、寿臣同饭。

廿九日　　（10 月 29 日）早，上馆，风奇大，幸尚不
　　　　　甚冷耳。午初饭，饭后与根云同出，过厂市，
得方正学先生书《西铭》卷子，归。石州来夜话。

卅日 （10 月 30 日）早，杜蕉林、江晓帆、黄琴隝先后来看帖画。饭后写大字至暮，周宅上祭，命桂儿往。晚同根云、子愚饭心泉处，戌正即完，可谓早矣。

十月

初一日 （10月31日）六七，庙中上祭。归，饭颇迟，写大字多。

初二日 （11月1日）晨，出，过虎坊桥，出横街，各家看菊，主人都未起，止兰簃处一茶。归，饭。至刘宽夫处看菊，是其同人诗会也。观谢文节桥亭卜卦砚，有程文海铭刻者。又字画册八十大开，中有傅青主《食枣帖》最佳，因借归。醉后至心泉处吃饭一碗。

初三日 （11月2日）根云早行，因系武传胪，上升殿也，余以粗服，不劳赴。上馆，午初后饭。后出，过厂市，归。兰簃、寿臣、玉泉、心泉来晚饭。

初四日 （11月3日）补拜各客。写大字多。

初五日 （11月4日）早，吃炒饭，即下园。与根云西行，约廿里至香山碧云寺，水自山顶下，颇有趣，略似韬光意致也。兰检后来，同归，到花园已暮矣。

谢枋得，南宋末人，字君直，号叠山，信州（今江西弋阳）人。曾率义军抗元，后卖卜于福建宁桥亭。宋亡后，谢将使用的砚台埋于卜卦处，明永乐时重见天日。

初六日 （11月5日）五更起，卯初至太后宫门外，卯正一刻，圣驾至，行恭进册宝礼，先一叩恭进，后行九叩。除大臣外，小臣到者甚少，因各衙门无知会也。自初三日因有副宪广公失仪，至今议论尚纷纷。早饭后归，晚赴华少京同年约，在寿臣处设席。

初七日 （11月6日）早，过横街，拜客，归。寿臣来赏菊，索午饮，无他客也。申刻出，寿臣睡未醒，余独由厂市东西至心泉处，复酌至醉。醉后写对子至八十余付，可云畅笔，主人抑何贤也。

初八日 （11月7日）七七，庙中上祭，怆痛深矣。老五为东河捐输事忙了一日，因乔浚泉侍御有东河输钱请移入部库之奏也。余出拜数客，归，写大字多。石州、伯厚来晚饭，酒后同至仙舫处，复酌。石州先去，伯厚醉矣。

初九日 （11月8日）蒋誉侯来话，金榜眼鹤清来拜。早饭后过兰簃，即出厂市，入顺承门，出德胜门，西行至觉生寺，看大钟，信奇制也。至花园，住根云处，兰检、兰簃同至。

初十日 （11月9日）卯初至太后宫门外，卯正三刻，随上行叩祝礼，根云派听戏，余遂归。入德胜门，晤宜雨亭，为子敬捐输事。归，仍交子愚，由银号办去。

十一日　　（11月10日）李嘉山、郑晴川俱来晤。饭后，
　　　　　写大字多。赵迪斋、杨子言来。晚至心泉处，
为公饯也，殊有别意。

十二日　　（11月11日）早起，作小楷。饭后出，送
　　　　　心泉行，顺路拜客，归。陈颂南来话。

十三日　　（11月12日）早，上馆。出至杨墨林处，饭，
　　　　　作大字数件，出。兰簃、寿臣来晚饭。余饮
宽夫处，归，复酌。

十四日　　（11月13日）姚雨人早来话，饭后出门。
　　　　　赓南丁外艰。

十五日　　（11月14日）庙中上祭。顾祠工程全完。
　　　　　腾轩移寓其中，甚妥妙也。晚饮玉泉处。

十六日　　（11月15日）早，上馆。出城由厂市归。
　　　　　藕舲、梅生来夜话。

十七日　　（11月16日）作小楷、大字竟日。竹朋来话。
　　　　　晚饮罗椒生处。散后过宽夫，值其请客，复
饮十余盏，归。

十八日　　（11月17日）晨作小楷，午作大字。晚看
　　　　　玉泉菊。

十九日 （11月18日）上馆。午正饭，饭后出城。由厂市归，得船山一联云："楼喜静人于此寄，花宜慧眼与同看。"何其妙也。晚看矩亭处菊。

廿日 （11月19日）早起，剃发，甚冷。饭后到周华甫吊。一路拜客，申初归。

廿一日 （11月20日）晨起，至戴筠帆处，久候。蒋心香来，同出西直门，又四五里至广善寺，鄂松廷前辈作东也。同游可园，平远深秀，水光树色，宛在湖乡。宽夫、鹤侪后至，余先行，不及吃矣。未正后回家，申刻出，祁大农断弦作吊。赴李双圃丈席，戌初即散。翁、沈两家喜酒，俱未去吃。

廿二日 （11月21日）作小楷多，午后看陈岱云，病愈矣。周容斋处看坡书《九歌》，归。本

立堂买得北监板《廿一史》，甚佳。晚饭后至兰樵处话。昨得子敬滇中书，今日写回信。

廿三日 （11月22日）早，上馆。巳正即出，尚无他人到者。过厂市，淳古斋携二董迹归。写大字、小楷。晚至郑小山处话。

廿四日 （11月23日）早至报国寺。归饭。午间写大小字多。蒋锦秋观察来晤，惜《刘熊碑》《祭侄文》未带来也。寿臣、迪斋、玉泉、矩亭来晚饭，酒佳

致醉。

廿五日 （11月24日）早，易念园来话。陈大令希
敬来谈诗。申刻吊上官蓉湖于天和馆。回拜
李世兄清濂。晚赴筠帆、伯韩、心香局，席设戴宅。

廿六日 （11月25日）早，上馆。撰毛伯雨师传。
午正后饭，出城过厂市，见板桥《兰竹》八幅，
颇佳，价太昂，难买也。晚赴沈子衡会亲席，散甚早。过
杜蕉林，未晤。至石州、伯厚处话。今日送兰簃处寿礼。

> 毛式郇，字伯雨，
> 号朴园，山东历
> 城（今济南）人。

廿七日 （11月26日）晨静。到兰簃处拜尊人寿，
因吃酒、面，得饱。归，写大字多。申刻赴园，
先过蕴检之处话。至根云处宿。

廿八日 （11月27日）卯刻同根云入内，同乡谢豁
免粮恩也。久候不见一人，问知并未递折，
想是有参差矣。过检之处早饭，酒奇佳。为写庙中联。归，
做赵年伯寿叙。晚饮迪斋处。梅生连日感冒，今渐愈矣。

廿九日 （11月28日）早，剃发。午正后，石梧中
丞到莲花寺晤话。归，写道州家信，即附折
便去。申刻出拜数客。晚约石梧，并彭棣楼、郑小山、严
仙舫、黄虎琴同饭。

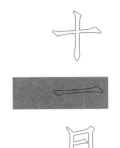

十一月

初一日　（11月29日）丑正二刻起，寅初行，卯初二刻至根云处。卯正进内，又二刻，与同乡谢恩，行九叩礼。共到九人，即同至吏部朝房吃饭。归，写大字。傍晚至厂市。石梧赴园。

初二日　（11月30日）早，宋□□来晤，为写扁事。午间至厂市，归。孙兰检、张石州先后来话。

初三日　（12月1日）早，上馆。出至墨林处饭。归，写大字。晚，赵迪斋、龙兰簃、赵伯厚、庄卫生、黄寿臣同酌。

初四日　（12月2日）

初五日　（12月3日）王鹿苹来。李少白来别。携回青莲墨迹去。

初六日　（12月4日）早，上馆。午后饭，归。

初七日　　（12 月 5 日）

初八日　　（12 月 6 日）矩亭、寿臣来看菊。晚饮迪斋处。

初九日　　（12 月 7 日）未上馆，因新协修到馆也。石梧进城来饭，因约仙舫、伯韩、寿臣、子序同酌。

初十日　　（12 月 8 日）早，至厂市，兼拜客。归，写大字多。晚赴祝蘅翁席。

十一日　　（12 月 9 日）杜兰溪来话，写楷册并大字多。晚请邹云阶、孙芝房、周子佩、周韩城、李梅生、周寿珊，为梅生饯也。余饮十余盏，出，赴王鹿宾席。又至翁玉泉处饮。

十二日　　（12 月 10 日）石吾来闲话。刘鉴泉观察来晤。晚饮黄虎卿处。

十三日　　（12 月 11 日）早，上馆。午刻出，归，饭墨林处，写大字。晚约陈颂南、刘鉴泉、郑小山陪石梧。

十四日　　（12 月 12 日）晨，未明，出彰义门，至九天庙，巳刻石梧方出城，作别。风骤寒，行人可念也。归饭。

十五日 （12月13日）庙中上祭。先出至东头拜客，归。未刻墨林请酌于报国寺，酉刻散，冷甚。晚复饮于矩亭处。

十六日 （12月14日）早，上馆。午刻出，由厂市携字画九件归。根云进城，因约寿臣、玉泉、矩亭、兰簃来酌。先是未刻赴陈酉峰之局，酒亦佳也。

十七日 （12月15日）闲暇，写字多，甚冷。

十八日 （12月16日）更冷，屋中两炉，可笑也。

十九日 （12月17日）早，上馆。午初多出，至墨林处饮，饮后写字多。出城已薄暮矣。

廿日 （12月18日）早，作蒋年伯母志文。今日子毅忌辰，可伤也。寿臣召对后来话。薄暮出至李小庵处看《庙堂碑》。晚饮寿臣处，乙未诸兄公请鉴泉也。

廿一日 （12月19日）晨，出，晤陈柳平、洪世兄。过厂市，归。晚请蒋镜秋观察、严仙舫、易念园、陈秋门、王鹿宾同席。

廿二日 （12月20日）早，甚静，写大字多。晚饮胡怀莊处。

姜白石續書譜其好處
不減孫虔禮更得於蘭亭
句書之可稱雙絕其書云
以婆羅研寫字姿蘭亭
挺得之筆也

真水无香
何紹基
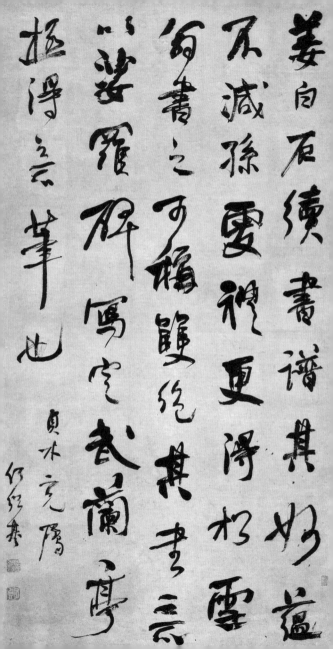

廿三日　　（12月21日）早，上馆。冷而未为剧也。午初出，由厂肆归。

廿四日　　（12月22日）竟日静。晚出拜数客，归。刘楚珍来话。

廿五日　　（12月23日）晨静。午出过伯厚、石州、建卿、付云太守处道喜。晚饮迪斋处，饮酒极少。

廿六日　　（12月24日）因小极，未上馆。写蒋夫人墓志。写大字多。

廿七日　　（12月25日）晨，出拜客。过厂肆。午至顾祠。吊喻少瀛同年于华佗庵。归，写大字。寿臣来晚酌。

廿八日　　（12月26日）早，入城，拜鄂云浦中丞、陈受卿吉士，皆不遇。归，写大字。晚饭后过誉侯话，兼晤程玉樵丈。

鄂顺安，字云浦，满洲正红旗人。

廿九日　　（12月27日）庙中上祭。伯母之丧忽已百日，可痛也。昨夜微雪，今日未刻又雪，未大也。

卅日　　（12月28日）冷甚，作字竟日。晚饮曹艮甫前辈处，戴筠帆大醉。

曹楙坚，字树蕃，号艮甫，江苏吴县（今苏州）人。

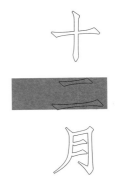

十二月

初一日　（12月29日）早，上馆。出至叶棣如处，
　　　　拜其严寿，同人公局。归，已申刻。

初二日　（12月30日）早，拜客。

初三日　（12月31日）早，上馆。出至汤协揆丈处，
　　　　贺其孙纳姻。出城，过厂市，归。剃发后复出，
赴宽夫席。又过琴隖处饮喜酒，归。兰莜、槐江、寿臣同
便酌。

初四日　（1846年1月1日）早，雪。邀刘文石、
　　　　张雨香早饭，颇迟，寿臣作陪。来客。余赴
棣如席，醉矣。鹤侨处请，少坐即行。归，吃饭。复看书
至夜分，寝。

初五日　（1月2日）与子毅生日，可怆也。因期服
　　　　谢客，止蒋、周两婿来同面。午出游厂市。
晚饮迪斋处，兰丈七十寿也。

初六日　（1月3日）早，上馆。午正二刻出，归寓饭。今日请客，客俱辞。傍晚出谢步。至玉泉处便饭。

初七日　（1月4日）早，拜客。归，写大字多。约潘树人直牧、李古廉比部、杨昆峰、翁玉泉、沈朗亭晚饭。

初八日　（1月5日）静甚，看书作字多。晚饮袁学三处。过赵伯厚，唁其姊丧。

初九日　（1月6日）早，上馆。午初出，至墨林处饭，归。晚饮玉泉处。

初十日　（1月7日）早，拜客，冷甚。归，作大字多。复各处信四封。晚兰簃处酌。

十一日　（1月8日）早，剃发。午间静。暮过宽夫，归。

十二日　（1月9日）晨，至顾祠。过寿臣处饭，归。矩亭来话。晚过石州，未值。饮玉泉处。

十三日　（1月10日）上馆。午初出城，由厂市归。赴李古廉、翁玉泉、杨昆峰公请局，散颇早。

十四日　（1月11日）早，出拜数客。吊胡春江，暴疾殁也。杜蕉林来别，蒋誉侯来话，牛镜翁来。晚赴同乡周子佩、夏老八公请东麟堂席，两客两主而已。午间写大字多。

十五日　（1月12日）早，庙中上供。归，饭后出。晚间根云来饭，邀玉泉、迪斋、矩亭、寿臣、兰簃同坐。易念园处午饭。

十六日　（1月13日）早，未上馆，□静甚。昨日将撰成《传》底，交昆峰也。晚为杜蕉林、陈岱云、黄蔼馀饭，章浦、寿臣作陪。散后至矩亭处。

十七日　（1月14日）早，未出。饭后过厂肆，归。饯彭棣楼、陶查仙、严敬村，陪客戴云帆、黄琴隖。

十八日　（1月15日）早，剃发。午静，写大字多。晚饮椒生处，散后又酌迪斋处。今日校《宋元学案》起。

十九日　（1月16日）早，至宽夫处，拜坡公生日。由厂肆归，校书、写大字，颇冷。晚赴乔星农席，未终。至宽夫处，客散矣。惟筠帆在座，三人同饮，甚畅。振之生日。

廿日　（1月17日）晨，过兰簃，久候不出，归。写大字，校《学案》。过石州话。

廿一日　　（1月18日）早，拜潘师相寿。过阮赐卿话，归。晡时至厂肆。夜风。

阮福，字赐卿，号喜斋，江苏仪征人。

廿二日　　（1月19日）风大，冷甚。晨至顾祠，归。饭后，过誉侯、少言、镜翁话，归。

廿三日　　（1月20日）早，看书，后出晤曼生、小蓝，为勘合事。藕舫处拜生吃面，归。校《学案》。晚饮彭棣楼处。

廿四日　　（1月21日）早，为路引事，往晤陈弼夫。回拜刘心斋司马，归。写大字，校书。王曼生来晚饭。

陈景亮，字弼夫，福建闽县（今福州）人。

廿五日　　（1月22日）晨，校书。午间蒋誉侯来，知觐觐得甥。晚饮黄琴隝处，大风冷。

廿六日　　（1月23日）早到庙中，黄寿臣放广东粮道，晡时往道喜。

廿七日　　（1月24日）晨，过厂市，回拜数客。晚请汪衡甫、王咲山、袁五乔、聂汝藩、梁海楼、乔心农饭，皆小军机也。寿臣、迪斋饮于北斋。

小军机，指军机章京。

廿八日　　（1月25日）清各帐，颇繁且窘。阮赐卿以《泰山秦碑》及宋拓《华山碑》押银，亦韵事也。晚饮寿臣喜酒。晡时至庙。

廿九日 （1月26日）早出，归。饭后到庙，各处老师辞年。拜穆中堂师寿。晚与弟及儿侄吃年饭。求雪不得，看看年尽了。

以上出自《何绍基手写日记》

道光共年

元旦　（1月27日）因期服，不与朝贺。早起，望
　　　　阙九叩首。家中拜年后，出门，至各老师处
贺年。归。晚饮梁矩亭生日酒，作楷三百字。

初二日　（1月28日）晨，作小楷，到庙料理，并拜
　　　　顾祠。归。饭后，大街南拜年，晤伯厚、石州、
玉泉。

初三日　（1月29日）忌辰。庙中上祭后，祭杠、演
　　　　杠。归，为仆□盘川，甚费力。周寿珊侄倩
昨日来。根云来话。寄滇信，又寄印云、季眉信。

初四日　（1月30日）黎明，至报国寺料理。伯母灵
　　　　柩起程，独龙杠，十六人抬。派李得、王升
护送。辰正三刻行。午正二刻，至长新店。蒋家杠同日行。
申正到店。晚间颇冷。与誉侯晤话。

初五日　（1月31日）寅正二刻，柩行。夫役皆湖北

人，性急也。余叩送后归。辰正一刻，到家。晡时出，拜年。晚饭后，寿臣来酌，至丑正始去。

初六日　（2月1日）晨起，剃发。午间倦甚，复睡。傍晚出，至火神庙，买得曼生、玉方二联归。赴蔡春帆前辈席。陈白沙书幅佳。

陈献章，字公甫，广东新会白沙里人，世称陈白沙。明代思想家。

初七日　（2月2日）孙女荫姑周晬，上房有女客。晨、午俱出门拜客。过火神庙，无所见。归，写小楷十行。晚，饮迪斋处。

初八日　（2月3日）早出拜客。归。下半日静。校《学案》六十叶。

初九日　（2月4日）晨出，由上下斜街过火神庙归。复裕制军、黄石琴书。晚饯寿臣，请彭咏莪、张振之、李竹朋、罗椒生作陪。

初十日　（2月5日）早起，进城，由顺承门过前门，至墨林处饭。饭后，写对三付。与黄厚园谈扬州事。携石涛画册及陶密庵公字片册归。出海岱门拜客。暮回家，陪邬先生饭。今日上学也。晚倦甚。

陶汝鼎，字仲调，号密庵，宁乡（今湖南宁乡）人，明末书法家、诗人。

十一日　（2月6日）早起，进顺承门，拜西城客竟日。抵暮出。腰脊寒痛，因今日颇冷也。晚，斟宽夫所赠杞菊酒数杯。

潘铎，字木君，
号振之，江苏江
宁（今南京）人。

十二日 （2月7日）内子生日，上房有女客。余腰疼，竟日眠坐。寿珊婿来早面。晚，饮玉泉慈寿酒。

十三日 （2月8日）晨起，进前门，拜东北城客。赶城出顺治门，已上灯矣。饥寒甚，归家小憩。兰簃请春酒。今日止早晨作小楷数行耳。拜潘木君方伯。

十四日 （2月9日）静，写字多。今儿妇拜万藕舲慈寿。余晚饮沈子衡处。酒散，至厂市，遇焦笠泉、乔鹤侨，在鉴真斋出灯谜。仍过迪斋话，乘月归。得李得初八日望都信，甚慰甚慰。

上元日 （2月10日）晨，补拜十余客，便过厂肆。归已午初矣，静甚。写楷，校《学案》，妙无节意。月佳。

十六日 （2月11日）早，补拜数客。归甚静。母亲请女客一席。申刻，赴王咲山席，与徐星伯丈谈久。归，又赴陈庆覃侍御席。散后，由厂肆过，寂寂殊难耐。归，寿臣在此便饭。今日捡出《敦煌碑》《温泉颂》《铁元始赞》，南园字，共四件，付博古斋装潢去。

十七日 （2月12日）早，吊王鹿平胞叔丧，刘心斋母丧，又补拜数客归。午静。夜有月。

十八日 （2月13日）晨未出，作小字多。捡出《樊

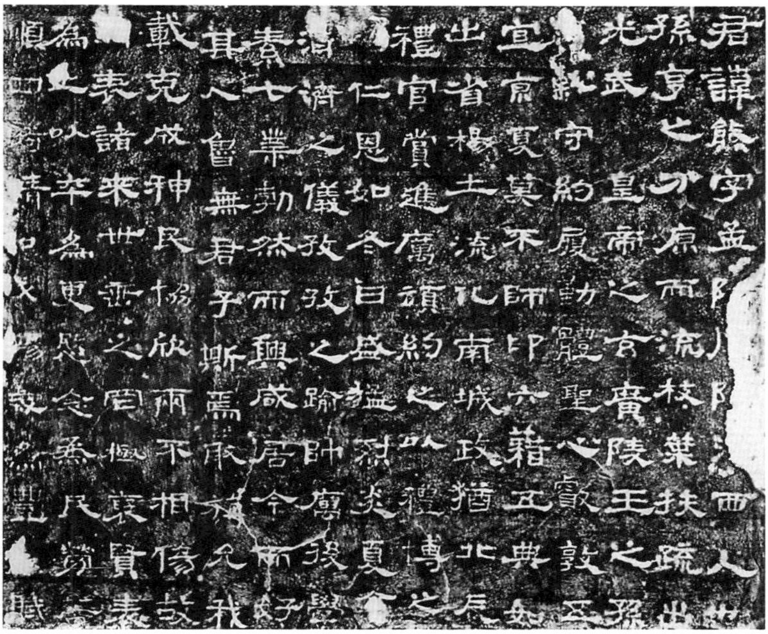

《刘熊碑》（局部），中国国家博物馆藏

敏碑》、陈东之篆联，付装池。午间出，拜数客。过厂市，
得蓬心画幅。归。晚静。

十九日　（2月14日）晨静，写刘心斋母挽联。午刻
　　　　　进城，赴墨林席。有高丽使者在座，同人与
笔谈，余不耐，默默而已。赶城出。孙兰检、赵少言、王
曼生、朱东序同酌于子愚园屋。

廿日　（2月15日）祔祭。午刻出，拜阮师相寿于
　　　　　赐卿家，八十有三矣。闻扬州去腊雪后，旧
城脚出烟者数日，不解是何祥也。过厂肆。过竹朋处话，
归。寿臣来酌，夜复至。大风。周姻母来饭。

廿一日　（2月16日）大风后甚冷，竟日墨冻，新年
　　　　　所未有也。午间出，晤石州、伯厚。过厂市，
胡春江作吊。闻邵又村鸿胪言，史馆裁去纂修十人。归，
甚静。夜，考《刘熊碑》，疑未能明也。

廿二日　（2月17日）晨起，剃发，作《刘熊碑考》
　　　　　竟。未刻出，送潘木君，已行矣。过厂市，
携未谷联、复堂画册归。杨昆峰早来话。

廿三日　（2月18日）风尚不甚冷，竟日静。晚，请
　　　　　徐星伯丈、陈颂南、王虋轩、张石州、韩小亭、
赵伯厚饭。徐、张、韩三君谈蒙古部落及元史，滔滔不绝，
以至终席。子愚饮兰检处。

韩泰华，字小亭，
浙江仁和（今杭
州）人，藏书家。

廿四日 （2月19日）晨出，贺朱子良，回拜周啸皋。过厂市，携垢道人画归。午后，静。寿臣子刻来话。

廿五日 （2月20日）晨出，拜数客。蒋家侄外孙满月道喜。吴子序早来话。午静。晡，过厂市。归，看郑小山屋。寿臣来晚饭，玉泉亦来，甚迟。

廿六日 （2月21日）早，寻温家看字画书帖两次，无所见。玉泉处早饭，缑鹿仙同年处道喜。同至玉泉乔梓、张即山至龙爪槐，小憩归。晚，饮路小舟处。仍至寿臣处，即山许赠未谷双钩额。

廿七日 （2月22日）早小雨，阴，竟日静。作《八大山人画小鸟图》诗，为谢信斋题。晚出，贺小山移居。赴朱伯韩席。昨日东河十次捐输奖叙之旨，三弟以江苏同知用，五弟双月知州用，事亦爽快。

廿八日 （2月23日）晨，小雨雪，阴。严仙舫未起，李珊甫丈处久话。晤石州、伯厚，交与《刘熊碑》。见星伯丈十三排乾隆地图，信伟观也。归饭，午静。晚，赴蒋秋鹤、沈朗亭两处席。朗亭处看黄小松手拓《武梁祠画象》，甚精。内曾子一段多出"着号来方"四字。先在博古斋遇陈寿卿谈，言四川重出《冯焕碑》《交阯太守沈君碑》，极佳。

廿九日 （2月24日）晨，雪大雨小，甚阴。竟日未
出。晚，赴史士良、宋雪帆席，酒清而新，
颇醉，却无苦也。

宋晋，字锡蕃，
号雪帆，江苏溧
阳人。

卅日 （2月25日）晨起，剃发，为潘带铭作书与
唐子方。午后，李竹朋来，看帖画至暮。同
竹朋、根云、子愚赴蔡鼎臣席。与黄琴隝、王鹿平三人公
请也。归甚早。灯下静。

二月

初一日 （2 月 26 日）晨，送带铭行。过寿臣处早饭。
竹朋处看画，龚半千卷子佳。过厂肆，得覃翁书《双藤谿诗幅》佳。前已得翁书、桂书"双藤谿"额矣。此更凑趣也。归，静。写《蓬樵画》诗。晚，请宋雪帆、孙兰检、赵迪斋、翁玉泉及根云同酌，因士良、诵孙、稼生皆辞，故成便饭也。

初二日 （2 月 27 日）静，未出。晚，饮兰检处，竟席所谈皆奇闻怪事，惜不得小史录之。

初三日 （2 月 28 日）早上馆，是京察引见第二日，东华门甚拥挤。午初出，至墨林处饭。归过厂肆，无所见。晚，赴邱镜泉、林范亭席，在邱寓。花甚茂密，酒亦佳。寿臣复来我寓与根云谈。我寝已寅初，伊三人卯初始散，根云进内也。寄滇信。

邱景湘，字敬韶，号镜泉，福建长乐（今福州）人。林延禧，字范亭，福建闽县（今福州）人。

初四日 （3 月 1 日）晨静。未时出，至厂肆，归。晚饭后，过仙舫谈。

初五日　　（3 月 2 日）先公六周年忌辰。写大字竟日。
　　　　　石州来晚话。

初六日　　（3 月 3 日）晨过厂肆。归，写大字。杨墨
　　　　　林来看帖画。晚，饮兰簃处。

初七日　　（3 月 4 日）晨静。午间出，拜数客。归暮。
　　　　　送寿臣行，并携榼往饯，甚草草，益怅怅也。
写楷册竟日。

初八日　　（3 月 5 日）晨静，剃发。午间出，晤易念园。
　　　　　过厂肆，见《双藤簃图》，惜是受堂图。闻
宽夫说《二云图》是张水屋画，在奕溶川处，猝不得见也。
归憩，静。晚，请孙定夫、查柳门、猴品三、黄筱园四大
令，蒋心香、乔鹤侪两水部饮。是日始服丸药。

初九日　　（3 月 6 日）晨静。午出，拜数客。归，写
　　　　　字多。晚，饮玉泉处。

初十日　　（3 月 7 日）晨静。午出，归。申刻，由韩
　　　　　小亭处饭归。晚，饮李晴川宅。

十一日　　（3 月 8 日）晨出，拜周德煜，以其携某友
　　　　　书来也。仍未晤。由厂肆归。写大字多。暮，
赴叶东卿丈席。戌初多即散。晚静。

葛云飞在定海保
卫战中牺牲，谥
"壮节"。

十二日 （3月9日）晨静。巳刻，到正气阁，涤楼请落成上祭，中祀甲申殉难山阴诸公及新死夷难葛壮节也。祭后，饭于山阴邑馆。未毕，赴湖广馆同乡公请席。申正散。归，静。

十三日 （3月10日）早上馆，子愚补誊录，亦同到馆。入书库一看。午初出，至牛镜翁处饮。周容斋出示明末江南巡按办五人案揭帖。申刻归。晚过椒生，仍赴刘宽夫席。筠帆处有画小照者。

十四日 （3月11日）晨静。午后，过兰簃。往厂肆，黄春泉处试画小照，亦不似也。归，写字多。暮复出，道各处记名喜。槐江处话，归饭。晚月，静。

十五日 （3月12日）晨，进城，道云巢喜。出城，过竹朋。至小山处话。归。午后出，至天韵阁看画。归。晚，乘月，闻黎越乔至都，寻之未得。

十六日 （3月13日）晨起，剃发。清出书，交本立堂做套，第一单去。午间，写大字多。校《学案》，颇忙。申刻，易念园、王鹿平、张雨农请湖广馆陪朱镜翁。戌刻散，至越乔处话。

十七日 （3月14日）晨，清书，弟二单去。午间，写大字多。夜，风冷。

十八日 （3 月 15 日）晨，清第三单书去，共二百余
套矣。过厂市，得息庐丈人所供观音像，有
江铁君篆字《心经》佳。邀陈颂南至天韵阁画小照，颇好，
不似我昨日之不像也。严仙舫得复州，道喜去，未归也。

十九日 （3 月 16 日）晨起，上馆。巳正出，至墨林
处饭。写字至未正后。出城，回家。晚，与
月乔同过仙舫，仍回拜王晓屏，暮归。

廿日 （3 月 17 日）晨，至报国寺，与腾轩话，归。
早饭后，拜兰簃生日，仍归。校书。写大字多。
晚招饮，戒酒九日矣，今复薄醉。

廿一日 （3 月 18 日）晨起甚寒。午间小睡。晚，饮
乔鹤侪处。戌刻散。至宽夫处看画，有叶荣
木画《陶诗册》十六开，系周栎园百陶舫中物。王蓬樵《黄
鹤山亭种菊图》，黄小松画《孟庙古槐》，八大山人《松
鹿图》俱佳。

周亮工，字元亮，
号栎园，河南祥
符（今开封）人，
明末文学家、收
藏家。周曾将叶
欣所画陶潜诗作
百幅，藏于百陶
舫中。

廿二日 （3 月 19 日）晨，看仙舫小急，未大愈也。
归，饭后出，过厂肆，无所见而返。校书不多。
晚，赴邵又村先生席，主人因夫人病，不能陪客，甚萧索也。

廿三日 （3 月 20 日）早上馆，甚冷。昆峰来颇早。
遂于午初吃饭。饭后出，过墨林处。从郑浣
香借《刘熊碑》钩本，有数十字。吉履庵放朔平守，道喜。

出城，过厂市，无所见。拜陆立夫前辈，新升滇抚来京也。归，校《学案》四十叶。兰簃来话。晚，赴韦竹坪、俞麟士两处席。

俞文诏，字麟士，江西婺源人，能诗善画。

廿四日 （3月21日）晨起，剃发。午出，过石州、月乔、芝房，由厂肆归。晚，请张即山、朱建卿、宋莲叔、樊子安、沈子衡、翁蕙舫酌。

廿五日 （3月22日）晨静。巳初，到顾祠春祭，到者徐星伯太守丈、叶东卿丈、陈颂南给谏、陶查仙司马、郑浣香明经、梅伯言农部、王腾轩大令、戴筠帆水部，刘宽夫、黎月乔两侍御，赵伯厚宫赞、罗椒生太仆、沈朗亭少成，吴子序、翁祖庚、汪醇卿三编修，王子怀农部，蒋心香、乔鹤侪两水部，冯鲁川、何顾船两比部，韩小亭农部、孙芝房庶常、杨墨林、子言昆季、张石州与余及桂儿也。庄卫生、严仙舫、边瘦石、朱伯韩、潘季玉未到。午正上祭，祭后，四席欢宴。申刻始散。晴天忽风矣，颇暖。梁矩亭、翁玉泉、孙兰检来便饭。

汪廷儒，字醇卿，江苏仪征人。

廿六日 （3月23日）晨静。午间出，过月乔话，归。写大字多，校《学案》至暮。赵迪斋邀饮。

廿七日 （3月24日）晨静。午间出，送黄筱原行。贺查柳门。至翁玉泉处，请史心兰画小照。拜陆立夫中丞。归静，与石吾、星皆书各一。晚玉泉处便饭，散甚早。未刻大风沙，天色可怕。

廿八日 （3月25日）风定日晴。写大字多。晨见吴师母。晚作题画、题图各诗四首。

廿九日 （3月26日）晨上馆，甚冷，北风大也。更无人到者，供事亦懒惰，可叹也！午初，饭墨林处，写对数付。北去拜全小汀阁学，巴三爷、衍东之处久话，讷近翁已于昨日出城矣。归晤王雁汀。晚至兰簃处，邀矩亭三人同酌，归尚早。

全庆，字小汀，满洲正白旗人。

初一日 （3 月 27 日）晨赴写菊农条幅对子，为桂额故也。送张即山行，作书与印云，交即山去。杜兰溪处拜其严寿，留吃面。过厂肆，至宽夫处话，归。与蔡麟洲书，为《沈君》《冯焕》两碑也。玉泉、迪斋请同子愚吃福兴居，殊索然少味，散早。与老五同酌，作云帆《载笔》《味雪》二图诗。

初二日 （3 月 28 日）晨静，写李珊翁处册。饭后出，贺黎月乔，回拜王雁汀、郭古樵。过两宜轩，买得邓石如联。至大慧寺，己亥世兄公请，吃素颇难耐，因添荤菜，甫得完。归，晚饭后过仙舫话。

王庆云，字贤关，号雁汀，福建闽县（今福州）人。

初三日 （3 月 29 日）晨起剃发。早饭后拜陈子鹤慈寿、伍琼圃严寿。过玉泉处，邀游龙爪槐。乙未世兄公请吉履庵、李竹朋两太守，因索看酒上楼，三人同酌，并邀兰簃至，既而诸君陆续上楼来晤。归约申正矣，晚静。

初四日　　（3月30日）晨静，饭后会数客。午回拜潘
　　　　　小石同年（铭恩），新选老三之广通。过厂市，
携边翁二横看。归。博古斋裱钱马极佳，系栴堂前辈物。
晚静。

初五日　　（3月31日）晨静，校《学案》忙。午间到
　　　　　顾祠，与腾轩商量校法。归写大字多。晚静。

初六日　　（4月1日）早上馆，巳正多即出。遇许信臣，
　　　　　约同至墨林处饭，值人送盆兰，颇清香。看
字画，余先行归。薄暮吊万藕舲学士妻丧。晚静。

初七日　　（4月2日）早清书，饭后过厂市归。未刻
　　　　　约吉履庵、李竹朋两太守饯，请陈子嘉、杜
云巢、费小舲、方伯雄作陪，申正上席，戌初散。有雨数
点，旋即见月。

初八日　　（4月3日）晨静，风。午刻出，拜数客，
　　　　　由厂东门至迪斋处拜其慈寿，吃面两碗，归。
写大字。晚饮迪斋处寿酒，好在客不多也。

初九日　　（4月4日）晨静，起颇迟。晚赴林章浦席，
　　　　　始晤古樵，八年不见，觉得老些，兴会犹昔也。
根云来宿，邀兰簃、兰检来同酌，子正始散去。有月。

初十日　　（4月5日）清明。晨静，早晚上祭。午刻出，

到潘师处，晤季玉一话。遇竹朋，知张菊吾善画，访之未遇。过厂肆，送品三行，不值。过伯韩，已移家。归写大字。夜静，跋珊翁赋本。

十一日　（4月6日）阴，有风，似清明时节也。午刻回拜熊柳村于巴陵馆。过槐江处，做诗一首归。晚请梅伯言、曹艮甫、戴云帆、蔡春帆、刘宽夫、周容斋、袁学三饭。

十二日　（4月7日）晨出，晤石州、昆峰，归饭。午间与子愚酌于北园。晡出，过厂肆归。夜静，颇冷。

蔡宗茂，字禧伯，号小石，江苏上元（今南京）人，著名词人。

十三日　（4月8日）晨上馆，蔡小石再充提调到馆，杜云巢亦来，无他友矣。午初后出城，过厂肆归，静。晚与子愚同赴杨昆峰席。月佳。

十四日　（4月9日）竟日阴，无雨无风。晨静，出拜吴师母六十寿，过霞峰、玉泉处话，归。午出，过兰簃话。看秋门，未晤。归。晚请叶东卿丈、严仙舫、王晓屏、屠老八、黎月乔、郑小山饭，戌正散。月乔、小山话至子初二刻去。

十五日　（4月10日）晨静。饭后到厂买折子，归即写一开。伯韩、季玉来话。夜静，母亲小不适，饮姜汤安睡矣。

十六日　（4月11日）晨已好，知昨两日天复寒所致也。作书与周子坚，交郑星楼带去。过云帆水部话。至厂肆，为季寿丈诗幅。归饭。午间舒苏桥前辈携乃郎来晤。余旋出，至梁巨亭处。又回拜陈省之司马，未晤，前日带子敬滇中信并苍参来也。归写大字甚多。

十七日　（4月12日）晨静。出晤舒苏桥、刘宽夫。到月乔处，吃家乡腊肉，小山、子愚俱往，午正后始散。李晴川处作诗一首。归，作书寄张小圃，为百诗行述事。晚与昆峰、子舟在矩亭处请祝荀伯太守，徐海年、翁玉泉作陪。散后至陈秋门前辈处话别，明日行也。

十八日　（4月13日）晨剃发。午间潘绂庭、刘宽夫来话。作书与李梅生、杨龙石。写大字后出，回拜李满爷、陈颂南。过厂肆，至张振之处晚饭。夜静。

潘曾绶，字绂庭，江苏吴县（今苏州）人，善填词。

十九日　（4月14日）早上馆，午初出，至黄征三通副处，未晤。晤叶棣如詹事。出城过厂市，到东麟堂，宋莲叔、樊子安请，莲叔、子愚后至，余于酉初未终席归。写小字五行复出，赴朱建卿席，亥刻归，颇倦。

廿日　（4月15日）晨静。午间为杨墨林写其母寿屏，未刻毕。赴翁蕙舫席，客散，主人出，与又村先生一谈。先是过石州、椒生话。晚与玉泉酌于恒源酒店。

廿一日　（4月16日）晨过厂肆，归饭。写大字、小楷，会数客。未刻出，至东头雷春庭给谏处，饭归少憩。晚饮刘宽夫处，得晤张菊如，并看帖画。

廿二日　（4月17日）晨过菊如话，过牛镜翁话，归。午静。未刻至龙爪槐，同年公局请陈栗堂、祝荀伯也，酉初散，风沙起矣。晚饮严仙舫处，得雨数点，颇倦矣。灯下写小字数行。

廿三日　（4月18日）早上馆，巳正即饭，三人同吃。出城过厂市，无所见，归。下午至顾祠，与腾轩商榷《学案》事，归。晚酌巨亭处。

廿四日　（4月19日）晨静。午过厂肆并集雅斋，晤袁学三话。归写大字。晚过兰检，又到朗亭处做诗一首，留便饭。与陶吟筠书。得唐子方书。

陶庆增，字寿陔，号吟筠，江苏吴县（今苏州）人。

廿五日　（4月20日）晨静。午复子方书，并寄□志去。出晤琴隝、陈晋之司马。进城赴孔诚甫席，出城归。少憩。晚饭仙舫处。

廿六日　（4月21日）晨静。午出，过月乔，做诗一首，由厂肆归。晚饮徐荇香处，散后与陈栗堂同年畅谈，复宴。归甚迟迟也。

廿七日　（4月22日）晨静。早饭后到顾祠，安顿开
　　　　成井阑。归憩，写大字多。晚贺兰簃嫁女、
矩亭娶妇，即饮兰簃处。

廿八日　（4月23日）晨静。巳刻出彰义门，至三晋
　　　　馆，鹿屏、雨农、仙舫三君饯送牛镜翁，请
周蔼余翁与余作陪也，未正后始别去。归过天宁寺，甚热，
余先归。憩，晚饮巨亭处。

廿九日　（4月24日）早上馆，巳刻出。饭墨林处，
　　　　为写扁四幅，由厂肆归。热甚，不得雨，真
闷人也。晚饮罗椒生太仆处。

卅日　（4月25日）早出，拜翁惠农、郭古樵、王
　　　　雁汀，皆闽己卯世兄。惠农髯者，不复少年
风致。赵子舟处道喜归。午静。下午过厂肆，至朗亭处做
诗一首归。

翁吉士，字惠农，
福建侯官（今福
州）人。

初一日　　（4月26日）晨出，午静。晚请舒苏桥前辈、严仙舫、张菊如、李小庵、张石州、杜兰溪饭。散后菊如画扇，石州同话。

初二日　　（4月27日）晨静。午刻与石州同到小庵处看帖，《化度》《庙堂》《善才》《启法》四种皆前番看过，米书《方圆庵记》初拓则今日始见也。又□□□为□□□绣《濯足图》，国初诸老题遍，真有趣也。到湖广馆，新旧值年交代，新值年余与汪玉山水部，未终席至玉泉处，公请陈栗堂。

初三日　　（4月28日）晨、午俱静。晡时出，至宽夫处，写大字数纸。过厂肆回，饭宽夫处。

初四日　　（4月29日）晨静。钟子彬太守处道喜归。晚饮蔡树百处，酒奇好，遂薄醉。又至矩亭处，写大字一幅归。

初五日　　（4月30日）因昨与树百酒后习拳，致今日
　　　　　　腰痛，可笑也！静而多客。晚阴，小雨。

初六日　　（5月1日）昨雨竟夜，今日略大，至未申
　　　　　　方住，一快事也！冬春全干，甫得滋润耳。
未刻过顾祠，又往晤李竹朋，过厂市归。雨后凉甚。

初七日　　（5月2日）雨后甚凉，晨、午俱静。未刻
　　　　　　至朗亭处，作文一篇，三刻多成文，可慰也！
归值兰检、子愚请赵老二、老四及王曼生、白晓庭、杨映
秋饭。

初八日　　（5月3日）晨静。午进城，至墨林处，遇
　　　　　　石州一话。杨简侯处吊其内艰。出城过厂肆，
至胡槐江处饮，遂薄暮。聂汝藩复做东于桥东。

初九日　　（5月4日）晨静。午出，至槐江处做诗一首。
　　　　　　晤延年伯，谈兴如昔，由戍所初归也。晚请
郭古樵刺史、翁惠农大令、王雁汀前辈、林漳浦铨部，皆
福建世兄，林范亭农部、梁平仲舍人饮，饮毕分赋荷盖灯
诗，以"琴尊间作，山水方滋"分韵，亦佳话也。

初十日　　（5月5日）大风沙。午后根云来，知西山、
　　　　　　北山连日大雪三尺，亦异事也。天气如此，
殆由秋曹现审吏、户两部事太周内耶？外间议论纷纷也。
近事惟江南运米由海运至天津，其事由朱伯韩侍御发之，

而石梧成之，可喜也。

十一日　（5月6日）早剃发。午间出，拜数客。晤伯厚，又晤石州于淮生处。淮生留吃米粉，颇苦饱闷，归憩。晚出，赴萧史楼、孙芝房席于孙寓，未竟席归。根云做东也，散还早。

十二日　（5月7日）晨走哭李芝龄师。过郑小山话，归饭。小笠来话。午静。未刻出，送子舟行。即出南星门，至三官庙，毕春亭、单藻林、刘□□、乔鹤侪、蒋心香、伍翰屏公请也。散后至兰移处便饭，与巨亭三人话至夜分。

十三日　（5月8日）晨静。午出，回拜数客，过厂市归。杏侄生日。

十四日　（5月9日）祖父章五公忌辰，早晚祭。未刻至槐江处，十六人公请竹朋。早写大字多。晚归饭。连日戒酒而人倦甚，亦由天亢旱然也。

十五日　（5月10日）晨、午俱静。写李芝棱师挽对，并大字。未刻出，晤伯厚、石州，回拜刘平山，晤周容斋，再访张羲文不值，归。李得来信，知伯母柩于二月廿七日到长沙，三月初三日浮厝山地，印云为料理，可慰也。得石梧书。

十六日　（5月11日）早上馆。出，拜延在庵丈，久
话。汤宅道喜，□宅回拜。午初至墨林处，
午正始坐席于牡丹花院。未初二刻出城，过厂市，携倪鸿
宝幅归。少憩，至兰簃处，与袁午乔、袁又泉、何石卿、
毕春亭六人公请邢五峰师。甚热，亥初散。家中搭天棚，
前日已立架矣。

十七日　（5月12日）晨静，热甚，摘领矣。午至顾祠，
为《学案》修补事。过毛子刚、王咲山话。至
朗亭处。又吊易问斋母丧。过厂市、天韵阁。归憩。仍做诗
于朗亭处，便饭。大风，得雨数点，可惜！可惜！得辛阶书。

十八日　（5月13日）晨静，饭后剃发。未刻得雨，
惜风大，不能渥沛耳。复星阶书，问《信行
禅师碑》消息。晚饮邵位西舍人处。

邵懿臣，字位西，
浙江仁和（今杭
州）人。

十九日　（5月14日）晨入城，陈寿卿邀看《沈府君》
《冯君》两神道也，果佳品；又看《兰亭》《洛
神》各帖，不过尔尔；借得八大画册二，归。午静，子言
来话。晚迪斋邀便饭。写对十余付。得子敬正月、二月两
次书。

廿日　（5月15日）风大，雨亦竟日，晨、午静。
晡出，晤苏乔、松龛、尧仙、玉泉。归吃鲜笋。

廿一日　（5月16日）晨静。过厂市，拜祝蘅畦丈

七十赐寿，吃面归。午静。晚饮杜兰溪处。

廿二日　（5 月 17 日）晨入城，拜陈伟堂师相寿，并带八大册还寿卿，仍换二册来，吃面归。晤伯厚、石州话。午后静，夜眠颇早。有旨：初六日考差。

廿三日　（5 月 18 日）五更闻雨声，甚快！卯刻起，冒雨出，邀兰簃、玉泉游龙爪槐，并呼子愚往同酌，午后散归。子愚从寺僧买兰五盆。

廿四日　（5 月 19 日）晨静。午出吊戴莲溪外艰，拜卓师相寿，道杜云巢升庶子喜。出前门，车极拥滞。雷春庭赘婿道喜。由厂市归，携得天册子，殊佳。雅集斋写对，见香光《演连珠》楷册，晚年笔也。晚静，得子敬去腊书。

廿五日　（5 月 20 日）晨静。午过兰簃话，到龙爪槐，郭古樵、翁惠农请也，四人共饭。饭后余客及古樵次弟来观弈。后与颂南先行，不等下顿矣。仍过兰移处，做诗一首归。天阴，似又有雨意。写大字，颇凉爽。

廿六日　（5 月 21 日）晨静。早过双圃丈，知即日南归矣。回拜胡晴江归，晤仙舫。早起剃发。夜小雨。

廿七日　（5 月 22 日）晨静。午出，过厂市，又拜数客。

回过伯厚、石州话。归写大字多，小楷亦得一开。杨介亭、赵迪斋来晚饭。夜雨。复郑蔓白丈送茶信。

廿八日 （5月23日）晨静。饭后，冯我园年伯处娶孙媳，道喜即归，遇小雨。写大字。晚请李双圃丈、徐海年、雷春亭、彭味之、刘□□、张润农、贾翰生饭，翰生未坐席，谈案颇可听也。复贺藕翁书。

廿九日 （5月24日）晨出，回拜王羲亭，十余年不见矣。叶香士少尉一话，归，午静。晡出，过兰莜话。朱朵山、曹颖生得御史道喜，潘季玉补博士道喜。归晚饭后，袁午桥、万藕舲来话。客去，余至迪斋处话。

演連珠

臣聞利見乘時仰九重之

表忘匈求作則資六尚之

拓本《演连珠》（节选）虞世南

興利非藏厚以自封

臣聞天空鴻漸靡等患於

處堂海宴龍遊宰遺憂乎

屬刃是以達人懇不高西

初一日　　（5月25日）晨出，送苏乔太守行，至巨亭处话，归。午静，晡过厂市，携孟津、得天幅归。

初二日　　（5月26日）晨出，送潘师相、吴师母、程师母节敬。朱伯韩处一话。文小岚慈寿，吃面归。张石州邀看碑，即往，买得《郑道昭》各件，并石经峪字四百个归。午后静。

初三日　　（5月27日）晨静。饭后送双圃丈行，过厂市归。静而倦，因天气稍热也，甚复盼雨矣。晚看邸钞，有初八日阅卷之旨，向无此旨也。

初四日　　（5月28日）晨剃发。饭后拜堂上节。即赴园，住根云处。奇热，终夜不能睡，客来亦不歇。

初五日　　（5月29日）夜雨至晨，颇滋润，且凉爽。

拜潘、穆两师节，即归。调理笔墨，甚费事。杜兰溪来住。

初六日　　（5月30日）寅初起，寅正入大宫门，与考者二百七十人，为从来未有之多。卯初受卷入，与兰簃联坐。卯正出题，巳初即写，午初吃饭，未初写文毕，做诗颇漫，申正多出场。未刻已起大风矣。晚昆臣方伯来同话，夜甚热。

初七日　　（5月31日）晨起凉适，早夜不得睡也。归家早饭，午间少睡。晡时出，晤仙舫、兰簃，因饭于巨亭处。

初八日　　（6月1日）晨至顾祠，与䕤轩话。过朗亭，病尚未愈也。晤乔星农话，归饭。午静，晡时过厂市，回拜数客归。万藕舲来夜谈。李得、王升回。

初九日　　（6月2日）早上馆，出过杨墨林，归饭已午正矣，甚饥也。风大且热。颇静。晚饮于麟士处。

初十日　　（6月3日）晨剃发。伯韩来谈。饭后静。出晤藕舲及伯厚、石州，带《史记》两本交石州。叶昆臣方伯来晤。酉初赴园，与根云、兰检话至子正。风大且热，不得眠。

十一日　　（6月4日）卯初起，卯正入宫门。辰初三刻，上御贤良门，引见共百五十余人毕，即看箭，将巳初散。过稼生话，饭于根云处。未刻回家。得雷雨一阵，稍凉。兰簃、玉泉来便饭。夜凉，得佳眠。

十二日　（6月5日）晨阴，静。入城回拜，饭后李芝翁师处吊易问斋慈奠。归。午静。申刻至龙爪槐，福建世兄王雁汀、林章浦、郭古樵、翁惠农公请也，未沾酒，而地方甚清凉。得滇中书。

十三日　（6月6日）晨上馆，一人坐至巳正。出城至本会馆，拜关帝会归。晤胡槐江，回拜叶昆臣。归饭，写小楷、大字多。晚玉泉请，在迪斋处，因泻腹，饮五家皮酒，颇相安。

十四日　（6月7日）晨静。午间客来不歇。晚同子愚至东兴居小酌，殊无甚味，惟乘月归颇有趣。椒生来久话，为腾轩书其先光禄补祀土木记。

望日　（6月8日）晨出回拜，至月乔处吃饭两碗。看胡湘琳所刻《迦陵填词图》，略有致耳。午静，作大字、小字俱多，客来不歇。得叶香士书。

十六日　（6月9日）晨上馆，甚静。巳正出，过厂市归。为冯五桥写《竹垞游大房山诗》共十三首，五桥得徐、姜迹而独缺朱迹，故索书补之，欲上石也。晚赴迪斋处公局，散颇迟。

冯云濠，字文浚，号五桥，浙江慈城（今宁波）人。

十七日　　（6月10日）晨静，曾笛生来话。午静。未刻到南星门外颐园饮，翁玉泉、徐杏香、朱霞峰、梁子恭四同年作东，请陪徐海年也。水木尚好，惜日气炎热难耐。酉刻归，过三官庙少憩。晚饭后张石州、严仙舫、吴子序先后来话，遂至子初，月色招人也。顾祠书俱取回。

十八日　　（6月11日）晨出，送王腾轩行，已首涂矣，时方卯正也，立语片时而别。看沈朗亭病，仍未出。归饭，午静。申刻出，拜东头客归，热甚。晨晤杜兰溪。

十九日　　（6月12日）早上馆，颇有人到馆者，为子愚交馆费廿金于供事霍坤甫。已刻出，由厂肆归。申刻大雷雨，甚快。晚饮刘宽夫侍御处，壁间悬中殿廿砖拓，有翁跋，佳。

廿日　　（6月13日）祖章五公冥寿。晨拜李世兄（景椿）于朝阳阁，并回拜数客归。午后静。申刻雨，不甚大，然诚祈所感也。傍晚孙芝房、吴子序来话。

廿一日　　（6月14日）早进城拜客，出过伯韩、筠帆，旋晤伯韩于振之斋中。伯韩截取回原衙门，言路将如之何？归饭，午静，写字多。晡出，晤严仙舫，送李小庵行，郭粹庵、周偶璋处话，归。赵伯厚昼来话，孙兰检夜来话。

廿二日 （6月15日）晨静。饭后出，至云林阁赴月乔席，席散即归。写大字多，客来不歇。晚阴。

廿三日 （6月16日）昨夜畅雨，因写南边信，未到馆去。唐印云、张得吾、刘霁南、李季眉、杨性农、李载庵、郑兰亭，俱致书去。午间至才盛馆吊孙子芸母丧，文昌馆赵平山母丧。晤伯厚、石州。归写大字多。晚有肴酒，因桂儿明日南旋也。竟日阴。

廿四日 （6月17日）车来甚早，辰初桂儿起程，携两仆王贵、王升去。天色大晴，殊可喜慰。晚饮陈淮生处。

廿五日 （6月18日）晨静。午出，晤石州、伯厚、雁汀，过厂市归。晚饮祁春浦大农处，过吴子序话，归。仙舫来话别，子正始去。

廿六日 （6月19日）晨送仙舫行，即到馆。巳正出，至墨林处饭。过彭咏莪、罗椒生、何根云，三人同小寓，明日京堂考差也。归少憩，赴龙树寺，叶棣如请，宽敞凉适，闲趣不少。

廿七日 （6月20日）晨至顾祠，与戒公久话，归。午间出，晤汪醇卿、赵心泉，心泉才到来也。归静，写字多。根云出场来，与小笠同话。今日题"同民心而出治道论"。赋得岁寒知松柏，得"知"字。诗题真想不到。晚饭后至心泉处酌数觞，子愚、根云先归。

觞，同"盏"。

廿八日　（6 月 21 日）寅正至顾祠，卯正后郑浣香、
陈颂南、叶东翁、赵伯厚、张石洲先后至。
辰正上祭，拜亭林先生生日，即为浣翁称祝、颂南饯行。
杨墨林、子言于巳初始到。甚热，谈宴至午正方散。归写
大字多。心泉来话，大雨不得去，因留饭。

廿九日　（6 月 22 日）早送徐海年行，即上馆。巳正
后出，晤黄征三通副话，借《盛京通志》。
赴杨墨林席，本请辰刻，余自谓迟到矣，乃午初二刻始上
席，至未正席未及半，余先出城矣。过厂市，无所见归。
联侄生日，晚酌三四钟。

卅日　（6 月 23 日）竟日阴而未雨，甚静。杨昆峰
午后来话，写小楷、大字未住。

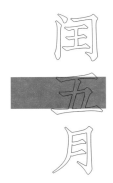

闰五月

初一日　（6月24日）晨出，拜数客，过厂肆归。晤石州，携俞理初《癸巳存稿》两本回。饭后静。晚约玉泉、心泉、兰簃、麟士为销夏饮。夜雨。

初二日　（6月25日）晨静。午间客来不歇，吴竹年来话，放贵州差也。晚出，贺潘星斋得滇差，拜数客归。

初三日　（6月26日）上馆，连日雨，路泥泞难行。巳刻出，过厂肆，至雅集斋看字画数十件，携十一件归，内有石斋、石溪迹，惟鸿宝画册未得携回也。

初四日　（6月27日）竟日静，热甚。写字多，未出。

初五日　（6月28日）晨至厂肆，归饭。刘宽夫来谈，邵世兄来。龙树寺做闰端午，宽夫、小亭为主人，谈宴至酉初方散，甚热。晚饮俞麟士处，为销夏第二集。

初六日 （6月29日）晨静。辰正赴园，潘师相处道
喜，未正回家。晚出，晤吴莘畬，过迪斋处
便饭。是日得桂儿河间所发第二书，十三日矣。

吴尚志，字（号）
莘畬，广东南海
（今佛山）人。

初七日 （6月30日）晨至厂市归。午写大字多。晚
饭后藕舲来话。

初八日 （7月1日）甚热，人倦甚。午正得根云札，
知子敬于四月廿三日酉时得子，即道堂上喜，
喜甚！晚备喜酌，石洲、藕舲来酌。

初九日 （7月2日）早上馆。巳刻出，至墨林处写字、
吃饭。未初出城，由厂肆归。未正赴文昌馆
西院，陈九叔、寿卿、杜寄园、云巢、陈酉峰、方子箴公
请也，子愚同往，戌初散。

方浚颐，字子箴，
号梦园，安徽定
远人。

初十日 （7月3日）晨起剃发。竟日静。

十一日 （7月4日）晨过厂市，并拜数客归。午静。
申刻至龙爪槐，子愚同往，杜云巢、张振之、
许信臣、龙兰簃、孙兰检、胡槐江、何小笠、罗椒生公请，
散归。晚赴陈颂南、朱伯韩席，在朱宅。

十二日 （7月5日）晨出，拜马致斋前辈。由厂市归。
同乡陈竹伯得广东差，邹云阶得广西差，可
喜也。归静，写大字。晚兰簃处销夏集。

景霖，字星桥，瓜尔佳氏，历任翰林院侍读、日讲起居注官、总管内务府大臣。

十三日 （7月6日）晨入城，访小石不值，回拜景星桥不晤。由观音寺拜客，出前门过厂肆归。少憩，出南星门至诚园，潘季玉请也。归知派署国史馆提调。饭后过吴子序话。

十四日 （7月7日）晨再访小石，留吃面。出德胜门赴园，至根云处早饭。谒潘师、穆师，辞提调不准。回家已酉初矣。至龙爪槐，马致斋前辈请也。回过兰簃处饮，值其请新女婿也。

望日 （7月8日）静。午后蔡小石来话，吃点心。写大字多，寄石梧书，并各信物去，又作书与桂儿。晚蔡春帆处吃苦瓜，散后至心泉处吃酸梅汤、看月。归尚早。

十六日 （7月9日）因未接提调任，故未到馆。竟日静，晡大雨，庭前水满矣。晚饮聂雨藩处。

十七日 （7月10日）晨、午静，写大字多。晚，公请马致斋于椒生处，兼请颂南、宽夫、筠帆、伯韩，甚热。归，子愚院中才设饭，余先睡矣。得子敬生庸儿信。

十八日 （7月11日）晨入城，吊瑞芝生慈丧。归饭，午静。未刻至龙爪槐，高续臣、武吟斋、方伯雄、方少牧、杨□□、刘裕生、徐健堂、□□□公请也。

陈宜亭得孙道喜。

十九日　（7月12日）卯刻行，辰初到馆，拜庙后阅
　　　　　　稿簿，坐至辰正二刻。天阴黑不辨字，亦无
一人来，遂出至子言处饭。午初出城，吊魏丽泉丈嫂丧。
归少憩，至报国寺，何愿船请也，酉初归。杨果勇侯开吊。
晡大雨雹，庭水顷刻溢矣。晚饭巨亭处。

何秋涛，字愿船，
福建光泽人，通
边疆史地之学。

廿日　（7月13日）静。雨，热竟日。黄琴隖约便
　　　　　饭，胡蕴芝到也，问石吾、子坚及长沙各光景。
夜雨大，发滇信。

廿一日　（7月14日）晨静。午出，送邵世兄行，已
　　　　　　于昨日行矣。翁惠农处话，由厂市归。得笪
江上《山水》，佳。夜雨。

笪重光，字在辛，
号江上外史，清
初画家，江苏句
容人。

廿二日　（7月15日）阴热。做诗数首，有《题宋芷
　　　　　　湾丈诗及尺椟卷》，为戴筠帆作者，盖可珍也。
未刻出，吊冯鲁川伯父丧。归。夜雨变大，可怕，得雷方
住，已过夜半矣。

廿三日　（7月16日）晨起作字。辰初上馆去，与小
　　　　　　石商办长编供事谕单，又清查书籍。惟子序
来，三人同饭。午正出，路泥泞，不往它处即归。晡出，
吊朱霁堂父丧，访筠帆不值，由厂市携石溪画归。晚小雨，
旋歇。

廿四日　（7月17日）晨出，晤魏条三，新从家来也。归饭。午刻出彰义门，至三藐庵看邱镜泉，冰清玉洁受此委曲，可叹也！得桂儿初八日汴梁书。晚至韩小亭处话，翁玉泉处饮，甚热，不敢多酌也。今日未雨。

廿五日　（7月18日）晨过石州话，归写大字。申初赴兰筵席，甚热。戌初归，少憩。至麟士处赏兰，复酌，雨大。

廿六日　（7月19日）晨上馆，看定进写传四篇，《秦承业》《普陀保》《林起凤》《毛式郇》四传，于廿八日进也。又看《食货志》四卷。午刻归，静。今日未雨。

廿七日　（7月20日）晨阴，雨大，旋止旋作，遂竟日。汪醇卿来。晡出，访甘实庵不遇。晤王翰乔。至杨昆峰处话。饭迪斋处。大雨，庭水满矣，冒雨归。

廿八日　（7月21日）竟日静。午后雨。

廿九日　（7月22日）晨过厂市，归饭。写大字多。

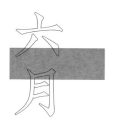

朔日　　（7月23日）上馆，阴雨，未至沾湿也。出，回拜满提调西、穆二君。遇大雨，至墨林处小憩。雨点略稀，遂出城归。晚赵宅饭，散颇早。

初二日　　（7月24日）条三来话。午初至龙爪槐，汪醇卿同门九人请陪胡润芝也，其八人朱荣实、盛康、叶潢、朱□□、马砺品、李□□、□□□、□□□也，申正散，坐久矣。

胡林翼，字贶生，号润芝，湖南益阳人。

初三日　　（7月25日）上馆，巳正吃饭，止余与小石兄二人耳。出城，过厂肆归。写大字。甚热，挥汗为劳。

初四日　　（7月26日）因孙女荫姑患泄痢，延医调理。写字多。暮访张菊如与笈村，借邢子愿草字册及高南阜画石归。早起剃发。

邢侗，字子愿，山东临邑人，明末书法家。

初五日　　（7月27日）晨静。午过伯厚，言邹小儿佳。

写大字。极热，为今年第一日。夜得风，凉甚。

初六日　（7月28日）五娣生日，寿珊侄婿、孙兰检来吃面，许信臣来同席。午间清书帖，开门庭，晚暖寿。孙女痢症愈，而招云侄女风症，殊闷人也！

慈寿日　（7月29日）早客多，共百卅余人，上房院有清音。晚客少，因未复邀请，止根云、兰移、藕舫、槐江、迪斋、兰检留此同酌。天大热，而尚比初五为好，申刻小雨一阵，得凉。招云风症治得有效。

初八日　（7月30日）静。晚约颂南、伯厚、石州、漱石、卫生、昆峰、学三、椒生、尧仙饭。未到者宽夫、伯韩、云帆、月乔、朗亭、季玉也。

初九日　（7月31日）早上馆，巳正吃饭，饭后子序来。午初出，由北城至西城，城内谢客全清。香侄生日。兰检、心泉来晚饭。

初十日　（8月1日）晨出，谢大街南客，午饭后谢街西、街北客全完。下半天奇热，几不能餐。得滇信。

十一日　（8月2日）早起谢东城客，归饭。午后静，写大字，热甚。晚赴张星白同年席，见叶氏藏《度人经》甚旧。

张锡庚，字星白，江苏丹徒（今镇江）人。

十二日　　（8月3日）子愚生日，早面，与玉泉、兰
　　　　　　　　籽酌，颇醺醺。因天气欲凉也，晚间客不多，
而饮尚洽。

十三日　　（8月4日）辰初到馆，为磨校《食货志》并
　　　　　　　　传四篇，殊赏心。未初始出，由厂肆归。写祝、
挽各联。复出谢客，并道喜，周芝台前辈典浙试，廉琴舫
典湖北试，汪衡甫、汪醇卿典江西试也。晚饮赵心泉处。

汪本铨，字衡甫，
江苏阳湖（今常
州）人。

十四日　　（8月5日）晨至厂市，过何眉士舍人话。归，
　　　　　　　　饭后静，写数扇，题袁年伯《海塘筹御图》
卷子。晡出，晤醇卿即归。郑小山来话。天阴有秋意。

十五日　　（8月6日）早拜张晓詹前辈，又拜罗椒生
　　　　　　　　堂上双寿，少坐。上馆。巳正饭，午正出城，
由厂肆归。晚饮椒生处，又拜俞麟士慈寿。

十六日　　（8月7日）早吊杜兰溪，回拜花思白，话，
　　　　　　　　归。拜蔡春帆五十生辰，留面，与陈九丈、
蔡心榖饮，微醺矣。归。午后吃西瓜、酸梅汤颇不适，因
天气乍凉也。晚饮春帆处，主人以小疾未出。

十七日　　（8月8日）晨出，回拜数客，至巨亭处看《黄
　　　　　　　　庭经》，仍常本耳。归饭后竟日静，写大字多。
杨椒雨观察来晤话，新放湖南盐道也。晚有月，更凉。复
李石梧书，并寄东参各物去。

杨炳堃，字蕉（椒）
雨，浙江归安（今
湖州）人。

十八日　（8月9日）晨静。午写大字，剃发。晚饮蔡树伯处。

十九日　（8月10日）晨上馆，巳正饭，午刻出。过墨林处，与丁心斋话。归过厂市，得蓬樵《湘江唱和图卷》归。夜间玉泉、兰簃来便饭。凉甚。

廿日　（8月11日）竟日静。作大、小字俱多，人颇倦。

廿一日　（8月12日）晨静。午间出，贺林勿村同年出守琼州。归静，作小字多。条三来话。

史策先，字吟舟，
湖北枣阳人。

廿二日　（8月13日）早出，拜叶东卿丈寿于天和馆，过魏条三话。回拜黄荆山、史吟舟。晤张石州一话。归。晚过苏松龛，阅所奏拐诱幼孩折底。至玉泉处便饭。

吴伟业，字骏公，
号梅村，江苏太
仓人，明末清初
诗人。

廿三日　（8月14日）早上馆，阅书库。巳正饭，申正出，由厂肆归。小石因病足未到馆，往看之，见壁间所悬吴梅村画中九友诗并九友画，又益以梅村画为十友，皆佳迹也。黄莘农典试江南道喜。归。少憩复出，道陈子嘉典陕甘试之喜。迪斋处一话。杜兰溪处陪吊。归。

廿四日　（8月15日）晨静。饭后出，至厂肆，得梅村所画《桃源图》，与昨事相应，亦奇事也。

并携桂未谷《说文序注》交博古斋。归写扇数柄。未刻至
湖广馆，与月乔、鹿平、小岚同请杨椒雨观察，戌初始散。
酉初时，大风暴雨震动屋木，为从来未有之风色，可怕！
可怕！回家来，余院中天棚掀失，南小屋破矣，幸上房俱
未受损也。夜小雨复数阵。

廿五日 （8月16日）晨静。拜陈石珊祖慈寿，到心
泉处早饭归。棚匠检理破棚，至晡方清。写
大字多。

廿六日 （8月17日）早到湖广会馆，同乡公祭李文
正、杨忠烈，同人俱未到，先自行礼。上馆，
午正出，至蔡小石处，足疾愈矣，用五倍子方也。过墨林
处，颂南、石州诸君咸在。少憩，吊特年伯母。出城归。
因内子病，甚烦闷。晚赴毛子刚席。

廿七日 （8月18日）晨过石州一话，归。天棚仍搭
起，但略小些。午正雨，旋歇。写大字。请
王石华为内子诊。赵心泉、翁玉泉来便饭。

廿八日 （8月19日）晨静，写大字、小楷多。未刻
至陶然亭，玉泉、霞峰同请客，皆同年，颇畅，
惟天色复热。此亭自壬寅秋圯后，今年粤东卢君福普始重
修之，规模非旧矣。根云来晚饭，饭后谈笑至丑刻下园去。
夜雨大。

廿九日　（8月20日）早到馆，午刻散。出城拜数客，由厂市归，得字画数件。内子所苦渐愈。

史致蕃，字德滋，号椒圃，江苏溧阳人。

卅日　（8月21日）晨静。午出，晤潘绂庭、季玉，回拜史椒圃归。

初一日　（8月22日）早到馆，小石兄尚未来，知足
　　　　　恙未全瘥也。午刻出城归。晚饮吴子序处，
席间子愚着人告知，得桂儿闰月廿五武昌书，同人皆为一
快慰，盖四十六日不得信矣。

初二日　（8月23日）竟日静，天甚热。晡至厂市，
　　　　　由果子巷一路至兰簃处，留便饭，饭后谈至
子刻归。

初三日　（8月24日）早过条珊话，即上馆。午刻散，
　　　　　过方伯雄，看陆家石园，布置尚佳，壁间见
童二树画荷，比梅花远胜矣。看蔡小石兄足疾，尚未健步
耳，壁间悬名画甚多。出城由厂市归。晚矩亭、槐江来话，
石州来话。王石华来诊甚迟，内子所苦复增也。

童钰，字璞岩，
号二树，浙江山
阴（今绍兴）人，
清代画家。

初四日　（8月25日）竟日静。校书、写字，甚有味。
　　　　　晚饮心泉处，酒后作大幅书，不知水墨是何
光采。

沈葆桢，字翰宇，
福建侯官（今福
州）人。

初五日 （8月26日）竟日静。晚约陈福林、郭古樵、翁惠农、王雁汀、庄牧亭、赖均甫、沈翰宇饭，皆闽人。申刻雨一阵。

初六日 （8月27日）辰刻到馆，归颇迟。天阴。晚饭后过心泉处。

初七日 （8月28日）热，内子所苦不见好，殊闷闷也！竟日未出。晚请叶昆臣、魏条珊、沈子衡、胡润芝、郑小山、黄琴隖饭。

初八日 （8月29日）晨出，拜数客，看刘宽夫，吊其弟丧，徐云渠祖母丧。归午静，写大字多。晚胡槐江请便饭，甚清妙。

初九日 （8月30日）早到馆，小石兄足疾愈，亦到馆矣。午刻同出，至叶棣如詹事处饮，申刻余先出，归憩。晚赴江梅卿、沈朗亭公请席。

初十日 （8月31日）家中上供，迎先神。竟日未出，校书、写字多。晚饮烧酒数杯，无客自酌，为近来希有事也。晨剃发。

十一日 （9月1日）早送翁惠农行，回拜周宣史。归。饭后静。条三自园来，留共小饮，佳。

十二日　（9月2日）晨出，拜数客，由厂肆归。午静，
晡过石州、伯厚处久话。至蔡树百处，看《黄
庭经》，因酌焉，大雨中快饮。归过仓少平话。

十三日　（9月3日）早过石州话。昨夜得张小圃书，
前属其索取《阎百诗行述》等，今寄来，可
喜也！即到馆，小石足恙复发，不能来。午正与伯厚同出，
至杨老六处，写字数幅。归，遇墨林于厂肆。内子病自昨
日来就愈矣。昨得石梧书。

十四日　（9月4日）晨静，午出即归。上供，焚楮
币包。夜月，佳。

古代以楮树皮造纸，故称纸币为"楮币"。

十五日　（9月5日）晨至厂市。归。午静。晚公饯
孙兰检典试河南。根云来同酌。

十六日　（9月6日）早上馆，午刻出。由厂肆归，静。

十七日　（9月7日）竟日静。早过曼生，为兵部查
折稿事。

十八日　（9月8日）晨出西便门，至平则门外圆广寺，
吊杨简侯。入平则门，吊许信臣妻丧。归。
饭后赴尧仙、星田、寿卿、雪帆公请局，晚复赴朗亭、翰
平、子衡、少牧局，皆陪朱筱鸥也。酒后写大字多。寄湖
南信。

十九日 （9月9日）晨到馆，午刻出城，由厂市归，遇吴逊甫于博古斋。归写大字多。晚赴赵心泉便酌，散甚速。

廿日 （9月10日）桂儿生日。余晨出，拜数客归。午静，晡复出。归，兰簃、巨亭、心泉、昆峰来酌。

廿一日 （9月11日）竟日静。写大字、小字多，《学案》第三次校全毕。晚过石州，已睡。至倪海槎处看画，承赠石刻《钱南园先生守株图小像》。

廿二日 （9月12日）晨静。出拜张雨农堂上八旬双寿，吃面。归少憩，复出，本会馆拜曾文恪公生日。回拜熊世兄于木厂胡同，与雷春庭久话，归。晚出，过伯厚、石州，与伯厚同饮雨农处。大雷雨，旋晴。

廿三日 （9月13日）早补拜月乔生日，实是廿一日也。即上馆，午刻出，仍过厂市归。晚间兰簃约便饭，耳闻有不快事，可叹也！夜不得寐，晤张小珣丈。

廿四日 （9月14日）早过石州话，为聚珍书事。过迪斋不值，归饭。未刻赴朱筱鸥松筠庵席，谈碑论画于松竹间，颇有趣。归，石州来同饭，酌十余觥。同至淮生处，见年大将军时文稿。

廿五日 （9月15日）晨静。未刻至厂肆，又过陈福林处话。归。心泉邀便酌，酒佳甚。

廿六日 （9月16日）早上馆，遇雨，尚不大耳，申刻归。苕三、越乔来便饭。

廿七日 （9月17日）竟日静。观音院吊许信臣室。

廿八日 （9月18日）晨至厂肆，兼拜客。归写大字多，勘《陶园年谱》。晚同子愚赴王翰乔席。

廿九日 （9月19日）晨静。饭后过石州、晴川、心泉。归写大字。晚心泉处便饭。

张九钺，字度西，号紫岘，又号陶园，湖南湘潭人，能诗善文。其从孙张家枞编有《陶园年谱》。

初一日　（9 月 20 日）早上馆，小石仍未来。午刻出，晡静。晚饭后过兰簃话，问分献事。

初二日　（9 月 21 日）丑时五弟得女，余晨出未知，归饭始知也。午间复出，申刻报广东学政，旋知其诳，因全单一早已出也。根云来宿，午峰、石州、伯厚、卫生、愿船同饭。

初三日　（9 月 22 日）早上馆，小石仍未至，足疾殊可念也！午后由厂肆归。晚兰簃、心泉、根云同饭。

初四日　（9 月 23 日）寅初二刻母亲忽患痰闭症，汗出、心中作难，脉甚微细，服姜汤两次，吐痰出乃渐解。巳刻郑小山来诊，用化积运痰等药，甚合。为明日分献，走求兰簃、尧仙相代，俱不敢代。学政全单出，根云山东，咏莪福建，椒生安徽，兰簃山西，巨亭湖北，同人得者可云盛矣！申刻进城，住国子监敬思堂。母亲所患就愈多矣。

初五日　（9 月 24 日）丑正起，候至寅正，卓师相来
　　　　　　主祭，余与罗鸣庵分献，至卯初二刻礼成，
跪拜行走，节颇烦，兼以敬恭，汗浃衣体矣。卯正由国子
监出，辰初二刻到家。母恙大愈，可庆也！

罗传球，字鸣庵，
广东大良（今佛
山顺德区）人，
工书法，能诗文。

初六日　（9 月 25 日）卯刻入内听宣。到小石处坐，
　　　　　　途间遇大雨，至小石处复大雨，雷声震人。
到馆与小石、颖生同饭，饭后雨不住，公事毕后久坐始出。
晚迪斋、玉泉来便饭，上灯时复大雨，几不成餐也。晡出，
晤巨亭一话。

初七日　（9 月 26 日）晨静。旋拜潘师母寿，与石州、
　　　　　　兰簃话，归饭。午复出，贺咏莪、椒生、晓帆。
与宽夫久话。归。写大字多。

初八日　（9 月 27 日）晨静。午刻写大字。至厂市。
　　　　　　申初赴园，住根云处。

初九日　（9 月 28 日）卯初起，卯正至宫门，引见于
　　　　　　勤政殿，基名在十七，蔡小石打头得司业。
饭后谒潘、穆两师相，为请派署国史馆提调事，两师相意
在不派，余以不能独当固请。午正同根云、矩亭、槐江游
黑龙潭，往返四十里，酉初回。夜集共八人。

初十日　（9 月 29 日）寅刻起，卯初入内祝万寿。卯正二刻，上御正大光明殿受贺。礼毕出，至朝房，即同小石至根云处。余归，巳刻回家。杜蕉林观察晚来，留便饭，因邀王雁汀、郑小山同叙。

十一日　（9 月 30 日）早送蕉林行，由厂肆归，携得石斋先生与杨玑部倡和诗小册。午静。晚饭独酌，月出。因访石州不值，过迪斋酌。写笺幅字十余方。

十二日　（10 月 1 日）晨出，回拜葛壮节之子以简，新选阶州直牧。何愿船处话。归饭。午出，晤王雁汀、杜兰溪、张润农归。

十三日　（10 月 2 日）晨上馆，雁汀到署提调任，兰簃、巨亭、晓帆三学使到馆。午刻出，小石处贺。出城由厂肆归。写大字多。

十四日　（10 月 3 日）晨清算节帐。早饭后客来不歇。午出，拜潘师相、邢老师、吴师母、程师母节。程师之孙八岁，体气颇不见强。至龙爪槐看六舟上人，获观所藏各古墨，有素师《小草千文》，即己亥过吴门所曾见者，信妙迹也。携八大、石溪、云卿三画归。晚饭独酌。

中秋节　（10 月 4 日）静。晡至厂肆，携八大、石涛、梅道人、方壶四画归玩，殊不负佳节也。晚，家宴后静寂看月。子愚出，看月去。

十六日　　（10月5日）早过厂肆，即上馆。午刻出，
　　　　　同雁汀、卫生至墨林处话，归。邬先生出场。
儿妇生日。

十七日　　（10月6日）晨静。午出，拜数客归，雨。
　　　　　申刻下园，住沈朗亭处，即根云寓也。朗亭
病肝气，上书房每日卯入午正出，不易支也。亥刻得月。

十八日　　（10月7日）卯初起，卯正入内，引见于勤
　　　　　政殿。开坊者六人，编检十人，叶棣如少詹
得讲官，同人往吃贺酒于福庆堂。余即归，写大字。晡时
出。晚为心泉、麟士接场，春帆、迪斋、巨亭同酌，春帆
酒后画扇二。

十九日　　（10月8日）早伯母丧周年上祭，除期服，
　　　　　惨惨甚！午初上馆，未正后出，与雁汀同话
于小石处。出城由厂肆归，薄暮矣。作字数百，而石州、
鲁川同黄子冶来话，留酌看帖。

廿日　　　（10月9日）晨静。饭后出，拜数客归。午
　　　　　正后至才盛馆，乙未世兄秋团请也，申刻归。
晚饭后至兰移处，遇诸友均在，闲话后命酌，归已子正。

廿一日　　（10月10日）晨过陈露平处看帖，有《太
　　　　　清楼》一本，二王迹甚佳，申凫盟、杨思圣、
王孟津诸手札并明贤各札均好，携两册归。午间感凉，略

申涵光，字孚孟，
号凫盟，永年（今
河北邯郸）人，
明末诗人。
杨思圣，字犹龙，
号雪樵，直隶巨
鹿（今河北巨鹿）
人，清初诗人。

睡，起写大字。晚约龙兰簃、梁巨亭、罗椒生、何根云四学使，邱迪甫太守酌，彭咏莪学使辞。

廿二日　（10 月 11 日）晨出，晤沈子衡话，为赵隣事，过厂肆归。午复出，晤张小珣丈，商量年谱事。桂祥严寿，请汇元堂，未坐归。写大字多。晚为小石题《冶春》《咏寒》二图，填词二阕，真初学步也。止记得少时为周节庵丈填一词，不知说甚，今忽十年矣！

廿三日　（10 月 12 日）早慈体复不适，似中风痰者，服姜汤渐解。请小山来，仍用枳桔二陈汤，过午渐就愈。不能到馆。晚赴雁汀席，草草归。小山夜深去。

廿四日　（10 月 13 日）慈体益安。晚间郑小山、赵迪斋便饭。夜雨。

廿五日　（10 月 14 日）先公冥寿。

廿六日　（10 月 15 日）早到馆，午正出。归憩复出，至天和馆，拜王翰乔同年严寿，一饭归。

廿七日　（10 月 16 日）起早，静。写大字多。午至慧秋谷处拜其严寿，申刻出。

廿八日　（10 月 17 日）晨过厂肆，午静。拜数客，晚饮叶昆臣处。

廿九日　　（10 月 18 日）早到馆，未刻出。晚酌兰簃处。

卅日　　（10 月 19 日）竟日静。写字多。俞麟士生日。

初一日　（10月20日）早上馆，雁汀未至。为供事查书潦草，出谕嗣后不准写行草。出，过小石话，归已申正。麟士处小饮。

初二日　（10月21日）晨出，拜东边客归。午静，写大、小字。晚饮蔡春帆处。

初三日　（10月22日）早入顺承门，道曹西垣得子喜，至讷宅吃肉。午初到馆，未正出。申刻到杜家拜芝翁寿。归写门庭联。麟士请夜饭。

初四日　（10月23日）竟日静，校《学案》。

初五日　（10月24日）先伯父冥寿。午间出，过厂肆，得覃溪《金石录诗卷》。过石州话，属题石斋先生诗册，示我黄端木《孝子寻亲图》。晚玉泉处便酌。

初六日　（10月25日）梁巨亭、龙兰簃、何根云三学使醵金送戏，为我堂上欢，因请内客四席，外客四席，于北院演三庆部。客来者赵迪斋、黄琴隖、樊子安、陈酉峰、乔鹤侪、翁玉泉、王翰乔、胡润芝、俞麟士、胡槐江、黎越乔、慧秋谷、魏条珊、朱霞峰、蔡菱舟、郑小山。复醵金为次日之局。今日散时未亥正也。未上馆，雁汀来话。

初七日 （10月26日）晨过厂肆，得覃溪与芸台师诗札卷，为冯鱼山得《施顾苏诗注》全本，欲促师刻于羊城，究不知此物果在世间否，前此未闻也。归饭，巳正开席，子初散。戴云帆、梁海楼补入座。

冯敏昌，字伯求，号鱼山，广东钦州（今属广西）人，能诗善文。

初八日 （10月27日）晨至厂市，为装订书也，归饭。午间至才盛馆，赴杜芝翁寿筵，一饭归。写大字。淮生、伯韩来弈棋。晚玉泉、霞峰请陪三学使。

初九日 （10月28日）早进东安门磨勘，本衙门共派卅二人，每人七卷。北风颇冷。午初到馆，为承发张叔瑾稽误咨文事，斟酌惩办。出颇迟，回家已申正矣。雁汀约便饭，佳节匆匆过去，然风阴不开，即欲游亦无甚味也。

初十日 （10月29日）早过秦澹如，即小岘先生少子也，索小岘诗文集一部。过厂肆，复至蕴芝处话，归。饭后午刻至曹西垣处酌生男喜酒。遇雪，甚奇。未正后出城送根云行，殊难为怀。归少憩，贺美恒来，

秦瀛，字凌沧，一字小岘，江苏无锡人。

二十年未话矣，因留便饭，并邀小山、润芝来同酌。微雪，遂竟日。

十一日　（10 月 30 日）晨起剃发，樊子安来话。午间写大字多。冯小渔来晤，知得小松手拓《武梁祠画像》十三册，为东翁索去，恨不得见也。晡出，过迪斋，送巨亭行，道张吟舫出守喜，晤伯厚、石州，贺沈彦征得隽。至厂肆，过宽夫处话，留便饭。今日冷矣。

十二日　（10 月 31 日）晨静。午刻进城，拜陈伟翁师母寿。过李寄云处，遇棣如、小石，同看画，见香光大幅极佳，翁藏《渊明像》有未谷题。由后门出东华门，到杨墨林处拜其慈寿，吃面两碗，看人下棋。风大。出城。

十三日　（11 月 1 日）早上馆，裁去承发二缺，人浮于事也。未刻出。汪七舅弟来都，为觅馆地事，家况可怜也。晚同酌。题姜开先画册诗。

十四日　（11 月 2 日）晨静。午间回拜数客，因畅游厂肆，得未谷题朱晓村画，及句山字幅。晚饭后至条珊处话。

十五日　（11 月 3 日）早上馆，颇冷。午正始饭，未刻回家。申初到文昌馆，己亥世兄秋团公请也，酉初归。

宗灏，字开先，冒姓姜，名承宗，清初画家。

朱照，字晓村，山东历城（今济南）人，清代画家。

十六日　（11月4日）晨过厂肆，归。午间写大字多。晚作《黄孝子寻亲图诗》。

十七日　（11月5日）晨至厂肆书坊，归。至黄黻卿处拜其夫人生日，吃面后看奕。归写大字。晚赴郑小山席。

十八日　（11月6日）早至东安门内，核对覆试卷。出，过贺美恒话，承赠《唐公房》《邓太尉》两碑。归憩。拜赵伯厚慈寿，留面。归，晡时出，拜数客。晚兰簃来话别，因邀迪斋、玉泉、麟士同便饭。

贺仲瑊，字葛山，一字美恒，湖南善化（今长沙）人。

十九日　（11月7日）早上馆，未刻出，因门前有内务府人刨坑三尺深，行文询问去。出城至本会馆，贺聂世兄捷长郡馆，贺彭、童两君捷常德馆，回拜胡光伯，小马神庙拜张大潮。归剃发，已昏黑。步香南招饮，散后至兰簃处送行。

步际桐，字香南，一字唐封，直隶枣强（今属河北）人。

廿日　（11月8日）招侄生日。竟日静，惟晡时过厂肆，回晤石州话，归。风大，甚冷。得石梧初二日书，尚未得擢制军信，闻山东已大雪。赵伯厚带见。

廿一日　（11月9日）早条珊处道嫁女喜。归饭。到报国寺顾祠秋祭，到者叶东翁、郑浣香、潘季玉、庄卫生、王子怀、赵伯厚、冯鲁川、祝老八、何愿船、杨子言、张石州承办，并予共十二人，未刻散。归，写大字。晚翁宅道娶妇喜，留饭。晡至六舟处话。

廿二日 （11月10日）晨至厂肆。归，作《蒹葭阁诗》，即写上。午间写大字。申刻至玉泉处观剧，戌初归。为六舟题《安国师塔铭残字册》。

廿三日 （11月11日）晨上馆，午正出。归憩，看《通典》。申刻出，至文昌馆拜夏石珊慈寿，一饭归。夜冷。

廿四日 （11月12日）晨静，午作大字多。许信臣带见。申刻至天和馆，拜陈酉峰慈寿，戌正方归，同人多在也。晚写罗饭牛画册，查初白诗。

罗牧，字饭牛，号云庵，江西宁都人，清初山水画家。

廿五日 （11月13日）早过厂肆，为裱帖事。晤贺美恒话，归饭。未刻条珊处请迎郎酒，申初归。

廿六日 （11月14日）早上馆，颇冷。未正方出，由厂肆归，得《周公瑕书吴九华传》小楷石刻本，殊佳。王海楼来晤，讲《毛诗》极有门径。晚迪斋处便饭。

廿七日 （11月15日）晨冷，午间剃发。复李石梧及梅生书，美恒来话。晡过厂市，请朱医。过月乔话，往南拜客，贺俞林士移居，杨□翁署漕帅归。

廿八日　（11 月 16 日）竟日未出，而客来不歇。朱医来看杏侄疮症。午间写大字多，题罗饭牛画册。

廿九日　（11 月 17 日）早进顺城门，回拜许信臣、英琴南，顺天府拜叶昆臣、俞年伯，齐化门回拜毓晓山、徐星庵师。午初方到馆，申初出，由厂肆携尤水村扇面归。少憩，赵伯厚来话。出，吊夏阶平内艰。饮王雁汀处，看棋。

卅日　（11 月 18 日）晨静。午间复张励庵、何根云、陶子立、严仙舫、魏默深各书。午后到潘师处，晤季玉话。贺朱致堂师。吴莲芬处话，归。晚饭翁蕙舫处。

张云藻，字励庵。江苏仪征人。

初一日　（11月19日）早上馆，颇冷。未初出，少憩。
出，拜谢方斋五十生日。晚请贺美恒、易念园、
陈庆覃、黄黻卿、恕皆饭，翁玉泉入座，胡润芝辞。

得隽，指科考及
第。

初二日　（11月20日）晨、午静。晡出，陈庆覃、
黎月乔阿郎得隽，孙芝房之弟隽，俱道喜。
念园请晚饭。

初三日　（11月21日）早，先到西宅吊。上馆，未
正出，归少憩。王世兄（祺海）慈寿在才盛馆，
拜郑小山生日，过王咲山话，留入座。

初四日　（11月22日）早送贺美恒行，由厂肆归。
伯母黄太夫人冥寿。晡出回拜，晤张石州，
门楼胡同看屋归。午写大字，夜写小字，俱多。

宗稷辰，字迪甫，
号涤楼，浙江绍
兴人。

初五日　（11月23日）晨、午俱静，了字帐不少。
晡出，走上下斜街，宗涤楼处话。遇雪不大，

今日是小雪节也，觉冷。至迪斋处索酒饮，甚畅暖。午剃发。

初六日 （11月24日）早上馆，未刻出。至文昌馆，乡榜同年公请仓少坪、胡润芝两太守也，申刻归。晚俞麟士、蔡春帆、赵迪斋、翁玉泉来子愚屋看菊，酌殊佳。觉倦，睡甚早。

仓景愉，字静则，又字少坪，河南中牟人。

初七日 （11月25日）晨静。午间在步香南处公请陈九爷，申刻散。孙兰检由河南典试回，来晚饭，并邀槐江来。

初八日 （11月26日）晨静。饭后出，由下斜街上斜街出，贺张翊南补缺。至厂肆，晤王雁汀归。王菱堂侍郎、杜继园、云巢昆仲、俞麟士午便饭。晚静。

杜翰，字继园，山东滨州人。

初九日 （11月27日）早上馆，未刻出，过厂肆。申刻至文昌馆，汤同年昆玉请，略酌归。与石琴、德畬、雪樵、筠帆书。

初十日 （11月28日）卯初进城，绕"金鳌玉蝀"入内，西华门至长信门外行礼，叩祝皇太后万寿。向来俱到园行礼，此次系特旨，命三品以下在内行礼也，然到者颇少矣。

金鳌玉蝀，桥名，在今北京北海和中海之间，东西立两坊，西坊题"金鳌"，东坊题"玉蝀"。又名金海桥。

十一日 （11月29日）晨静。得石涛画卷，甚得意。午过厂肆归。晚至小山处贺纳姬，即便饭。

回过琴隝处看棋。月色佳。

吴文锡，字莲芬，
江苏仪征人，工
诗文，善书画。

十二日　　（11 月 30 日）晨静。午间客来未歇。晚请
　　　　　　程省斋、史椒圃、步香南、吴莲芬、胡润芝、
郑小山酌。

十三日　　（12 月 1 日）早上馆，天气暖，不似冬令也。
　　　　　　未刻出，过杨墨林，小憩归。条珊及子箴先
后至，久话去。晚饮香南前辈处。

十四日　　（12 月 2 日）晨剃发，仍不冷。午写大字多。
　　　　　　晡出，回拜苗仙露兼数客归。今日棣如处局，
因棣翁典武乡试入闱。余亦有事，不及进城。

十五日　　（12 月 3 日）早到馆，为查漕运事，使人闷
　　　　　　闷之，可叹也！归写大字多。晚饮小山喜酒。

十六日　　（12 月 4 日）早磨勘山东、山西、河南、陕
　　　　　　甘卷，午初出，由厂肆归。王菱翁请，申刻酌。
归来方戌初，而人颇倦，不能看一字矣。

十七日　　（12 月 5 日）晨静，作小字。午初过厂肆，
　　　　　　至吴莲芬处饭，饭后同莲芬看南横街屋，复
饮于春帆处。晚至玉泉处又酌，幸未醉也。

十八日　　（12 月 6 日）晨静，午未出，写大字多。晚赴

李朴园丈席，雅令甚多，文人乐事也。壁间联云"酒债寻常行处有，画眉深浅入时无"，自集句也，殊妙！

十九日 （12月7日）早过王雁汀一话，即上馆。未刻出，回拜冯晓渔，前日为写尊人墓志也。到才盛馆，陈相国师请，一饭归。过石州话。晚静。上穿貂褂。

廿日 （12月8日）晨出，吊李子迪丁艰，回拜数客归。午正到文昌馆，拜陈太师母寿，吃面归。未正后下园，住蕴兰墅花园，已昏黑矣。

廿一日 （12月9日）卯初起，卯正行，至大宫门内，辰初谢折下，行礼者止笛生、恕皆及余三人而已，岳、常、澧蠁缓钱粮谢恩也。仍饭兰墅处。谒穆、潘两相国师，商量史馆画一大臣传，并办三品以下列传，二百年来未动手也，均允行。归寓已申正矣。

廿二日 （12月10日）晨过厂肆归。午后静，下公请叶昆臣帖。

廿三日 （12月11日）早过廉浴亭，为琴舫借衣事也。即到馆，补承发二人，并与雁汀商折稿。未刻出，回拜黄征三。到天和馆，杜继园、筠巢请也。申正归，夜静。

李钟麟，字玉书，号筠巢，山东武定（今山东惠民）人。

廿四日 （12月12日）早到本立堂，为装订《纯庙实录》底本事。与雁汀一话，归。竟日静，晚与杨昆峰、韦竹平请许季眉世叔，翁玉泉、徐荇香、梁子恭作陪。夜被煤熏者，颇恍忽，至今晨。

廿五日　（12月13日）早尚尔也。午间出，拜兰检严寿。过厂肆归，过宽夫一话。晚饮袁学三处。桂儿于申正后到家，可喜之至！

廿六日　（12月14日）早上馆，未刻出。客来不歇，遂至暮。晚静。

廿七日　（12月15日）晨静。未刻拜侯叶唐前辈，不值。晚请叶昆臣作饯，张振之、高续占、孙兰检、赵伯厚作陪。何小笠、刘裕生辞帖。

廿八日　（12月16日）晨晤叶唐少宰话，为史馆事也。午静。晡出，至才盛馆拜吴次平慈寿，到汇元堂赴孙莲溪席。归饭，晚静。

廿九日　（12月17日）早上馆，未刻出，归静。

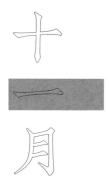

十一月

初一日　（12月18日）巳刻到湖广会馆，同乡公请叶昆臣方伯，演春台部。大风奇冷，而乡人甚乐，客至尽兴，子正方散。睡时已丑初矣。

初二日　（12月19日）早到雁汀处，为折稿事。午间剃发后，拜黄㵑卿四十生日归。晚饮迪斋处。今日风定，甚冷。

初三日　（12月20日）早上馆，与雁汀将折稿看定，为办理大臣传画一，并补办三品以下臣工列传为二百年来缺典，并前人折底四个。出馆后同谒穆师、潘师而归。晚饮杨临川处。

初四日　（12月21日）晨静。午间出，拜数客归。晚赴玉泉席。

初五日　（12月22日）晨、午俱静。写大、小字多。晡出拜客。夜静。

初六日　（12月23日）早上馆，清出第一次、第二次画一大臣列传，将付装订也。未刻出。晚至才盛馆，乙未公局。

初七日　（12月24日）早题《曹剑亭先生书金经册》，并条珊所藏山舟联补字。未刻至天和馆，赴邓鹄臣席。归，回拜数客，晤石州一话。晚赴尧仙席。

初八日　（12月25日）晨进顺城门拜客，晤许信臣看画。归饭后复出，至雁汀处。厂肆携鸿宝、石斋两先生及友夏、千子尺椟归。得谢信斋书。晚饮迪斋处，吃鹿尾。

谭元春，字友夏，明代文学家。
艾南英，字千子，明代文学家。

初九日　（12月26日）早上馆，清出第二次画一大臣传，自一百九卷以后均系散本，似未经画一者，大不可解，因即分清本子，饬馆吏速装定。未刻过厂肆归。王世叔来话，出赴俞麟士席，申正后归饭。夜静。

初十日　（12月27日）晨静，风定甚冷。午过厂肆。晚请胡槐江太守，陈子嘉、余郁溪、陈露平、郑小山同坐，武吟斋临时辞帖。过石州话。写大字。剃发。

十一日　（12月28日）晨静。午刻出，回拜数客归。润芝来夜话。

十二日　（12月29日）晨、午俱静。晡出，拜迪斋生日，横街拜数客归。甚冷，作书炙砚矣。

十三日 （12月30日）早上馆，未正出，少憩。晚与子序、伯言、伯韩，公请钟官城、何愿船。余复赴王鹿宾席。

十四日 （12月31日）晨静。午过石州话。送昆臣行。归写大字多。晚请王敬一世叔，冯小亭、毛子刚、张翼南、匡鹤泉、胡荪石同坐。

匡源，字鹤泉，山东胶州人。

十五日 （1847年1月1日）早上馆，午正后出，由厂肆归。客来不歇，遂至暮。晚过张小谱话。归有雪意，而月复出，可叹也！

十六日 （1月2日）晨过龙树寺，与六舟上人话，见所作石墨各诗。过翁玉泉、朱霞峰话。归饭。午刻出，送王敬一世叔行。过苗仙露话，见所勘《集韵》本。至才盛馆，乔星农请也，申刻归。

十七日 （1月3日）晨静。饭后邵蕙西来话，赴边瘦石席。未正后至文昌馆，吴莘畬、毛子刚同请也。黎月乔、赵迪斋来晚酌。

十八日 （1月4日）晨静，剃发。午间客来多，写大字多。晚静。看琴隖病。

十九日 （1月5日）早上馆，未刻出，至穆师处未值。出城过焦醴泉处，看《澄清堂帖》佳，《黄石斋先生与蔡玉卿夫人合璧字卷》精古，先生书记侍讲书一段，夫人书先生诗已到本朝矣，后有覃溪、芷湾诸跋。谒潘师得见，知前递折片，穆师止愿办画一大臣传，不愿办三品以下传，无可如何也！归，晚饭后过厂肆，过小山、润芝话，知润芝得家信，有胞叔丧，贺柘农丈去世，可慨也！

宋湘，字焕襄，号芷湾，广东嘉应（今梅州）人。工诗文，精书画。

廿日 （1月6日）毅弟忌日，怆怆竟日！早上磨勘班江南、江西、浙江、福建、湖南、湖北，每人分卷十八套。余午正一刻出，至东兴居吃点心，东头拜客归。晚静。

廿一日 （1月7日）晨回拜数客，唁曾笛生祖母丧，归饭。午写大字多。晚与张润农、陈宜亭、杨临川公请永州新守徐玉珊，散颇早，得静。

大京兆，指顺天府尹，是北京治安与行政最高长官。

廿二日 （1月8日）早回拜汪衡甫大京兆，周视后面园亭，先公题扁如故，惟园景荒寂耳。过杨简侯不值，至墨林处话。赴叶棣如、方伯雄、蔡小石公请席，在小石处。出城已酉初，回家小憩。至刘宽夫处，同人公请韩小亭太守也，小亭言有新出傅青主画，涎甚。归值胡槐江、俞麟士、赵迪斋在北斋便饭，复酌近廿盏而罢。

廿三日 （1月9日）早上馆，未初出，由厂肆归。写大字、看书，略静。晚拜槐江生日，即留饮，颇醉。

廿四日　　（1月10日）早蕴兰墅来话，余忽病目肿，点青盐水两次，果愈。申刻出，至才盛馆乙未公局，与陈慈甫方伯一话，归。晚赴蔡菱州席，散甚早。

廿五日　　（1月11日）早过石州，取《旧唐书》。晤吕鹤田，得印林书。归饭，写大字多。晡过厂肆，为订《旧唐书》也，见青主画，想即是小亭所见否？哭袁学三郎中，几日不见，遽于廿三日作古矣！归，晚饭后至迪斋处小酌。今日得子敬扬州来书，初一日已至邗上。

廿六日　　（1月12日）早上馆，午刻同王雁汀、穆晴轩、方伯雄到皇史宬，正殿石室共五门，中间石台上尊藏《实录》《圣训》，金匮黄绫袱，约共百五十余匮，检"大臣传"在西配庑，移至史馆查检，因馆中所藏列传本未曾装订，致散漫也。出城归。夜静，剃发。

皇史宬，为明、清两代的皇家档案库，又称表章库，在今北京天安门东南池子大街南口。

廿七日　　（1月13日）早复石梧书。午出，送陈慈甫方伯行，回拜数客归。夜静。

廿八日　　（1月14日）寅初起，寅正至雁汀处，同入东华门，至景运门内朝房，候至辰正三刻，引见于养心殿，朗亭第四得讲官。出，至史馆，与雁汀、伯厚三人共饭。出，过厂肆归。写大字。晚麟士处便饭，归甚早。

廿九日　　（1 月 15 日）早上馆，砚冻矣，饭后出。墨
　　　　　　林请酒，为作字数纸，候客甚迟，余吃数肴
先出城。回家小憩，出赴沈子衡亲家席。

卅日　　　（1 月 16 日）晨静。午出，至厂肆，携青主
　　　　　　《题夏玉禹画卷》，文甚奇诡，不可句读。
晚赴黎月乔、陈庆覃两侍御席，在庆覃处。

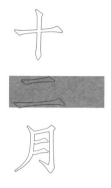

初一日　　（1月17日）早上馆，知画一大臣传允办，
　　　　　　而三品以下传，因从前未曾办过，无庸议矣。
兹事大有关系，可慨也！未刻出，拜叶棣如慈寿。申正至
穆师宅，未得见。归。晚饮蔡春帆前辈处，散甚早，因与
香南前辈弈。晡时过杨昆峰话。

初二日　　（1月18日）晨起删润奏稿。午间谒穆、潘
　　　　　　两总裁师，力辞提调，似可得允也。晤张石州、
翁玉泉、史心兰归。

初三日　　（1月19日）早上馆，知提调已允辞矣。午
　　　　　　刻饭后出，过厂肆，至才盛馆赴袁学三席，
申刻归。饭后陈子嘉、郑小山招饮。

初四日　　（1月20日）晨静，剃发。午出，过王雁汀。
　　　　　　请李五画小照。归酌堂上酒。

初五日　　（1月21日）四十八岁生日，毅弟亡忽忽八

夏圭，字禹玉，南宋画家，浙江钱塘（今杭州）人。

年矣！早有蒋、周两婿及黄三兄共面。午间游厂肆，群玉斋送石斋、青主两幅来。晚拜赵兰友丈寿，迪斋处公送清音，饮颇畅。携夏禹玉卷归。

初六日　（1月22日）早得子敬书，知昨夜住固安，即着仆往接。余入城，曾笛生祖母、倭艮峰胞兄开吊。归饭。至申初，子敬到家，别三年半矣，喜慰可想！晚赴何小笠、贾次帆两处席。

初七日　（1月23日）母命补做生日，呼清音来，客有胡槐江、王曼生、王鹿苹、翁玉泉及余兄弟三人一席，为竟日叙。复陶吟筠、莫戟门书。

初八日　（1月24日）晨出谢步。归，饭后复出，过厂肆归。写大字。晚李紫庭年伯招饮承庆堂，归甚早。

初九日　（1月25日）甚冷，颇静。写大字多。晚饮何愿船处，散后偕石州游厂肆。

初十日　（1月26日）晨静。午出，至吴松甫师处，晤八世叔。朱致堂师处道喜，放顺天学政也。与吕尧仙一话，归。晚约郑浣香、苗仙路、胡筱山、赵伯厚、张石州、何愿船便酌。刘宽夫未至。

十一日　（1月27日）晨过厂肆。午静，写大字。晚条三来便饭，并邀方少牧。今日琴隖请，不得去。

十二日　　（1月28日）晨静。午间出，拜数客，见吴
　　　　　　老师。遇张小浦，邀同到张振之处酌，振之
言鹭平又得邢子愿字册，当往观也。

十三日　　（1月29日）早到馆，巳正出，至蕴兰墅处
　　　　　　不值，与衍东之、陆大令同饭。过杨墨林处
写字。出城，回家少憩。晚赴宋雪帆、史士良公请，在史
寓。

十四日　　（1月30日）竟日静。昆峰来话，月乔来话。

十五日　　（1月31日）早进东安门，磨勘云贵川广五
　　　　　　省乡试卷，甚冷，墨冻矣。出颇早。午静，
写大字。晚请张小浦、吕鹤田、胡槐江、万藕舲、廉琴舫、
王清如饭，蔡春帆晚来。子愚处月色佳。寄石梧书。

廉兆纶，字葆醇，
号琴舫，顺天宁
河（今属天津）
人。

十六日　　（2月1日）晨静，午题《度西先生像赞》。
　　　　　　过厂肆归。晚饮萧史楼酒于琴隖处，与子寿
弈。过麟士、昆峰，俱不值。

十七日　　（2月2日）晨、午静，写大字多。未刻出，
　　　　　　万藕舲处缴帖，不能吃。至孙兰检处酌，归
复饮蔡春帆处。

十八日 （2月3日）晨、午静。未刻赴匡鹤泉席，申刻祁春浦大农席，酉刻俞麟士席，酒后作大字。

十九日 （2月4日）早上馆，午刻饭后出。过蔡小石话，看画，出城过厂肆归。复出，刘宽夫斋中拜坡公生日，两席十五人，甚畅洽。酒后临《马券帖》，殊有趣。

童华，字惟充，号薇研（砚），浙江鄞县（今宁波）人，工书画。

廿日 （2月5日）晨静。午间出，送胡槐江、胡润芝两太守行。童薇砚母丧开吊。谒吴松甫师，久话，归。作书与唐印云，寄贺柘农丈挽联并同乡公幛、与陈秉初书。

廿一日 （2月6日）晨、午静，写大字多。晚雁汀处便饭，同子敬往，酒后看棋。

廿二日 （2月7日）晨起进城，晤孔诚甫，携未谷横幅行。戚小蓉宛平未遇，拜宝中堂丈未见。至墨林处饭，申初归。送徐毓珊太守行。

廿三日 （2月8日）卯正起，辰初到翰林院，署宝中堂掌院到任，巳正方到，散时午初后矣。拜万藕舲生。归饭复出，张润农未晤，拜沈贡九司马。看房屋。过谢方斋归。晚吃藕舲酒。

廿四日 （2月9日）晨、午静。晡出，拜数客。晚吃小年酒。

廿五日 （2月10日）晨、午静。未刻步香南处饮，龙望如昨日到京也，问悉广东情景，与香翁弈。晚赴陈淮生席，散后看李海门国手弈。

李湛源，字海门，江苏南通人，晚清"十八国手"之一。

廿六日 （2月11日）早出门拜数客。午进城，与左景乔一谈。大风沙，颇冷。归，晚饭后黄琴隝复招饮。复叶香士书。

左宗植，字景乔，湖南湘阴人，为左宗棠次兄。

廿七日 （2月12日）早至吕鹤田处话，吊王杏农兄丧，晤王荫芝话。归饭，写大、小字竟日。复钱香杜书。晚与子愚饮玉泉处，与霞峰公请。

廿八日 （2月13日）早剃发。午至厂肆，借昭文张《自怡悦斋书画录》归。过宽夫话，言新得《四朝宝绘录》。归，写字多，戴醇士来看帖。晚酌，陪邬庚南先生也。夜至淮生处，看与李海门弈。

张大镛，字声之，号鹿樵，江苏昭文（今常熟）人，清代藏书家，藏书楼名"自怡悦斋"。

廿九日 （2月14日）早各师处辞岁，送节礼，穆师处拜寿。归，早饭后不复出。晚家宴后作小楷百余字。

道光廿七年

元旦　　（2月15日）寅加起，寅正行，卯初至东华门内，候至辰初。上御太和殿受贺，向无此迟也。回家拜年。巳正后睡，至未初起。未正出，拜各老师年，酉初回家。家宴，颇有酒意。写小楷。

初二日　　（2月16日）晨静。饭后进城，拜各老师年，出城归。少憩复出，拜横街一带年。晚静，与寿臣书。

初三日　　（2月17日）晨静。午间出，大街东西俱到。过厂肆，游人已集。归，雁汀来一话。与子敬小酌，点心后复出，大街南拜客。今日风甚冷，略见雪意，惜无成功也。晚静，得雪。

初四日　　（2月18日）晨静。钱香杜来早饭。午出，至文昌馆赴俞麟士席，夜始归。写小楷共五百余。雪午后住，共计约三四寸。

初五日　　（2月19日）竟日静。晡出，访杨海琴仍不
　　　　　　遇，过石州话，赴冯小亭局。雪后颇冷。

初六日　　（2月20日）风甚冷，墨冻竟日，须炙砚也。
　　　　　　写小楷多。和王雁汀《蛤蚧诗》，子敬同作。
晚与子敬、子愚饮条三亲家处。

初七日　　（2月21日）晨静，孙女荫姑生日。午刻至
　　　　　　火神庙，拥挤不可耐，买得《怀麓堂集》归，
又携得明崇祯署街道杨所修揭帖稿。晚赴樊子安、方少牧、
梁翰平公请局，在樊寓。又赵笛斋处局，颇略醉矣。

初八日　　（2月22日）因骡伤足不能驾车，静竟日，
　　　　　　写字多。今日先生上学。晚留蒋誉侯、郑小
山同酌，张小浦来话。子愚处有别客。

初九日　　（2月23日）晨静。包得一车，午初出，过
　　　　　　厂肆，得高西园蕉幅、李复堂五松图，板桥
题极有趣。前门拜客，路不得通。申正归，侍母酌，甚暖。

初十日　　（2月24日）寅初起，寅正行，卯初至内，
　　　　　　在朝房。辰初圣驾出宫，宿天坛斋宫，明日
祈谷也。出东华门拜客，至墨林处饭，饭后往北而东而南。
申正出城，过厂肆归。夜静。

十一日　　（2月25日）补拜街南北客，午静。夜饮孙

杨翰，字海琴，号樗盫，别号息柯居士，直隶宛平（今北京）人，工书善画，好金石之学。

李鱓，字宗扬，号复堂，江苏兴化人，清代画家，"扬州八怪"之一。

芝房处，散后过厂肆，同小山话月乔处。

十二日 （2月26日）内子生日，有清音。午间出，拜蔡春帆、翁玉泉两家慈寿。晚客有陈云州、王竹侯、慎符卿、翁玉泉、孙兰检。

十三日 （2月27日）早到顾祠拜年。至钮松泉处看帖，回拜数客归。午至文昌馆丙申团拜，拜时止廿二人矣，有灯剧。归酌数方睡。

十四日 （2月28日）早进城拜年，至汪衡甫京兆处，值其慈寿，饮佳酒数盏，出城已申初后。湖广馆陈庆覃、黎月乔同请。散归晚饭。早拜万藕舲慈寿。张星白处看《化度寺碑》，撰文题薛元超本，覃溪谓从《圣教序》后款移入者也，语实不确，然是近今翻本。

十五日 （3月1日）晨静，剃发。午过松筠庵，晤叶香士，仍拜数客，过厂肆归。晚与子敬酌，颇畅。拜兰检生日。

十六日 （3月2日）晨回拜张稚春解元，叔未解元之子也。叔未先生有书来，年八十尚能作小字。稚春、受之俱未晤。过苗仙露不值。与石州一话，归。午静。晚吃玉泉春酒局。五更大风，竟日奇冷。

十七日 （3月3日）湖广团拜，演三庆部。余先到，与汪玉恬商酌一切，同乡到得甚齐整。晚有灯戏。余先行，赴迪斋席，迟迟始散也。

汪润，字玉恬，湖北黄安（今红安）人。

十八日 （3月4日）晨静，午间写大字。未刻赴东麟堂，同乡周黼庭、周韩城、陈宜亭、陈石珊、张润农、杨临川公请也。归饭，请小山来，为荫姑看看。早间潘绂庭托售《张少伯画册》殊佳，在今人不易得也。

十九日 （3月5日）早进前门拜客，午初至馆，饭后出城归。荫姑好些。刘蕉云处晚饭。小山来夜话。

廿日 （3月6日）早东城拜客归。拜阮师寿，八十四矣。归饭后写字，并看李刚主先生《友善帖》，从仙露借来。申刻至才盛馆，乙未世兄团拜请也。儿侄往看灯，归亦早。今早忘却王荫之请，可笑！可笑！

李塨，字刚主，直隶蠡县（今属河北）人，清代思想家。

廿一日 （3月7日）早到厂肆，送蓬心画册、石斋诗册，与雁汀一话，归。饭后送朱霞峰行，已行矣。归写字。未刻赴张翼南席，申刻归。约易念园、李晓村、黎月乔、王鹿苹、郑小山、胡荪石便饭，陈庆覃、黄琴隖未来。大风而暖。汪老七患时症，小山为开方。

廿二日 （3月8日）晨静。午正出，至会文堂，郑韵斋请。由厂肆携陈白阳、罗饭牛两画归。过湖广馆，王鹿苹、文小岚、周子佩、黄正斋四人公请也。

因看定池子墁砖事。收拾馆中。办书例未完。

廿三日　（3月9日）早进顺城门，过西直门，出入德胜门，往东而北而南拜年。申刻至墨林处一饭后，为高丽使者作大字。出城由厂肆归，少憩。赴戴筠帆、朱伯韩同请局，行云帆新制酒筹，集前人诗语为之，颇佳，然而醉矣。

廿四日　（3月10日）大风，甚冷。早到湖广馆，同乡公奉张文忠公像入神座，叶东翁因携文忠书《大宝箴》卷子示同人看，王孟津跋，去腊买得，亦佳话也。行礼后设面。余归被寒，不甚适，写大字数纸。申刻复至湖广馆，陈竹伯、邹云阶请也。子敬昨日感冒，服小山方得汗，今日验看。归复不适矣，小山又来，余亦服药一道。作书与石梧。

张居正，字叔大，号太岳，湖广江陵（今湖北荆州）人，明代政治家，谥"文忠"。《大宝箴》为唐代张蕴古所著，为上书唐太宗的一篇劝诫文。张居正曾作《大宝箴注解》。

廿五日　（3月11日）晨静。清《明史稿》，于午初送同文堂。即赴陈子鹤席，于文昌馆，一饭归。少憩到才盛馆，赵笛斋请也，夜始归。

廿六日　（3月12日）早过雁汀，即上馆，改定纂传画一各例交出也。午刻饭后出，过厂肆，携八大、石溪、瓜畴三画归。风冷甚。暮出，殷述斋处吊其外丧。过蒋誉侯亲家话。晚小山来，酌五加皮酒。余酒后睡着，未及送客，亦可笑也。然体中觉适矣。

邵弥，字僧弥，号瓜畴，江苏长洲（今苏州）人，工诗文书画。

廿七日 （3月13日）晨静。午出，拜十余客，归写
大字。晚饮誉侯处。

廿八日 （3月14日）晨静。午刻出拜客，由厂肆过，
至汇元堂，杨临川、张润农、陈宜亭、文小
南公请也。子敬往午门验看，晚静。

文岳英，字小南，
湖南衡山人。

廿九日 （3月15日）风沙。晨静。午间出，晤芝房、
铁星、润农、兰检，归写大字。晚条珊来饭，
携八大画去。

卅日 （3月16日）晨静。黔士来谒者五人。午间
写大字多。申刻出，至文昌馆，乔鹤侪请也。
出拜数客归。今早剃发。

初一日 （3月17日）早入东华门，偕雁汀至文华殿、演礼殿，后为主敬殿，最后为文渊阁，阁前有石桥，阁左右及阁后有石山、石洞、石井及松柏成林。出，至史馆少坐。过墨林处饭，写大字。出城至天和馆，王咲山请，坐而未吃。复至才盛馆，拜车云渠严寿。暮归，晚静。

初二日 （3月18日）丑正起，寅初行，寅正至馆，与雁汀、伯厚同话，天明至文渊阁前桥西，值阁事及校理诸君先后至，候至辰初二刻，上御经筵于文华殿，讲毕由主敬殿至文渊阁茶宴，宴毕上由阁后出回宫，侍班者俱散，巳初后矣。午静，过梁吉甫话。晚约庄卫生太守、史士良、张石州、吕星田、方子箴便饭，吕尧仙、赵伯厚未到，孙云溪辞。夜小雨。

初三日 （3月19日）雨润未干，晨气清佳。出，至湖广会馆拜文昌会，并查塈地工，商量木工，过胡雪门话。归饭，午静。复出，拜数客，贺萧仲香学使归。翁玉泉、陈淮生来夜饭，甚迟迟。

初四日　（3月20日）早仙露同伊令来，取刚主册去。雪奇大而不冷。午间静，黔士渐来见。晚史椒圃观察道喜，吕鹤田处饮。

初五日　（3月21日）寅正起，卯初行，卯正至朝房，又三刻午门坐班，同衙门派六人，止余一人到耳。归上供，先公忌辰，竟日不见客，殊静。小山来夜饭。

初六日　（3月22日）早上馆，不遇一人。巳正出，至湖广馆，查塓地、修门各工。归饭，午后静。晚与润农、芝房三人公请吴晴舫师，蔡春帆、曹艮甫两前辈作陪，戌正上席，丑初二刻始散，清谈半夕未住也。

初七日　（3月23日）晨、午俱静。写大字、小楷，题吴荷屋师所模高房山《山村图卷》。晚饮陈露平处，看邢子愿两札、钱南园先生书撰业师志铭。又饮蔡鼎臣处，归亦不甚迟也。

> 高克恭，字彦敬，号房山，元代画家。

初八日　（3月24日）晨剃发。客多，闽士甫到一人。午刻贺陈伟堂师太师母赐寿，少坐即出城。至天和馆拜李紫亭年伯寿，寿联云"跌宕诗怀犹绮岁，商量春事又花朝"，真别致。少坐即归，静。晚约胡雪门、王山甫、周宜园、朱伯韩、倪梅生、吴湛溪、伍翰屏饭，与梅生奕。

初九日 （3月25日）早杜宅道喜，石樵先生赐寿也。归饭，午静。未刻出，赴方伯雄会文堂席，又毕春亭才盛馆席。晚归，得瞿京之、张得吾信。

初十日 （3月26日）晨会客。午出，过石州、伯厚、仙露话。由厂肆归，雪浪盆另裱也。未刻后静，子序、小山来话，梁孝廉带根云信来。晚鹤田邀便饭。子敬未刻下园。今日得石吾书，晚得唐应云书。

黎简，字简民，号二樵，广东顺德（今佛山顺德区）人，以诗、书、画三绝著称。

十一日 （3月27日）晨静。午间出，至蔡春帆处，看黎二樵画，因晤新化孝廉，知邓湘翁近状，并《大麻姑》摹刻本，未毕工也。张星白处年伯开吊。至李晓村处，同黄恕皆三人至杨梅竹斜街秋玉堂起数，可发一笑！归，子敬引见回来，知月乔引见不得意。晚往晤，并晤雁汀归。

十二日 （3月28日）晨会数客，即出拜客，由厂肆归。午静，题张文忠公书《大宝箴》后。晡出，问伯厚太夫人病，服小山方已就愈矣。至虎方桥，一路拜客归。黄倩园来晚酌，小雨竟夜。

十三日 （3月29日）小雨不住，真可喜也。早拜蔡树百生日，即上馆，看《画一传》。饭后出，至墨林处，为书大卷子约七八丈，不知如何裱法。墨林弟兄十七日回家，余初不知也。过小石，晤乃郎一话，出城。归，少憩。晚饮树百处，颇醉。

十四日 （3月30日）晨、午静。晡出，与宽夫话，由厂肆归。郑小山、孙兰检、龙望如、俞麟士来，酌于北斋。客散迟，余先睡矣。

十五日 （3月31日）早会客后入城，拜讱近堂制军丈，并与衍东之话，壁间董书小幅殊佳。出城至才盛馆，甲子团拜请年侄也，一饭归。少憩复出，吊刘豫生兄丧。至会文堂赴廉琴舫席。

十六日 （4月1日）晨静。午刻出，至才盛馆辛酉团拜，年伯来止四人，年侄四席，可谓盛矣。一饭后过厂肆，与雁汀谈，携董卷归。至文昌馆，王翰乔请。归饭后静。今早剃发。

十七日 （4月2日）早静。六舟上人来话，索观《姜行本碑》原石本也。饭后出，至会文堂杜芝翁请，缴帖即到才盛馆，与小山、念园三人公请本省同乡共四席，而早二晚三，人都齐到矣。子敬赴袁午桥请，子愚李寄云、宋雪帆请，皆同此处。散颇早，归饭。晚静，细雨竟日。

十八日 （4月3日）早阴，客来未住。午初出永定门，午正至十里庄茔地，焚纸钱于各小冢。文小岚、李赉予后至，同请陈忠洁公墓祭后小酌，于老边屋内。同至江察门向东行，过角楼，至肃王坟看架松，一铺宽，一奇矫，余亦茂蒨也。进沙窝门，回至湖广馆，到家已酉

陈纯德，字静生，零陵（今湖南永州）人，明末官员，崇祯帝死后，亦自缢，谥恭节（忠洁）。

正矣。晚静。今早石州来，袖沈子敦《落帆楼集》一本去。

十九日 （4月4日）早过冯鲁川话，见赠南海馆所刻《坡帖》，即荷屋师在长沙所得《西楼帖》也。到馆，看《画一传》五篇。午初出，过厂肆。归饭，谭湘芷来话。申刻出回拜，善化馆少坐，一路拜客，止周容斋处一话。过伯厚，知未刻内艰矣，可怆也！至迪斋处，问碑石事，留便饭，戌刻归。晚请。

廿日 （4月5日）清明节。早会数客后出，至西直门外极乐寺，候齐集。已正至畏吾村，拜李文正公祠并墓，墓前有碑，覃溪所记，乃西涯祖冢也，西涯墓大约在是间耳。同乡到者九人，叶东翁、雷鹤皋、文小岚先生。寺中共酌者惟张剑潭、萧史楼、黄黻卿、恕皆兄弟及汪玉恬与余两值年共六人，饮颇欢，未正始散。过文昌馆一饭，汪衡甫、黄征三请也，归尚早。早、晚上供。晚饮甜酒。

雷以诚，字省之，号鹤皋，湖北咸宁人，曾创办厘捐。

廿一日 （4月6日）晨静，饭后林香溪到来。午间出，吊赵伯厚母丧，久话。至文昌馆拜叶棣如慈寿，才盛馆甲午团拜公请，酉正后归。夜静。

廿二日 （4月7日）早饭后入东安门，至朝房核对新科覆试卷，已正毕。到小石处，看董香光《芦乡秋霁八人合璧卷》，自香光外，惟陈廉最佳；又明人尺棣卷，有王阳明、陆子深、钱牧斋各迹；又明宁献王权画《子

陈廉，字平叔，福建福清人，明代书法家。

母兔卷》，俱有趣。出城至才盛馆一饭，熊秋白、周子佩、黄正斋请也。归写大字多。晚访吴次平，为顾祠碑石事。

廿三日 （4月8日）晨起过吕鹤田，未起。上馆，看传五篇。巳正二刻出，过厂肆。至吴老师处，未得见。归饭，写大字并赵母挽联"文定溯家风，兼恭毅垂型，允宜获画传经，悉根忠孝；清明感春露，怆孤哀衔恤，岂料榆羹侍膳，顿隔人天"。晡出，至华陀庙吊筠帆弟丧。回拜数客，晤吴荀慈、吕尧仙、张石州，至周铁臣处晚饭。

廿四日 （4月9日）晨静，剃发。午后客来不歇，六舟来别，杨海琴久话。梁老三来，知茝林丈刻金石字画题跋已竣，辑本朝书谱已尺余册矣。晡出，晤程云琴同年，为碑石事。晚与麟士、望如、迪斋酌。

梁章钜，字茝林，号退庵，福建福州人，金石书画家。

廿五日 （4月10日）客来不歇，数日内黔、闽两省门人次第至矣。午间写大字多。晚饮金愿谷及俞麟士处，颇觉醉矣。

廿六日 （4月11日）晨出永定门，吊郭梅卿同年母丧，遇汤敦翁题主。归，送六舟行。归饭，写大字多。晚饮王雁汀处，又赵笛斋处，饮多而竟不醉。

廿七日 （4月12日）客来多。午间出，回拜各公交车。晤阮世兄（恩海），师相之长孙，朴雅有家学。过厂肆归，晚与子敬饯。

廿八日 （4月13日）晨起客不歇，直至午初。子敬行，以同知往江南也，余与儿侄送至"小有余芳"而别，未刻归。少憩出，至才盛馆，应徐辅亭及李嘉山席，与苗仙露、吴子序话，子序请仙露也。仍过厂肆。归，写大字。晚静，甚热。

廿九日 （4月14日）早拜王雁汀五十寿。上馆，看传五篇，与王蘅皋同吃面。出，过厂肆，到吴晴舫师处、吴梅梁师母处，两处带见贵州小门生也。过伯韩话，归写大字多。晚静。今日更热，止可夹衣。

《苏轼〈和子由论书〉》（节选）何绍基，湖南博物院藏

龍源麗闉健闉合媚嫵好之每

自谋不谓子亦頗書成拙藁

言谋被旁人裹體势本闊

誇结束入细磨子诗占见推语

委未敢荐適来又学射力

薄秇宦篆多好竟舞成不

精安用影何当畫屏言寫

事母孀情玗岸古书淮守駭

十一日　　（4 月 25 日）晨至厂肆，交书与本立堂。归
　　　　　　饭，风甚大。王荫芝来话，见示监试录，可
谓用心人。又说新出《微子墓碑》，想是假的。

十二日　　（4 月 26 日）竟日静，写大字多。廉琴舫来
　　　　　　话，俞麟士来晚饭。

十三日　　（4 月 27 日）早到馆，巳正出。至蔡小石处
　　　　　　吃面，看画。出城甚热。归静，写大字。

十四日　　（4 月 28 日）早拜吴梅梁师母寿，顺路拜客。
　　　　　　至郑小山处，留饭，小饮。归静。晚出，过
吕尧仙、倪梅生、黄琴隝处话。

十五日　　（4 月 29 日）早出城，至天宁寺看唐子方，
　　　　　　因留饭，与吉秋渔、邓鹄臣同坐，四人止我
一人饮酒耳。子方擢湖北藩司来京也。归少憩，赴戚小蓉
席于东麟堂，由厂肆归。晚静。

十六日　　（4 月 30 日）竟日未出，写大字多。晚请史
　　　　　　鸢坡、萧翰溪、曹颖生、邓鹄臣、李寿珊饭，
誉侯、璧臣俱辞，刘五峰来同坐，即宿此。

十七日　　（5 月 1 日）早与五峰别面，五峰行，余出
　　　　　　拜客。归饭，写大字。仍出，过教场胡同，
经厂肆到才盛馆，拜孔老九慈寿归。夜静。

十八日　（5月2日）晨静，剃发。午间写大字后出，晤漱芸、石舟归。晚请望如、菱洲、子安接场，迪斋同坐，客来极迟，散不得早，余乃倦矣。

十九日　（5月3日）早上馆，巳正出。拜黄矩卿前辈堂上双寿，一饭行。贺邓鹄臣取儿媳喜。到才盛馆，乙未乡榜同年团拜，酉刻散，归饭。

廿日　（5月4日）冯小亭带见湖南小门生，见太师母，竟日至者十三人耳。它客亦骆驿不绝。晡时始出，至厂肆回。过藕舲、云渠处，各一话。

廿一日　（5月5日）晨静。午出，由厂肆前后拜客。至天和馆，浙江辛卯世兄团拜请也，一饭行。过石州，为顾祠春祭事，闻祝蘅畦大宗伯丈以面奏回避另试被严议，为怅慨也！晚静。

廿二日　（5月6日）晨静，饭后客多。巳正出，至会文堂，吴松甫师请，一饭归。写大字，客来不歇，唐子方来话。晡出，至文昌馆，拜黄莘农宗丞慈寿。过厂肆，至黄琴隖处饭，与子方谈。

廿三日　（5月7日）早拜陈酉峰严寿，到馆。午初出，至宴汇堂，贵州门生卅一人公请，甚恭敬。申正散归，少憩。夜饮酉峰处寿酒。谷臣处请未能到。

廿四日　　（5月8日）晨、午静，写大字多。晡出，
　　　　　拜王君（楗）慈寿于文昌馆，归饭。夜与琴
隖往外廊营俞宅送唐子方行，清话至子初后始归。雨声未
住，可喜也。子方明早行。

廿五日　　（5月9日）晨静。午刻出，过石州话，送
　　　　　邓鹄臣乃叔寿联，请同府诸君饭（杨石芳、
屈又山、刘裕泉、廉泉、陈老四、聂三、李赍予）。

廿六日　　（5月10日）早到顾祠办春祭，客来甚迟。
　　　　　与祭者叶东翁、苗仙露、李古廉、包孟开、
冯鲁川、黎月乔、刘宽夫、吕鹤田、吴子序、王子怀、张
石舟、阮南疆、孔绣山、陈念亭、张润农、洪子龄、杨漱
云、吴□□、王霞举、丁□□、陈朴生、汪梅村、刘开生、
林芗溪、傅青余、杨铁星，齐集者廿四人。其未到者潘季
玉、翁药房、甘石安、陈淮生、吕尧仙也。宴集至午始散。
回家少憩，至会文堂拜邓鹄臣阿叔寿，申正拜吴松甫师母
寿，即留观剧，至夜分始散。

包慎言，字孟开，安徽泾县人，目录学家。

廿七日　　（5月11日）晨出，拜数客，本馆题名道喜。
　　　　　午静，写大字。请乙未同年同乡，与芝房、
云渠共东，同年到者谢和甫、黄冶堂、李劭青、楚百翘、
蔡岳屏、黄鹤汀，辞帖者罗云台、储森廷、郭萃庵兄弟、
孙芝房兄弟也。

廿八日　　（5月12日）晨静。午出，吊沈砚农父丧、

何□□母丧归。由厂肆拜客归。请贺八爷、左景乔、李禹门、龙世兄、余楫之、陈凝甫、杨铁星饭。

廿九日 （5月13日）早上馆，巳正出。由厂肆归饭，午写大字多。是日请阮受卿、阮南疆、杨漱芸、张稚春、受之、黄小园、毛世兄饭。

四月

初一日　（5 月 14 日）晨静，写扇数柄。饭后过厂肆，到湖广馆搭席请己亥同年同乡，晡散。晚静。

初二日　（5 月 15 日）晨静。饭后送还黄石斋诗卷、王虚舟论书卷子，取张二水、王孟津字画合卷，程青溪《卧游图》第□□卷。至天和馆，福建门人公请，又湖南甲午请，一饭至宴寿堂，拜王清如慈寿。仍至才盛馆，与玉泉、翰平、笑山请庄梅叔。晡归，晚静。藕舲来夜话。

初三日　（5 月 16 日）晨静，饭后过厂肆。未初到湖广馆，请福建己亥门生，到者廿五人，并请王雁汀、蒋拙斋及黄、何、萨、魏世兄，带字画数件去同看，饮颇乐，散已酉刻矣。归少憩，赴吴淞甫师席，有剧，夜深散。

初四日　（5 月 17 日）竟日未出，包孟开、徐柳臣先后来话。午后雨廉纤，至夜转大。

张瑞图，字长公，号二水，福建晋江人，明代四大书法家之一。

程邃，字穆倩，号青溪，安徽歙县人，明末画家。陆治，字叔平，号包山子，吴县包山（今苏州）人，明代画家。

初五日　（5月18日）雨止而风大，甚凉。早访李季云，值其引见未归，久候得晤，看香光《暮云春树长卷》及程青溪《纪梦册》，董卷云树妙极，又看陆包山着色三轴，归已午初矣。张小浦带见江西癸卯通家。晚请李少白、李慕山、阎老三、周如城、庄锡纶、李宝婴饭。

初六日　（5月19日）早到馆，巳正归饭。午刻出，至龙爪槐，与藕舲同请贵州门人，卅一人五席。客散后同至陶然亭，值小雨。归过龙望如，谈粤事，甚可虑。过玉泉，数语而归。

初七日　（5月20日）写大字多。晡拜林树南慈寿于文昌馆，即归，仍写字。

初八日　（5月21日）晨拜数客，归写字，题许有介画册诗。晚请朱秦川、吴荀慈、萧琳村、王槐亭、黄小梅、洪筱乡、□□□、吴冠斋饮。

初九日　（5月22日）早到馆，巳刻出。回拜蒋世兄，新选黔西州也。出城过厂肆，晤吴世叔。归甚静。晚迪斋招饮，过石州、麟士处。

初十日　（5月23日）进士榜发，福建门生中四人，黔士无一隽者，可叹也！写字更忙，因公车将散也。午出，道各处喜。

十一日　　（5月24日）早起至东安门朝房，奉派磨勘，每人六卷，多者七卷，殊省力也。已刻出，过厂肆归。写大字后仍出门拜数客。

十二日　　（5月25日）汪勋伯生日，早面未完，李戟门、魏条三来便饭。客去余静，晡时出，归与勋伯酌。睡着，醒凉甚。

十三日　　（5月26日）早上馆，巳刻出，回拜东城客。归饭后写大字。杨漱芸来别，适邵位西、鲁兰岑、何愿船先后来，遂同酌畅话。

鲁一同，字兰岑，江苏山阳（今淮安）人。

十四日　　（5月27日）晨、午静。惟大字为公车催促，不得歇。晡过兰岑话。

十五日　　（5月28日）晨进城贺杜筼巢得学士，孔诚甫分房，许滇翁世兄中会元。归饭。午写大字、小楷。晚俞麟士来饭，为子愚解闷。子愚忽病足，因风寒感动湿气也。

十六日　　（5月29日）早出，至厂肆，归饭。未刻赴园，住沈朗亭处。晚酌，叶棣如、张小圃、吴薇客、邵位西同饮，甚畅。夜步月上新亭，与棣如话，归。

吴敬義，字驾六，号薇客，浙江钱塘（今杭州）人。

十七日　　（5月30日）卯刻起，写对数付。卯正至内，候至辰初三刻，开坊者六人，编检十人，引见于勤政殿，张振之侍讲得讲官。出，请客于福庆堂。午刻仍至朗亭处，散馆等第单：同乡一等四人，二等一人。此次一等廿名，为从来未有之盛。十五日散馆，"拟杨子云《长杨赋》不拘韵"。赋得无弦琴，得"琴"字。未刻归，看毛希铭字。晡出，过石州、伯厚话，回拜严仙舫。

十八日 （5月31日）晨过厂肆，至朱朵山处贺嫁妹，虹舫年伯之遗女也，嫁姚九世叔。归饭，午写大字，会客。晡出，至姚宅贺喜，因至徐寿蘅处、曾涤生处，归雨。

十九日 （6月1日）早过王雁汀话，上馆。巳正出，过魏条三不值，归。子愚所患今日略见好些，仍服小山方也。晚与玉泉饮迪斋处，写《阮修传》。

廿日 （6月2日）晨至午门听宣殿试差使，吕鹤田留饭于礼科。晤李季云、奕溶川。候至午初见名单方归。客来不歇，季云来看画，借《浯溪志》去。晚静。

廿一日 （6月3日）早剃发。小山来为子愚诊，子愚已能步矣。午静，写大字多。晡出，至书铺即归。晚静。早间祝蘅畦丈处拜寿，并道各处留馆之喜。

廿二日 （6月4日）早至李季云处，约看倪鸿宝画，
客多未及检出，殊怅怅也！陈伟堂协揆师处
拜寿，吃面后出。写字多。子愚足渐可步。

廿三日 （6月5日）早到馆，巳正出。由厂肆归，
龚画幅尚未得买定也。晚知吴子序对簿事，
难过之至。约沈翰宇、丁子存、许鸿于、毛希铭来课。

廿四日 （6月6日）早过梅伯言话。松筠庵晤张受
之及明机上人话。昨为受之题《空斋昼静图》，
时方手刻杨忠愍疏草也，携借明苏应制集存古印本归。午
刻陶然亭乙未世兄公请，陪刘鉴泉廉访，甚热。归途遇雨，
到家后雨遂不止。今日酉初交芒种节，此雨极佳也。今日
小传胪，同乡无鼎甲。

杨继盛，字仲芳，
号椒山，因弹劾
严嵩父子屈死，
平反后谥"忠
愍"。

廿五日 （6月7日）丑初起，丑正行，冒雨入东华门，
至内已黎明矣。寅正一刻，上御太和殿受朝贺，
新进士到者约不过廿余人，因雨阻也。出，至小石处，同
棣如、小笠话，吃点心。出城，归饭。早间雨住，午遂大晴。

廿六日 （6月8日）早到报国寺，与戒师商量种竹事。
归饭后会数客，萧琳村来别，为作书与子敬
去。题吴西谷丈《邗江寄寓图》。晡请王杏农、高小岑、
张子威、萧伯香、锡鹤亭、吴次垣饭，城内客多，戌初即
散。晚静。

廿七日　（6月9日）晨静。午刻出，拜数客。过厂肆，至天和馆，鄂松亭前辈请也。未刻得初一日大考信。申初行，过王蘅皋、邓鹄臣话，归。晚饭后至伯厚、石州处话。龚半千大画十二幅买成。

廿八日　（6月10日）晨至王雁汀处话。归饭，午后静。晚过万藕舲话。

廿九日　（6月11日）未上馆，雨不歇。刘仲实请文昌馆清酌，散颇迟。过厂市归。

卅日　（6月12日）早饭后赴园，住朗亭处。甚热，多蚊。

初一日　（6月13日）寅初起，寅正至贤良门，候至卯初上正大光明殿，题是"远佞赋以清问下民常厥德为韵""君子慎独论"。赋得澡身浴德，得"行"字。病目写字颇苦，然无一笔错。酉刻出，至朗亭处酌，略醉。朗亭、棣如以尚书房师傅奉旨免考，真快活也。棣如、铁梅、筱浦先后来谈。

初二日　（6月14日）辰至棣如处，亭间独坐，久之客渐来，主人亦归，遂留便酌。与朵山对饮，晨酒殊易醉也。为棣如书扇。未刻阅卷人出，余名在二等四十名，王雁汀一等一名，可喜也。回至朗亭处，为郭丹来写联幅各件。夜凉，好睡。晡时诗廊少坐，因日间写诗廊扁也。

初三日　（6月15日）晨坐诗廊，清景尤妙。过筱浦处一话，与朗亭别归，到家未辰正也。午出，晤雁汀、月乔、宽夫归。张石州来索饮，因邀陈淮生来共酌。甚热，不可耐。

初四日　（6月16日）早各处老师送节敬，午写大字多。晚过俞麟士，新收拾园亭奇妙，因留酌。酒后为作书，题"疑野轩"扁。

初五日　（6月17日）晨拜节。饭后子愚亦能出门矣。余于午刻独游丰台，至中顶庙前玉泉营，回至万泉寺看竹。归。晚间酌，无它客。

初六日　（6月18日）早上馆，巳刻出，由厂肆归。夜过麟士处话。

初七日　（6月19日）晨出，拜数客归。邢子尹来。晚便酌，并邀黄蒨园来。

初八日　（6月20日）寅初起，至东华门，进景运门，候至辰正，上御乾清宫，引见大考翰詹。出，到馆吃面。出，回家。申刻赴伍琼圃、翰屏兄弟席，它客未至，遂行。赴雷春亭席，散后过麟士话，吃饭一碗而归。

初九日　（6月21日）未到馆，而客来不歇。写大字多。晡过厂肆裱糊屋。

初十日　（6月22日）竟日静。夏至节。

十一日　（6月23日）晨静。午出，蔡鼎臣处断弦作吊。因拜数客归。写大字。

十二日　（6 月 24 日）拆做书屋西墙。午间出，拜数
　　　　客归，写扇。子尹来，同游厂肆，至暮归。夜雨。

十三日　（6 月 25 日）早到馆，巳正后出。至伯雄处，
　　　　与子尹同饭。甚热。归，腹中不适，小极，
服神曲汤。

十四日　（6 月 26 日）腹疾愈矣。子愚痛复发得剧，
　　　　仍不能步。知派小教习。

十五日　（6 月 27 日）晨至丰台叶园，畅游归。午后
　　　　雨。杨昆峰、姚韬庵来话。晚赴陈蔼臣席。

姚近宝，字斗瞻，号弢（韬）庵，浙江钱塘（今杭州）人。

十六日　（6 月 28 日）晨静，午过厂肆。鼎儿生日，
　　　　晚小酌。今日客来不歇。

十七日　（6 月 29 日）会客甚多。写大字。

十八日　（6 月 30 日）晨出拜客，由厂肆归。午后客
　　　　多。雨大。晚郑小山来，与子愚诊，留便饭。

十九日　（7 月 1 日）早上馆，大雨不住点。午初出，
　　　　甚静。晚吃麟士便饭。

廿日　　（7 月 2 日）祖母郑太夫人冥寿日，早晚上供。
　　　　策公爷请会文堂，申刻归。因与祝蘅翁、叶

东卿及主人三老谈宴，不敢早归也。晚龙望如做东，在麟士处，酒后作书，回家太迟。

廿一日　（7月3日）晨不能早起，可叹也！午静，廖卓峰太守来晤。

廿二日　（7月4日）晨静，愿船来话。午出拜客，晡后静，写大字多。

廿三日　（7月5日）早上馆，巳刻出，过蔡小石不遇。出城，由厂肆归，得《多宝塔》一本甚佳，且价廉也。晚请蔡麟洲，出守肇庆，邵又村先生、姚韬庵、方少牧、樊子安作陪，甚热。

廿四日　（7月6日）早至顾祠，与戒师谈。归，潘绂庭、朱伯韩、冯弼甫、邢子尹先后来晤。午后赴陈云洲天和馆席。甚热。晚得雨，有雹，不解热。

廿五日　（7月7日）晨静。午至文昌馆，丙申同年公请蔡麟州太守、郭雨三宫赞也。申刻归，少憩至厂肆，无所见。回过戴醇士处谈画，近画益超迈矣，见黎二樵画佳绝。

戴熙，字醇士，号鹿床，浙江钱塘（今杭州）人，书画家。

廿六日　（7月8日）晨静，午甚热。未刻福建新中门人四君请陶然亭，热不可耐。晚陈淮生、邢子尹来便饭。

廿七日　（7月9日）早到顾祠，归饭。午静。晡出，晤石州，至厂肆东拜客。晚静。

廿八日　（7月10日）早至松筠庵，寻张受之不值。到顾祠拜亭林先生生日，共到廿人，此次愿船承办。饮后看伯韩、伯言诸君围棋。归与仙路话。晚请易念园、周铁臣、雷春亭、陈蔼臣、陈庆覃饭。太热，殊草草也！

廿九日　（7月11日）早到馆，已热。巳刻出，过厂肆，到家早饭。午写大字多。晚静。

以上为近墨堂书法研究基金会藏

《种竹日记》封面，何绍基，湖南博物院藏

種竹日記 丁未六月起

初一日 （7月12日）晨静。饭后，何杰夫来晤。邢子尹来便饭。写大字。

初二日 （7月13日）早，李晓村来晤。为书志铭事。午过厂肆，赴陈酉峰席，颇热。晚静。

初三日 （7月14日）未到馆，因送礼者已纷纷至也。黄葘园来晤。竟日未出。

初四日 （7月15日）晨过厂肆。午后写大字多。北院搭戏台，为六、七、八、九四日彩觞也。

初五日 （7月16日）挂屏幛各件齐。晡时雨，夜大雨，奇热。

初六日 （7月17日）雨未住，热亦甚。乙未会榜送戏，不能开台。拜寿者络绎。早面、午酒均两席而已。是日本定春台部。

初七日　　（7月18日）母亲八十寿辰，客极盛。演春
　　　　　　台部，至子初方散。天色大晴而热。是日乙
未乡榜。送戏价。

初八日　　（7月19日）演三庆部。是日己亥世兄送戏。
　　　　　　客比昨少多了。甚热。

初九日　　（7月20日）演三庆部，各榜及诸友送戏。
　　　　　　客更少，略得清疏。热未解也。连日余兄弟
公服陪客，今晚便服酌，薄醉矣。

初十日　　（7月21日）奇热，似比前几日为甚。赖仁
　　　　　　宅从河南来。徐辅亭补拜寿。今日之热，京
师所罕见也。

十一日　　（7月22日）早过厂肆，甚热。晚出便门，
　　　　　　到园，住蕴兰墅寓园。亥初后始到，而热不
可耐，彻夜不能睡也。

十二日　　（7月23日）早，引见于勤政殿，王雁汀学
　　　　　　士得讲官。凉风忽起，余即趁凉归。子愚生日，
尚赶上早面也。望如、麟洲来晚酌。

十三日　　（7月24日）出门谢客，晚集萧史楼寺寓。

十四日　　（7月25日）晨静。午间写大字。晡出谢客，

至迪斋处，留便饭。陶子立着人来。

十五日　（7 月 26 日）晨静。午出谢客，拜俞麟士慈寿。晚招饮，月色佳。

唐景皋，字鹤九，湖南临武人，晚清良吏。

十六日　（7 月 27 日）刘豫川、张晓峰、唐鹤九、叶介唐、孙芝房先后来看帖、看画。遂傍偟至暮，一快事也。

十七日　（7 月 28 日）进城谢客，归甚倦。

十八日　（7 月 29 日）晨静。午刻，赴顾湘坡席，未刻归。少憩，又赴周芝台少寇席，遂至夜。

十九日　（7 月 30 日）进城谢客，由厂肆归，连东城、北城全到矣。晚静。

廿日　（7 月 31 日）晨静。送李晓村行。午初，赴丁饴伯请陶然亭，颇热。归，写大字多。晚饮王雁汀新居，与林章浦同请也。酒后大雨如注，棋、字不绝。雨少歇，即归，已丑初后矣。雨遂竟夜。

丁寿昌，字颐（饴）伯，号菊泉，江苏山阳（今淮安）人。

廿一日　（8 月 1 日）早，闻仆人褫水声，知庭院水高尺余矣。少顷，雨复至，遂竟日。北院屋多漏者。子愚买鹤二只，甚有风趣。

廿二日　（8月2日）雨不住。午刻，晴片时，往天
　　　　和馆拜叶东卿丈寿，来往雨中。过麟士处，
看园中积水，大有野意，但少芦雁等等耳。

廿三日　（8月3日）晨至厂肆。午静。晚，饮龙望
　　　　如处。

廿四日　（8月4日）晨静。午间，郑小山来为堂上
　　　　诊脉，因受暑也。拜吕鹤田慈寿，甚热。晚，
请赖仁宅司马、王雁汀、林章浦、步香南同坐。

廿五日　（8月5日）晨至厂肆。归，张晓峰携乃郎
　　　　来看画，至未刻始去。条珊来话，索题董字
画卷也。夜分少凉，复童文川书，并致李戟门书。明晨着
王楷往通州船上取子敬所寄箱物也。

廿六日　（8月6日）早过厂肆，上馆，敬携乾隆十
　　　　年副本归。湖广会馆公祭张文忠、李文正、
杨忠烈三公，共两席，巳正散。得石梧由滇中寄到《爨使
君碑》。得龙石书。

廿七日　（8月7日）早出门拜客，归。竟日热，写
　　　　大字，汗透。复龙石书，复陶子立书。

廿八日　（8月8日）早至东头，晤向筠舫谈，温明
　　　　叔前辈亦得晤。回拜各客。归饭。热，不复出，

温葆深，字明叔，
江宁上元（今江
苏南京）人。

仍写大字。王楷于廿六往通州接取三娣衣箱，廿七先回寓，今日始由务上取箱物回。

廿九日　（8 月 9 日）早起，顺路拜客。到馆，巳正出，由厂肆归。热甚，写大字不能多。申刻小雨，赴毛子刚席，及王菱堂前辈席。

卅日　（8 月 10 日）晨至慈仁寺顾祠，竹子佳茂可喜。一路西头拜客，归饭。午间复出。晚饮步香南前辈处，陪仁宅也。

草書書寫眼自場騁羅羽之字騰犄撺挿撅遍州挥

初一日　（8月11日）早起进城。归饭。写大字多。晚，过石州话，马砚珊丈话。王雁汀处便酌。写字、看棋，稍凉适。

初二日　（8月12日）晨起，到庶常馆，大教习文孔修前辈开课，分教者亦各出题。照例，大教习做东，同饭，甚热。未刻归，写大字多。

初三日　（8月13日）早送仁宅行，已无及。过条三话，即上馆。巳正出，拜客，由厂肆归。午正始吃早饭也。戚小蓉来便饭。发子敬信。今日甚潮热。

初四日　（8月14日）竟日静，写大字多。陆虹江观察来晤。午间，许信臣来话。晡出，迪斋借《文纪》来。

初五日　（8月15日）晨至厂肆，送《阁帖》交博古斋归。张受之来话。晚，知赵心泉来，即往话。

过仙路谈。

初六日　（8月16日）晨至厂肆，送二碑付装也。归饭。午静，写大字多。蔡麟州太守、童文川司马来话。晚饮迪斋处。

初七日　（8月17日）阴凉竟日。晨静。午出，回拜童文川，由厂肆归。士良、逸斋来话，心泉来便饭。

初八日　（8月18日）早入城，问王小崖疾，出。晤宽夫。归饭，写大字多。晚静，桂、杏往拜周婿生日。

初九日　（8月19日）晨上馆，巳刻出。至天和馆拜陈雪州严寿，归饭。未刻，赴宋雪帆、史士良席。归，少憩。晚，请童文川、赵笛斋、心泉、翁玉泉、龙望如、俞麟士饮。在子愚院中凉酌，殊畅也。

初十日　（8月20日）晨静。午写大字。晡出，至厂肆归。石州、愿船来酌。今日接神，早晚上供。

十一日　（8月21日）晨至厂肆，仍为二碑事。归饭。午刻，赴曹颖生侍御席，未终席归。史士良处拜其慈寿。酉初，至天和馆，雪洲请也。一饭出，晤文川话，归。

十二日 　（8 月 22 日）静，写大字多。晡出，哭杨昆峰同年，于昨日巳时去世，年甫四十，好友，可叹也。过心泉，留便饭。

十三日 　（8 月 23 日）早过厂肆，即上馆。出吊庆世兄瑞丁外艰。过蔡小石处，贺得孙。遇李季云，同面。归，写大字。得石梧书，六月廿六已抵两江任矣。晚，翁玉泉请在麟士处，兰花已开，可念可念，惜夜阴无月耳。小石处石溪画直幅奇妙。

十四日 　（8 月 24 日）竟日静。酉初，烧包上祭。晚饮霞峰处，新从沈中归也。

十五日 　（8 月 25 日）晨静。饭后，写大字多。午刻，到松筠庵，教习庶常尹□□、崔雪湘、苏□□、帅逸斋、丁饴伯、徐寿蘅公请来，因病未到。因与张受之商量刻杨忠愍疏笔，并邀受之同坐。申刻归，久憩。晚饮麟士处，与望如同请也。有月。午间拜吴松甫师生日。

十六日 　（8 月 26 日）晨至厂肆。午静，写大字。晡出，拜数客。陈庆覃给谏请在蔡树百处，散后仍至心泉处饮，然不能多酌矣。作诗送迪斋行。

十七日 　（8 月 27 日）竟日静。晡出城，到天宁寺送迪斋。秋气盈园矣。

吴台朗，字次垣，江苏丹徒（今镇江）人，工小楷。

十八日 （8月28日）晨至厂肆，归饭。午刻松筠庵酌，己亥世兄方子箴、吴次垣、萧伯香请也。归静。子刻，大风可怕，得雨旋定。

十九日 （8月29日）早上馆。分《画一传》清本。出，由厂肆归。静。二娣生日。

廿日 （8月30日）晨至厂肆。午静。未刻，请德达泉、吴次垣、孙云溪、许云生四位世兄及许鸿于、丁丈存、毛希铭三门人。晚过藕舲话。桂儿生日。

廿一日 （8月31日）晨静。午间藕舲来，为荫姑开一方。是日写大字多。龙望如请陪邢五峰师。

廿二日 （9月1日）早至会馆拜曾文恪公生日。看何晓峰，以丁艰归也。午静，写大字多。申刻，到才盛馆拜文小岚严寿。夜饮心泉处，颇倦。

廿三日 （9月2日）晨静，拜小山夫人生日，与鹤田一话，归。竟日静。

廿四日 （9月3日）晨静。饭后出，拜王菱堂前辈寿。由厂肆归。晚请吴子苾廉访，叶东翁、苗仙露、刘宽夫、吕尧仙、张石舟、杨海琴作陪，皆谈金石友也。

吴式芬，字子苾，号诵孙，山东海丰（今无棣）人。

廿五日 （9月4日）晨起，进顺承门，出德胜门。

看吴子序，将任军台也。便路回拜慧秋谷、花楣孙、杨简侯、方伯雄。归已申初矣。晚至兰检处，陪吴子蕊，乙未公请两席。

廿六日　　（9月5日）晨静。午间，至厂肆归。请陆次山、龙翰城、万藕舲、黄蒨园、魏条三、卓鹤溪、李载芬饭，辞帖者顾湘坡、翁药房、蒋申甫也。

廿七日　　（9月6日）晨静。午间写大字多。晡出，晚静。

廿八日　　（9月7日）晨静。午后，请教习门生苏砚西世兄、尹殷儒、丁饴伯、帅逸斋、崔云湘、徐寿蘅。客散后，赴孙兰检席。

廿九日　　（9月8日）晨、午静。朱筱鸥来，带得子敬寄物到。晡，吊杨昆峰。看魏条三女病。

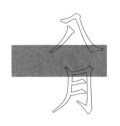

初一日　（9月9日）晨静。看史馆《画一传》。午初到馆，少坐即出。静。

初二日　（9月10日）早到庶常馆，张小浦大课。饭后，候至未初二刻，而诗片尚未交齐，可诧也。至黄辛农太常处，拜其慈寿。归少憩。龙望九处便酌，颇适，而酒不多也。谢方斋来，说吴世兄事甚奇闷。羡儿周晬。

初三日　（9月11日）晨静。午到厂肆，过伯厚、石州话。晚静。今日甚凉。

初四日　（9月12日）晨、午静。晚同子愚到麟士处，赏新放桂花。

金传声，字兰坡，浙江嘉兴人，金石学家。

初五日　（9月13日）晨静。午到才盛馆拜邵位西慈寿，一饭出。过厂肆归。张受之、金兰坡来。

初六日　　（9 月 14 日）早到兰坡处，看字画，携廿五
　　　　　　件归，午静。晚赴望如鱼生局。回家，有黄
倩园在此饮，客颇醉。

初七日　　（9 月 15 日）因吃鱼生不受用，竟日不得适，
　　　　　　可笑也。竟日未吃饭。阴，小雨。

初八日　　（9 月 16 日）早，补拜潘师母寿。兰坡物留
　　　　　　下八大、冬心、西园各一幅，未谷、鱼山、
梦楼各一联，余送还。过厂肆归。

初九日　　（9 月 17 日）早到馆，带回乾隆十二年副本。
　　　　　　午静。申刻，戴太师母处吊，即下园，住张
小浦处，新葺池上，屋极佳，乃擅一园之胜。小浦并邀棣
如、朗亭、云巢同饭。

初十日　　（9 月 18 日）黎明，赴至大宫门内，候至卯
　　　　　　正。上御正大光明殿受朝贺。小浦赴同乐园。
余至朗亭处，与醇士、笛生谈。仍至小浦处。旋至棣如处
饭，饭后甚热，午正归。到家，将申初矣。傍晚看伯厚。

十一日　　（9 月 19 日）晨至龙泉寺送伯厚，已无及，
　　　　　　赶至前门，仍不及。即入城，回拜朱致堂师。
送德达泉行。吊慧秋谷丁外艰。进后门，至李季云处看画。
陈寿卿处看帖。回家早饭，已未正矣。静一时许。赴毛子
刚晚席。

十二日　　（9月20日）早至兰坡处，归饭。午后静。

十三日　　（9月21日）早至庶常馆回拜。出至松筠庵，与受之、冠英、意庐话。花思白放沂州守道喜。归饭。午写大字多。晚静。

十四日　　（9月22日）晨，料理节帐。午间出，拜老师节。吴松甫师处话。归，晡时到松筠庵看画。晚至麟士处便酌。独至龙树寺登楼看月。

中秋日　　（9月23日）晨起，家中贺节。饭后，出游报国寺，看顾祠油饰工程。出至崇效寺，过义园归。写对联廿付。夜月佳。

十六日　　（9月24日）儿妇生日。午间过厂肆。晚，朱霞峰处饮年嫂生日酒。亥刻月食。

十七日　　（9月25日）晨、午静，写大字多。晡至松筠庵，朱啸鸥留便饭，为写大字。吴冠英、金兰坡及心泉和尚与雏僧意庐俱求字，并画兰、石、竹各件，亦奇兴也。早间苗仙露来索写《说文统系图记》并团扇二。

十八日　　（9月26日）早起，收拾史馆传十篇。午写大字多。仙露来，邀同石州、愿船小饮时丰斋。归已上灯，吃开水饭一碗。

十九日　　（9 月 27 日）晨送孙璲舟行，过陆次山话，
　　　　　即上馆。午刻吃饭，出过厂肆，又晤朱建卿话。
为增葺《沈文恪传》事。归，写大字多。夜，到郑小山处
话。昨日邱钞，喀什喀尔被回贼攻围，七月廿二日事；甘
督布彦聚授定西将军剿办，文庆署甘陕督事。两月来太白
昼见，殆应此耶？得唐印云书。

廿日　　　（9 月 28 日）晨，过松筠庵，为筱鸥作书
　　　　　数件，承赠铁生画翠玲珑馆图册。有东渚大
宗诸先生题咏，亦有趣也。归饭。午间复出，拜数客。
陆次山来话别，赠徐子容画册，画笔殊别致，少加遒炼
即石溪矣。

徐广绪，字子容，
江苏沭阳人，清
代山水画家。

廿一日　　（9 月 29 日）晨静。午写大字后，过厂肆，
　　　　　并拜客。申初，到尧仙处，与雪帆、寿卿四
人公请小鸥也。晚静。

廿二日　　（9 月 30 日）晨、午静。午后客多，写小字，
　　　　　做小诗，不得歇。发各省信，手书八件。

廿三日　　（10 月 1 日）晨静。午入城，吊慧秋谷。出，
　　　　　道衡大兄浙粮道喜。回拜陈肇莘应聘。晚静。
勘《校官碑》，为陆次山跋帖后。

廿四日　　（10 月 2 日）晨静。午过厂肆，看黎越乔恙，
　　　　　尚未全愈也。归，晚静，灯下看帖。

廿五日 （10月3日）先公冥寿，早晚上祭。朱伯韩来话，知告假将归矣。午送小鸥行，已不及。写大字多。晚静，过樊子安、梁子恭谈。小酌，大风。

廿六日 （10月4日）晨静。为李季云写旧作诗于蓬樵《三吾胜异图》后。午过戴醇士，谈画，新作《龙湫观瀑图》甚奇。到文昌馆，乙未秋团请也。未饭，归。晚静。

廿七日 （10月5日）晨静。午间出，送花思白太守行，兼拜数客。归，写大字。晚，约王菱堂少空、龙望如大令、孙兰检学士、俞麟士比部饭。风大。

廿八日 （10月6日）晨静。午出，贺沈子衡截取。回拜周容斋、邹云阶。晚静。

袁芳瑛，字漱六，湖南湘潭人。

廿九日 （10月7日）早收拾史馆传底。午刻到馆，带出乾隆十三年副本。由厂肆归。袁漱六请晚饭。

卅日 （10月8日）晨静。午间写大字多。晚拜俞麟士生日，不值。到望如处便饭，先至吴晴舫师处。早剃发。

初一日　（10月9日）晨静。饭后写大字。晡出，拜数客。至魏条珊处看见折底，为河南办赈捐输事。酉刻，日食不见。

初二日　（10月10日）晨静。饭后，道王荫芝娶妇喜。贺许滇翁得光正。出城，归。晚，赴王子怀、张石洲、方子佩、何愿船公请席，又戴筠帆席，皆请朱伯韩也。酒多矣。

初三日　（10月11日）起得迟。午至文昌馆，丙申同年秋团。酉刻，赴曹艮甫席。席散，仍回文昌馆，少坐而归。

初四日　（10月12日）晨至厂肆。午静，写大字多。申正二刻，赴园。经朗亭处。饭后，走寻叶棣如、张小浦，均已睡而复起。

初五日　（10月13日）卯正起，入内，为讲官引见也。

忽闻不带引，宝中堂奉派监射也。辰初归，巳正到家。先伯父冥寿。昨日文孔修大司马、张兰阺少寇奉旨往河南查灾。闻郑小山、韦竹坪均出小钦差。晚赴方少牧、魏条珊公请席，又王爱堂前辈席。今日条珊早来，同至石州处，又同游厂肆。

初六日　（10 月 14 日）晨至谢公祠查书籍。午间写大字多。晚饯朱伯韩，请曹艮甫、戴云帆、戴醇士、张石州、曾笛生、刘蕉云作陪，梅伯言后到，客颇畅谈饮也。

边浴礼，字袖石，直隶任丘（今属河北）人，清代词人。

初七日　（10 月 15 日）晨静。午间赴边袖石席，仍陪伯韩也。天甚暖，归静。饭后，梁子恭、樊子安来便酌。与子敬书。吴丽白从杨州来。

初八日　（10 月 16 日）阴雨竟日，可喜也。晡，过苗仙路话，归。晚赴倪梅生、步香南两处席。

初九日　（10 月 17 日）卯正起，二刻到顾祠，与秋祭者三十人，愿船承办，而到独迟，闷人也。是日兼为朱伯韩公饯，分韵陶公《九月闲居诗》也。余即席得一诗送伯韩。宴集至未刻方散。归，写大字。申刻，到文昌馆拜丁竹溪慈寿，观剧至夜。

初十日　（10 月 18 日）晨静。午刻，赴陈寿卿请文昌馆席。未刻，吕鹤田请陪吴甡舫师。夜间家人有斗者，傲之。

十一日　　（10月19日）晨静。午至厂肆。晚静。午
　　　　　间写大字多。

十二日　　（10月20日）晨入城，拜陈伟翁师母寿，
　　　　　吃面。出城。午间写大字。申刻将赴园，又
接知会，明日带引讲官仍撤。晡出，拜徐星伯丈。到陈淮
生、朱霞峰处话，问淮生借得吴才老《韵补》，因仙路借
去我家藏本缺页颇多也。石州来话。

吴棫，字才老，
宋代建安（今福
建建瓯）人，音
韵学家。

十三日　　（10月21日）早，将《韵补》交与仙露。
　　　　　过厂肆归。午间写大字。晚约吴丽白便饭，
邀孙兰检、陈淮生同坐，月下鹤舞，极清妙。

十四日　　（10月22日）竟日静，写大字多。各书自
　　　　　谢公祠移归，清理就次。

十五日　　（10月23日）收拾史馆各传。午刻到馆，
　　　　　未刻出，由厂肆归。有雅鉴斋人持傅青主书
前后《出塞》卷子，后有傅仁书《兰雪厄言序》一篇，亦
青主作，而书者傅仁，不知是何人也。晚饭后至张石州、
何愿船处话。

傅仁为傅山侄
子，常为傅山代
笔。

十六日　　（10月24日）与子敬书，交吴丽伯带去。
　　　　　仍清书，未尽完也。夜月极佳。

十七日　（10月25日）晨静。午过厂肆，拜数客归。晚过翁玉泉话，因便酌。今日看《长编十六年春夏二季》。

十八日　（10月26日）阴雨竟日。早饭后，至黄琴隖处执柯。饭后至刘宽夫处久坐，仍送庚帖至黄家。未刻归。晚饮宽夫处，对菊畅酌，亦薄醉矣。为潘季玉作《隆庆龙香御墨诗》。

十九日　（10月27日）招云生日。晨静。午至史馆，未刻出。至蔡小石处看菊并看画。出城，过厂肆，携玉方直幅四幅归。《赖古堂集》颇旧。贺俞麟士移居。晚王雁汀招饮。

廿日　（10月28日）晨静。午间写大字。未刻出，至文昌馆拜汤梧生慈寿。即赴陈淮生、子嘉同请局，有蒸豚甚佳。归静。夜，淮生处陪先生上学酒。得石梧书。

廿一日　（10月29日）晨静。午间清各书籍，送旧《韵府》及戴氏书交本立堂收拾。晚，同勋伯酌，天颇冷矣。

廿二日　（10月30日）竟日静。写大小字俱多。

廿三日　（10月31日）三娣生日。早面后，到松筠庵，潘星斋兄弟请陪周容斋，星斋有诗，余亦和作。

廿四日　（11月1日）早拜陈酉峰慈寿。归饭。午至
　　　　　厂肆。申刻，赴园，到朗亭处已上灯矣。棣如、
小浦均来同酌，酒后写字多。

廿五日　（11月2日）卯正起，入内。辰正后，引见。
　　　　　钮松泉以第六名得讲官。回至小浦处早饭。
仍过蕴兰墅处话。大风卷尘。归，进平则门，回拜毓太守、
祁老十。出城归。晚，拜朱霞峰生日，留酌。

廿六日　（11月3日）晨静。午后，翁玉泉邀看菊。
　　　　　拜邵又村五十生辰，昨日送礼去的。晚仍饮
其斋，人倦甚。回家早睡。

廿七日　（11月4日）晨静。午刻过厂肆，并回拜屠
　　　　　小如，贺魏条珊得员外。归。晚，玉泉来便酌，
云洲未来。

廿八日　（11月5日）晨、午静。晡赴周杏农席，久
　　　　　候，客始齐。本请午刻也，乃至夜。

廿九日　（11月6日）晨静。午间写大字多。申刻，
　　　　　邢五峰师请。晚静。

卅日　（11月7日）晨静。午拜数客，看王鹿平以
　　　　　疏忽被议也。过石州话。归，写大字。晚，
饮乔鹤侪处。

十月

初一日　（11 月 8 日）辰刻立冬。晨静。午过厂肆归。晚，玉泉处赏菊，以朗亭入城也。与石梧书。

初二日　（11 月 9 日）晨静。午刻，到灵石会馆拜宋文湖夫人寿，一饭归。静，看《画一传》。竟阴，大约将酿雪矣。

初三日　（11 月 10 日）晨起，庭院俱湿，想夜间雨也。仍阴。午到馆，不久即出。回拜朗亭。唁林树南丁父忧。归写大字。晚赴蒋申甫席。又黎越乔处饮。

初四日　（11 月 11 日）伯母冥寿。午间写大字。晡出，拜数客。晤石州，一话，归。

初五日　（11 月 12 日）晨静。午间至厂肆。晚，请董静崖、杨树堂、张静山、沈子衡、方少牧、朱霞峰、魏条三饮。

初六日 （11月13日）静。午刻到才盛馆，卓鹤溪请也。不久坐，即归。

初七日 （11月14日）未出，而客来多。写大字多。晚，赴戴醇士前辈席。

初八日 （11月15日）早剃发。午到厂肆。晚，曾笛生处饮。酉初二刻，儿妇添孙，大小顺适之至。

初九日 （11月16日）晨静。朱季直之令兄时斋少尉育来，因问吴子兰碑事，颇详。午间写大字。晚饮贾薰谷处。

初十日 （11月17日）皇太后万寿，三品以下在长信门外行礼，与上年同，想当着为令矣。午刻，次孙三朝，取名万曾，惟胎火大，不能吮乳。晚王薆堂、王雁汀两前辈来便酌，现约藕舲、兰检，均未到。吴荷屋师母处拜寿。

十一日 （11月18日）晨静。午出，拜数客。晚拜佘先生，请为万曾推拿，先已得一方，能吮乳矣。俞麟士处请酌，同子愚去。

十二日 （11月19日）晨、午静。晡出拜客，即归。写大字。

十三日 （11 月 20 日）晨静。看《旧唐书》第四日矣。午刻出，拜客，过厂肆。前日见《李楷洛碑》于古迹斋，今觅之，无有矣。归。晚饮菱堂前辈处。夜风，遂冷。

十四日 （11 月 21 日）晨有客。饭后，到石州处拜潜邱先生生日。余昨日先得一诗，因买得《尚书疏证》五卷本，后有潜邱自跋，为刻本所无，故喜而有作也。午酌散，薄醉矣。晚饮谢方斋侍御处。

十五日 （11 月 22 日）晨静。午刻到史馆，商酌大臣表体例。换乾隆十四年副本归。查顺治八年秦富川令殉难事，无可考，因寄云得其绝笔手谕，石州考订也。回看黄恕皆，病喉闭，险甚。晚，检《医宗金鉴》，着仆人去看。王楷说用牛肉片敷颈必效，亦捷方也。

十六日 （11 月 23 日）着人去看，已得方外敷，能说话矣。晨、午静。胡蔚堂来晤。

十七日 （11 月 24 日）晨静。午出，拜数客归。吴松甫师来话。

十八日 （11 月 25 日）石州来话。午间，鹤田来。写大字多。晚间，王菱堂前辈设樽于北斋做东，并邀麟士、酉峰、兰检同酌。

十九日 （11月26日）起颇迟，昨日沾酒也。未正后，赴园，住朗亭处。到棣如处，有客，同酌。

廿日 （11月27日）卯正起，入内。同乡谢蠲缓岳州、澧州钱粮恩，共到七人。诸君先已行礼，余补叩而出，即归。写大字多。晚饮麟士处。

廿一日 （11月28日）早过蒋誉侯亲家，并看史士良病愈。大风冷。归，晚饮黄琴隝处，为题樜程《青溪卧游图卷》得一诗，即携付之。午拜刘燕庭，不值。

廿二日 （11月29日）竟日未出，且看书、写字。新孙胎风不得愈，延至亥刻，遂夭殁，可叹也。因装匣送瘗义园。竟夜不得睡着。今日蒋心香请晚饭，不能到。写蒋申甫尊祖家传。

廿三日 （11月30日）晨静。午出，拜数客，归。蔡小石来谈，看残菊。写赵伯厚尊人墓志毕。晚饮任琼甫处。

廿四日 （12月1日）晨静。午出，至岳阳馆吊张晓樵丧。归，与苗仙露话。晚静，颇冷。

廿五日 （12月2日）晨静。未刻，过厂肆归。刘宽夫处看万年少画《秋江别思图》，送顾亭林

万寿祺，字年少，明末画家。

归唐市所作，时顺治八年，年少已出家为隰西草堂道士，名慧寿，亭林方为贾舟行也。归少憩，仍出。饮宽夫处，戌刻散。同琴隖拜孙兰检尊人寿，复酌，然不醉也。

廿六日　（12月3日）晨静。午刻到史馆。出城由厂肆携《礼书纲目》归。暮至松筠庵，宽夫做东而后至。见张受之为陈素卿拓渔阳郡铜孰鋑，乃始建国。饭帧甚别致。

廿七日　（12月4日）晨静。饭后，藕舲来话。未刻，到文昌馆拜方少牧堂上寿。风大且冷，自昨夜半起，今遂竟日。晚饭后，俞麟士招小饮。酒后为写字。

廿八日　（12月5日）晨起，母亲不甚适，有感冒，服药一帖而愈。竟日静，晚赴方子佩消寒集。归甚早。

廿九日　（12月6日）慈体大佳矣。晨静。午间出，拜数客。晚，请刘西园、丁薇生、倪梅生、梁小楼、戚侣白、李春醴饭。散后，仍赴王雁汀学士席。

李维醇，字春醴，号醴泉，直隶大兴（今北京）人。

卅日　（12月7日）晨静。午间条珊来，久话，去。晚，路小舟处消寒局，藏书多已回家，存此十余架耳。

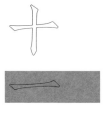

十一月

初一日　（12月8日）晨静。午写大字多。路小洲借书目去。樊子安、向筠舫来话。晚在玉泉处公请史銮坡太守。母亲晚间复不适，因脱衣感寒也。寅初起来。

初二日　（12月9日）急服发表药，得汗。王石华来诊，感冒已退矣。石华晚复来，已就愈。

初三日　（12月10日）母亲服调理药，大佳。午出，拜数客。梁子恭处写对。由厂肆归。

初四日　（12月11日）竟日静，大风，冷。

初五日　（12月12日）风仍大，更冷矣。午静，晚饮玉泉处。

初六日　（12月13日）晨起，剃发受冷，殊不适。午写大字多。晡出，拜周荇农慈寿。晚静。

初七日　（12月14日）晨、午静。晡出，拜数客归。《滕王阁序》写完，陈淮生所属，将刻置阁上，补覃溪旧迹也。

初八日　（12月15日）晨、午静，写大字。晡出，贺陈淮生娶妇，陈小鹤娶妇，张雨农严寿。夜饮淮生处。

初九日　（12月16日）晨静。午间出，送胡蔚堂行。由厂肆到文昌馆。毛子刚、吴莘畬请，又戚侣白请也。申刻归，与黎月乔、陈庆覃、曾笛生公请常南溪廉访。

初十日　（12月17日）晨、午静，写字多。晡拜裕制军六十赐寿于才盛馆。石华晚来开方。午间万藕舲来，为内子诊脉。

十一日　（12月18日）晨至厂肆。午写大字极多，遂至暮。晚，方子箴请在麟士处。

十二日　（12月19日）晨、午静，祝子虞司马来晤。晚，玉泉处消寒集。夜雪大，可喜之至，三年才见此景耳。

十三日　（12月20日）晨剃发。午刻上馆，无甚事也。出过条珊处，未晤。吴松甫师处久话，归。

饭后，至龙树庵赏雪。同小洲、麟士、玉泉酌。雪后大月，奇观也。

十四日　　（12月21日）越儿生日，请石华来诊脉。
晚请朱仲清、王子怀、方子佩、吴冠英、张受之、杨子言饭。

吴隽，字子重，号冠英，江苏江阴人，能诗善画。

十五日　　（12月22日）晨静。午至松筠庵，属冠英画小照于《顾祠秋禊图》中，果然有气韵也。过石州话，归。晚饮陈庆覃处。

十六日　　（12月23日）晨静。午写大字。晡出，拜黄正斋慈寿，贺杨子言续弦，酌数盏而归。

十七日　　（12月24日）晨静。午出，至天和馆，张小浦、陈子嘉、孙兰检、陈杏江四人公请也。申刻，赴祁春浦大农席。席间出示上赐古壶拓本，似是杜举也。归，戚小蓉来，夜复与酌。

十八日　　（12月25日）晨静。复石梧书。午写大字。未刻至才盛馆，小蓉请也。归仍写大字。早间吊张石州兄丧，晚朱霞峰处同年销寒集。

十九日　　（12月26日）晨静。午出，吴师署少司马道喜。过王雨楼、陈淮生话。归，晚静。

廿日 （12 月 27 日）晨静。午写大字。晡请向筠舫、蒋老九、周苕农、袁潄六、张润农、王鹿平饭。晚看郑小山，由河南查赈归也。今日毅弟忌日。

廿一日 （12 月 28 日）晨静。午写大字。风大，甚冷。戚小蓉、吴冠英来话于北斋。游厂肆，晚吃梁海楼、路小洲两同年生日酒于海楼处。

廿二日 （12 月 29 日）冷而风定矣。午间写大字多。晡出，过王雁汀、韦竹坪话。竹坪亦同河南差旋也。

廿三日 （12 月 30 日）晨作书与陶子立，有来差并带银件去。午入城，拜汤协揆丈寿，即回。拜叶棣如、黄辛农、蔡小石、方伯熊。出城，到蒋九、向三及沈朗亭处话。归家遂暮矣。

廿四日 （12 月 31 日）晨静。午，进城拜杜石樵太翁寿。过许信臣处看画。毛西河山水幅自题一段论皱字，仇石州工草大幅，二合为一，真奇观。谛视之，疑是唐明皇同诸王看鹡鸰也。又石涛、冬心幅俱佳。陈小莲、崔青蚓册均精特。归，静。

相传在开元七年（719）秋，有鹡鸰千只翔于宫殿，玄宗见其飞行之状，联想及兄弟相聚之乐，遂命人撰颂文，并亲书成卷。

廿五日 （1848 年 1 月 1 日）大风，可怕。吕鹤田来话。午间写大字，晚拜孙芝舫慈寿。赴黄琴隖销寒集。

廿六日　（1 月 2 日）风定，晨、午静。晡出，吊苏
　　　　　松龛丁外艰。即到玉泉处借其地作丙申销寒
弟六集也。谢方斋、路小洲、李晴川、伍琼甫、朱霞峰、
翁玉泉、王笑山、吕尧仙均至，梁子恭不至。

廿七日　（1 月 3 日）晨静。戴醇士来话。午刻至文
　　　　　昌馆，吴次平、何伯英同请也。看剧，至晡
而散，以坐间皆素心也。

廿八日　（1 月 4 日）晨过厂肆。午刻，请蔡小石、
　　　　　黄莘农、叶棣如、沈朗亭、张小浦、方伯熊酌，
遂至暮。

廿九日　（1 月 5 日）晨过石洲话，酌酒数杯，不设
　　　　　肴果，殊足取暖。贺乔星农记名。归写大字。
晚，辱翁玉泉、朱霞峰、梁子恭、樊子安四君为我做生日，
甚畅叙也。子愚同往。

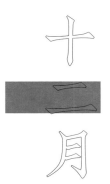

十二月

初一日 （1月6日）晨静。午刻至文昌馆，范眉生大令请，主人尚未至，因即上馆。馆上出，拜棣如前辈慈寿。申初出城，夜静。

初二日 （1月7日）晨静。饭后，至厂肆，即归。写大字至暮。写信数封。夜静无风。

初三日 （1月8日）早唁林镜帆丁内艰。回拜数客，归。晚赴刘宽夫侍御消寒集。午间自摹万年少为顾亭林画《秋江别思图》，图系小石藏本。宽夫处见汪文瑞《松泉图》，图首"松泉"二大字系高宗宸翰，董东山画图极幽妙。饮颇醉。

初四日 （1月9日）大风。早剃发。午间写大字。未刻，赴沈子衡席。先至厂肆，携阮师题《夷船图》及严藕渔画竹鹤。归由子衡处。散后，仍拜樊子安严寿，复酌数盏而归，方亥初也。

初五日　（1月10日）四十九岁初度。早间客俱不请进，惟郑小山来同面。午刻清音来。晚有路小舟、翁玉泉、戚小蓉、朱霞峰、梁子恭同席，甚冷。午过厂肆。

初六日　（1月11日）晨出谢客，归。饭后，仍出谢客。吊苏松龛。归，写林年伯母挽联并别大字。晚，子恭处消寒集。风定后甚冷。

初七日　（1月12日）早，蒋树堂来话。午间静，写大字，竟日未出。复彭松屏、舒苏桥、龙兰簃书。

初八日　（1月13日）晨静。饭后到东头，回拜陈屏南、黄鹤汀、蒋树堂。过沈朗亭话，由厂肆归，天色已暮。晚与吴冠英、梁子恭酌于北斋，同至文昌馆看剧，半折而返。

初九日　（1月14日）丑正三刻起，寅正行，卯初至景运门内朝房，上于卯正三刻御门。同乡谢蠲缓恩，共到六人。辰刻到史馆，小憩，出。同饭于菜厂胡同之四义堂，归。是日孙女荫姑以病久不愈，寄拜观音坐前，从慈命也。晚请王菱堂前辈、王雁汀前辈、陈杏江、郑小山、孙兰检、蒋誉侯。誉侯令鹤庄倕婿来。先是，请祝蘅丈、祁春浦、李铁梅前辈、杜寄园、云巢、陈九叔、陈寿卿，皆辞，请客之难如此。

初十日　　（1月15日）晨至厂肆，回拜杨临川慈寿，
　　　　　归。午刻，林镜帆处陪吊，送挽联云："警
旦佐名臣，最难家服崇膺，案举无殊寒素日；承欢皆硕彦，
岂料苍晖暂隔，星奔望断点苍云。"申正归，夜吃临川处
寿酒。过石州话。

十一日　　（1月16日）无风而甚冷，竟日未出。朱建
　　　　　卿来，久话。

十二日　　（1月17日）晨静。饭后剃发，写大字多。
　　　　　晡出，谒吴晴舫师，借新买汲古阁宋本影写
《集韵》归。乔星农请晚饭。

十三日　　（1月18日）早进城，吊和兰庄断弦，晤王
　　　　　映芝话，归饭。午静。申刻，至湘潭馆，拜
陈恪勤公生日，主人黎月乔、刘佩泉、袁漱六，将画图征
诗，以馆中有恪劝公手植古槐也。酌后，仍至翁惠舫处饮。
天阴欲雪，作札与汪衡甫为参价。复李石梧书。

十四日　　（1月19日）早复唐子方书。午间写大字。
　　　　　晡出，拜数客，归。晚静。

十五日　　（1月20日）晨静。未刻，赴熊伯袁席，请
　　　　　陪大冰也。送夋至蒋宅，归。晚，李晴川处
消寒集，雪意颇浓，尚未下也。

十六日 （1月21日）晨、午静。蒋家喜事，家中儿女去者多人。晡出，过张石州话，孙兰检处贺移居。赴王笑山席，雪大，可喜之至。晚复至誉侯亲家处吃喜酒。

十七日 （1月22日）晨静。午至厂肆，归写大字。晡至陶然亭，玉泉、霞峰招同小洲、晴川赏雪，夜乘大月归，无风，然亦冷矣。

十八日 （1月23日）晨静。午至文昌馆，蒋誉侯请也。过厂肆，归。晚饮黎越乔处，今日作陈恪勤公生日诗。

十九日 （1月24日）晨静。饭后到馆，出，过厂肆归。李雪樵来晤，一别十八年矣。乔鹤侪请在宽夫处，坡公生日。

廿日 （1月25日）晨静。写各处信。午刻，程容伯、朱建卿、童起山三人公请，陪张诗舲，在容伯处。晚静。

廿一日 （1月26日）五更起大风，甚冷。晨静。午刻出，拜潘师相寿于才盛馆。回拜雪樵，晤条珊归。晚饮沈朗亭处，路远且冻。归，仍酌烧酒，始睡。题董香光《青山白云卷》，条珊物也。

廿二日　（1月27日）天明雪，午正止。李雪樵闻赴，往唁之。回晤黄琴隝，由厂肆归。晚，吕尧仙处消寒集。

廿三日　（1月28日）晨静，午间出，拜万藕舲生日，不值。晤陈淮生，一话，归。夜祭灶，风大。

廿四日　（1月29日）甚冷，风至下半天方息。午出，贺毕春亭得员外，由厂肆回。拜涂世兄，瀹庄丈之子也。归，请向筠舫、陈屏南、胡光伯、汪勋伯吃小年酒，鄢耕南先生未归饭。

廿五日　（1月30日）晨静。午间写大字。晚，与小洲做东，在小洲处，客止霞峰、玉泉而已。寄子敬书。

廿六日　（1月31日）晨静。午间写年对。申刻，丁薇生、倪梅生公请。散后，过玉泉话，甚冷。

廿七日　（2月1日）早，剃发毕，雪花满地矣。午间仍写年对。晡出，过黄琴隝，为严仙舫领照事。过厂肆，无物可览。归，遂暮。雪飘洒竟日。

廿八日　（2月2日）早送李雪樵行，归饭。竟日回年信，无少暇。冷甚。

廿九日　（2月3日）早拜穆中堂师寿。归饭，补写
　　　　　年对。出，至各师处辞年，吴晴舫师处话，
由厂肆归。开节帐。夜吃小年酒。

除日　（2月4日）风尚不甚冷，由亥刻即新春也。
　　　　　午间出，至松筠庵，与受之一话，归。饮年酒，
老人自前月来体中平复，欢笑时多，荫姑亦似就愈，年景
果然可喜。老三江南书来，一切平善，亦慰甚也。

道光廿八年

初一日　（2月5日）寅初起，到内太早且冷。候至
　　　　辰初，上受呈朝贺，出即归。拜家中年，睡
一时许。未刻，出拜年。夜饮新年酒，无它客，惟汪勋伯
同酌。

初二日　（2月6日）晨静。午初出，入城拜年。未
　　　　正归。风太大，土重难耐也。

初三日　（2月7日）忌辰，未拜年。潘老师加太傅
　　　　衔道喜。到顾祠上香，归，风大且冷。

初四日　（2月8日）早，进城拜年，风大且冷。午正，
　　　　至蔡小石处，与方伯雄同请也。申刻出城，
顺道拜客。归被风，不甚适。亥正即睡。

初五日　（2月9日）早剃发，颇冷。午间出，拜数
　　　　十客，即归。晚请吴松甫师、张诗舲方伯、
戴醇士、张小浦、程容伯、蒋誉侯酌。

初六日　（2月10日）早，大街南拜年归。午静。晡
　　　　出，拜十余客，即归。夜静。

初七日　（2月11日）拜大街北年。过厂肆、火神庙
　　　　归。申刻，樊子安、梁翰平同请，又俞麟士请，
两局相连，迟散，未醉也。

初八日　（2月12日）早，出街西拜年归。饭后，先
　　　　生上学。午间，到东头拜年。归静。

初九日　（2月13日）寅初起，二刻上车。寅正三到
　　　　东华门，至景运门内朝房，一人久坐，到得
太早也。辰初，同乡共七人，叩谢常、澧、岳借给籽种恩。
出，同饭于东来馆，肴佳。归过厂肆。午后静，请王石华
来为老人诊脉，薄暮始来。晚同子愚饮朱霞峰处。

初十日　（2月14日）晨静。饭后入城，拜东城年，
　　　　吊武愚亭年伯，由西城归，已昏黑矣。

十一日　（2月15日）晨静。石华来。午间出，过厂
　　　　肆，补拜西街各客。阮受卿母丧，李古廉断弦，
俱作吊。今日厂中买得高江村、陈句山两集。灯下浏览，
江村诗果佳，向未之见也。

十二日　（2月16日）内子五十三岁生日，有女客听
　　　　清音，外间惟两婿。晚间翁玉泉来饭。一早，

高士奇，字澹人，
号江村，浙江钱
塘（今杭州）人，
清初学者。
陈兆仑，字星斋，
号句山，浙江钱
塘人，清代文学
家。

余到会馆拜陈忠洁公生日，拜翁玉泉慈寿归，遂未出。

十三日 （2月17日）有风，甚静。晡时过张石州、孙兰检话。看郑小山，感冒未愈也。

十四日 （2月18日）早进城，西头拜年。未刻至顺天府署，拜汪衡甫慈寿，即留面。出城归，少憩，至才盛馆，潘星斋弟兄请，一饭归，已酉初矣。晚拜万藕舲慈寿，吃酒。

上元日 （2月19日）晨静。午刻到文昌馆，丙申同年团拜，拜时廿二人耳。夜剧未竟，余先归。拈得值年。

十六日 （2月20日）请郑小山来为堂上诊脉。午过厂肆，至天和馆陈酉峰请，申刻回家。复出，至文昌馆，乙未世兄团拜公请，一饭归。自酌，看严次公词，甚好。

十七日 （2月21日）进城拜年，西城，全完矣。归，梁翰平来晤，值年帐件俱收清。晚饮黄琴隖处。

十八日 （2月22日）晨静。午刻至文昌馆，乙未乡榜同年团拜也。申刻归。晚至湖广会馆，同乡团拜。亥初归，未散也。石梧团拜费交张剑潭。

十九日　　（2月23日）晨过王雁汀、张诗舲话。归，
　　　　　　作字至申刻。出至文昌馆，毛子刚请也，晚
吃翁次竹娶儿妇喜酒。

廿日　　　（2月24日）晨静。午唁崇鼎臣丁外艰、方
　　　　　　酉山外艰。至才盛馆，甲子年伯团拜请也。
祝蘅畦大人作主。申刻归。晚饮梁稦季生日酒。

廿一日　　（2月25日）晨静。午出，高续占处吊周莲
　　　　　　士慈奠。归写大字。晚饮胡光伯处。亥初归，风。

廿二日　　（2月26日）大风竟夜，至今未息。晨静。
　　　　　　午刻，翁药房处饭，酒甚佳，颇茗芧矣。拜
戴云帆生日，未遇。到会文堂拜翁玉泉、蕙舫堂上双寿，
灯余始归。

廿三日　　（2月27日）晨静。饭后到蔡鼎臣、方酉山
　　　　　　两处吊，即入东北城拜年，惟延在庵年伯及
街东之处各小坐，颇冷。申正，回家少憩。晚饮王笑山同
年处。

廿四日　　（2月28日）晨静。午间写大字多，自临《烟
　　　　　　雨归耕图》后国初名人诸题记。俞麟士来晚
饭，郑小山后至，同酌。

廿五日　　（2月29日）临图卷竟。未刻出，至厂肆。

申初，至文昌馆，俞麟士、方子箴同请也，酉刻归。晚复酌于俞家，掷《升官图》为戏，余先归矣。

廿六日 （3月1日）晨至厂肆归。发辛酉公请知单。午间写大字。申刻，文昌馆赴黄琴隝席。归，仍饭。请陈先生。

廿七日 （3月2日）晨静，饭后写大字。张石舟、匡鹤泉来话。蒋树堂来，为会馆事，甚烦琐。未刻出，吊罗芙洲与李梦韶前辈，周蔼余丈一谈。芙洲藏南园先生墨迹至多，此后不审何归，芙洲无子，可叹也。申刻才盛馆，赴庄牧亭席，归颇迟。石州说要刻山谷墨迹。

廿八日 （3月3日）晨静。蒋树堂来，仍为馆项事，留早饭。饭后罗□□来，为引见也。未刻出，拜数客。过松筠庵，与受之、冠英话，过厂肆归。

廿九日 （3月4日）晨静。饭后，进城拜年。至宋雪帆处，遇雨沾湿，携其两柚子到北城，唁慧秋谷。至东城吊瑞芝生断弦。出城，到家昏黑矣。夜静。

初九日　（3月13日）晨静。巳初到才盛馆，辛酉年
　　　　　侄请年伯九位，到者卓师相、冯少宗伯丈、
李紫庭太翁、恒直牧、恒郎中、延将军、窝郎中、永太守，
各丈惟阿少农丈未到。年侄到者廿五人，公项不足，张诗
舲补五十千，适敷用也。散后，诗舲来夜酌，并邀子恭作
陪。是日，余搭二席请潘星斋、季玉、戚小蓉、赵梁眉、
吴次平、唐溥渊、陈淮生、毛子刚、吴辛畬、俞西垣、杨
子言，辞帖者蒋云青、熊伯原、潘绂庭、何伯英。

初十日　（3月14日）晨静，午静。申刻到才盛馆，
　　　　　黄莘农宗丞、汪衡甫京兆同请也。归少憩。
晚赴何愿船席。

十一日　（3月15日）晨出，拜数客。朱建卿处看帖
　　　　　画各件。吊周芝生廉访于才盛馆，归。未刻，
吊梁海楼母丧。由厂肆归。写大字多。晚饮乔鹤侪处。

十二日　（3月16日）昨夜儿妇昏厥，旧疾发甚久，
　　　　　可念。由孙女病累所致也，今早平静，急延医，
服药矣。风冷，可惜花朝矣。申刻至会文堂，徐荇香请。
归，晚静，更冷。

十三日　（3月17日）晨静。午刻，到史馆。出，回
　　　　　拜蒋云青，贺青墨卿督江苏学，由厂肆归。
早间孔绣山来，知在荏平被劫。李石梧折差来，在德州被夺，
折子外全去矣。东事尚如此，可叹也。拜树百生日，不值。

青麟，字墨卿，
满洲正白旗人。

十四日　（3月18日）晨静。午间出，过厂肆。至会文堂，翁次竹请，一饭归。写大字多。陈淮生来晚饭。

十五日　（3月19日）晨静。午刻到松筠庵，遇吴补之与二班军机诸君公请张诗舲，遂拉入席，暮始归。即赶入城，住王引芝处。

十六日　（3月20日）丑初起，丑正到太常寺，丑正二刻月初亏，分六班救护，除前后两次九叩外，中间跪者九次。卯正一刻始散。寅初即食既，以后未再见月矣。归饭。午刻，至会文堂，翁次竹请。晚，张诗舲来饮，聂汝藩、程容伯同坐。吴补之来而未酌，余俱辞，皆昨日主人也。

十七日　（3月21日）晨静。午间写大字多。申刻到文昌馆，鄂松亭前辈请，主人醉矣。夜静。

十八日　（3月22日）晨静，会数客。午刻至陶然亭，何愿船请陪李铁梅仓督，客到甚迟。酉正未散，先回。仍赴梁子恭文昌馆席。是日堂上命搭五席，请女客。夜风。

仓督，清代户部总督仓场侍郎所属仓官，分管京仓。

十九日　（3月23日）风甚冷。晨未出。午间乙未世兄十三人公请在龙树庵，为余与许信臣、乔星农三己未做生日，而余初不知来意，可笑也。主人陈子嘉、何小笠、袁午桥、毕春亭、张振之、孙兰检、杜芸巢、陈杏江、吕鹤田、丁薇生、黄琴隖、乔鹤侪、蒋心香，鹤田、振之未到。晚静，题王鹿平《扁舟归养图》。

廿日　　　（3月24日）晨静。连日老人患痢，今愈矣，起居一切无恙也。午刻文昌馆陈九叔及寿卿、宋雪帆请，一饭行。归少憩，杨子言请报国寺。晚静。

廿一日　　（3月25日）早请小山来为老人看脉。饭后，到何晓峰处贺嫁女。回拜周同年，过戴醇士处看画。归，晚静。

廿二日　　（3月26日）晨静，会数客。午出，李铁梅请会文堂，一饭出。回拜客。晡至文昌馆，己亥世兄团拜公请，饭后归。晚仍往观剧，石州、仙露均晤。

廿三日　　（3月27日）晨静，饭后写大字奇多。晡出，由厂肆，携老莲画册归。送张诗舲行。晡后静。

廿四日　　（3月28日）晨静。董柘乡来晤，得子敬书。泾阳樊孝先来谈，甚豪快也。晡至文昌馆，杨蔼亭请，因邀仙露同话，而余先归。晚饮誉侯处。归颇早。荫姑染风瘟也。

廿五日　　（3月29日）晨静。撰王子怀祖志铭，代松甫师作。大风沙。未刻出，赴文小岚席。归，晚饮张润农处。

廿六日　（3月30日）早，石州着人来，促往视之，其夫人以两日病遽逝矣，一女病疹，乃郎亦病在床，可怆之至。帮同料理，心甚烦，又因内子病发数日，荫姑，未即全愈也。晡出，回拜数客，仍至石舟处。晚饮林章浦处，冬酒红而有味，居然吾乡风韵也。晚间内子病甚，不静。丑正方寝，桂儿过夜。

廿七日　（3月31日）王雅泉看荫姑疾，来甚迟。午出，至石舟处，由厂肆归。晚饮陈庆覃处。内子病略静。

廿八日　（4月1日）晨静。午间出，拜数客，由厂肆归。晚饯叶东卿丈、曹艮甫、戴云帆、蒋心香、乔鹤侪、孙兰检作陪，客来早，散亦早。

廿九日　（4月2日）晨、午静，写石舟夫人挽联云："孝真灭性，贤哉恭毅家风，最怜骥子惊啼，何处觅严师慈母；情至生文，怆然靖阳亭长，正拟鹿车共挽，望中惟野水孤云。"兼写大字多。晡出，至石舟处，知乃郎服朱可斋药，渐愈矣。回拜董蔗乡同年。

卅日　（4月3日）晨静。午出，拜数客。谒吴师，请朱可斋来为荫姑看。晡后静，内子病未愈，日来更似中邪，请李二兄来画符，亦不灵也。

初一日 （4月4日）清明节，早晚上供。天气寒而风。晚饮陈弼夫处。亥正归。子初儿妇发厥，连四次，遂竟夜。连服苏合丸灵宝，丹方清楚。内子病亦更不清白，可叹也。亦服苏合丸，似有解意。

初二日 （4月5日）雨竟日，畅甚，天救斯人，时症当退矣。内子又服高丽清心丸，更就清白矣。儿妇服石华药，亦安静。今日任燕堂丈寿筵系余承办，晚往饮酒，早归，泥潦满途矣。

初三日 （4月6日）晴。早到馆，取书回。早饭。内子病已大明白。过石舟，知乃郎病竟难愈，奈何奈何。文昌馆拜陈子鹤慈寿归。晚赴周蔼余丈，席，晚。

初四日 （4月7日）晨静。内子病渐愈。请石华来看儿妇脉，昏晕症时发也。会文堂应□□席。归静，晚饮蒋心香处，颇醉。因与艮甫、翰屏及主人四人轰饮也。

初五日　　（4月8日）早，知石舟乃郎于昨日化去，
　　　　　　叹息之至。饭后往看，久谈归。未刻，松筠
庵应陈寿卿请，主人未到，乃郎病也。张受之病数日，服
朱可斋药似愈矣，而未也。晚静。

初六日　　（4月9日）晨静。午间写大字多。晚静。

初七日　　（4月10日）晨静。饭后出，拜数客。至石
　　　　　　舟处，为其夫人开吊，而佳儿随之，无可说也。
郑朗如师开吊，止一女在帷，怆亦甚矣。

初七日　　（4月10日）早拜客，至东头。午间写大字
　　　　　　多。晚，四值年请罗鹿泉、董柘香、翁次翁
三外官，朱霞峰、翁玉泉、梁子恭作陪，谈饮甚畅。

初八日　　（4月11日）晨静。午间写字。晚，霞峰处
　　　　　　便饭。

初九日　　（4月12日）晨过石舟，商量移寓事。午间
　　　　　　冠英来。知受之病势日剧，即为请郑小山去
看。王雁汀夫人病剧，世兄来问医药喉结方，付之，并针
少商穴，得效。因服小山药。晚请叶东卿丈，饯其粤东之
行也。

初十日　　（4月13日）晨静。午间写大字。夜静，小
　　　　　　山来，因邀同往松筠庵看受之病。

十一日 （4月14日）晨起即写字，至午未息。回拜数客。晤程兰川，携蜀石经拓本归，为生平所未见也。与石舟话。晚，同年六人在孙芝房处请吴晴舫师。

程文荣，字鱼石，号兰川，浙江嘉善人，精金石目录之学。

十二日 （4月15日）晨静。饭后客来，不歇。未刻到陶然亭，与许信臣、乔星农回请十九日之客。甫入席，太常仙蝶来降，上手者惟余与信臣、小笠，任人摩须玩翅而不惊，黄质黑章，四足。至客散，蝶乃去，真奇缘也。归憩。晚饮雷西垣处。

十三日 （4月16日）大雨竟日，静甚。申刻到袁午桥处，公请邢五峰师及周泉世兄，泥潦难行，雨亦未住。席散后，到朱霞峰处赏雨，并邀玉泉酌。受之病转剧，日日去看，未得治法。

十四日 （4月17日）早剃发，饭后到松筠庵。郑小山、张果泉为受之诊，均无法，须臾舌胎忽黑。王稚泉来，以大凉剂下之，当有转机矣。入城，杜石樵丈处拜寿。出过厂肆，至天和馆，应古海初局。归，夜酌于陈淮生新居园屋，两人清谈甚浃。兰川处携《灵岩碑》归。

十五日 （4月18日）晨到龙树庵，丙申同年六人公请潘太傅师，巳初入席，师去，午正矣。仍与玉泉、霞峰、小洲、尧仙、子恭畅叙，余因请客，先归。晚请董柘香、李晴川、王鹿苹、黄黻卿、张润农，惟李昺

李荣灿，字昺冈，湖南临武人。

冈未到。晚得冠英字，知受之病有起色，喜甚喜甚。

十六日 （4 月 19 日）晨看受之病。到石舟处话。归饭。午刻，出南星门，到诚园，与杭州诸君子酌于水亭。黄蒨园做东也。申初赴园，酉正后始到。饭于朗亭处，与杨雨泉、谢笠云、郭丹来酬叙。醉后，至叶棣如处谈。

十七日 （4 月 20 日）早至宫门，候至辰正，引见于勤政殿。许信臣得讲官。到棣翁处吃面，与李铁梅、吴新之同坐。归途甚热，少憩，到三官庙，附入甲午局，请姚伯昂师也。归未昏黑。夜赴柘香席于翁宅。

十八日 （4 月 21 日）晨看受之。午间写字多，客来不歇。送董柘香、郑桐槎行。晤邓星槎，不见十八年矣。午间写字多。叶桐卿来话。晚至俞麟士处便酌。大风。

十九日 （4 月 22 日）晨静。午间，拜数客。归闻石舟移寓西邻，往谈，归。晚过雁汀话，饮誉侯处。

廿日 （4 月 23 日）晨静。午间写大字。出，晤石舟。进城，回拜凤大令兄。出过厂肆，回拜翟君齐，文泉之子也。归，晚饮路小洲处。小洲借宋李诫《营造法式》影钞原本，珍可宝爱。与石洲商量即刻入《连筠簃丛书》中。为周子完看时文。

李诫，字明仲，郑州管城（今河南郑州）人，北宋建筑学家。

廿一日　　（4月24日）晨过石舟，归饭。到文昌馆，偕毛子刚、陈子嘉公请乙未教习世兄，到七客，钮松泉、黄蒨园、贺星槎、杜云生、吴莲芬、吴式甫、郑锡侯，辞帖者沈朗亭、吕尧仙。归憩，复出，看张受之病。应俞茗溪前辈席，归颇早。亥正即睡，倦甚也。

廿二日　　（4月25日）晨过厂肆，晤条珊。归饭。午间静，写大字。晚为石舟温居，仍在我屋。为王子怀饯行，苗仙露、梅伯言、冯鲁川、陈淮生、吕鹤田、何愿船同坐，潘季玉后至，亦入席。

廿三日　　（4月26日）晨至张润农处，闻受之卯刻逝矣，可慨也。到馆。归过厂肆，拜陈酉峰严寿。归饭，已午刻矣。晡看受之，为一哭，怆怆，即归。吊徐星伯丈。夜，酉峰处请寿酒。

廿四日　　（4月27日）晨静。饭后忽不甚适，服子愚黄面药，觉清爽些。静甚，何晓峰本请今日，辞。

廿五日　　（4月28日）早，冠英、条珊来话，同过石舟处话。归饭。午刻过厂肆，拜数客归。戴醇士、程兰川来看帖。兰川买得吴荷翁忠义堂朱钩全本，乃乙未年从余钩本出者，可喜也。晚静。巳正，子愚得女。

廿六日　　（4月29日）早静。辰刻，为鼎侄订姻李畏冈之女，冰人黄黻卿、唐鹤九。鹤九乃代杜兰溪也。辰正过庚，巳刻庚帖回，家中道喜。未刻，文昌馆拜曹颖生慈寿，一饭归。甚热。晚请大冰并亲家黄恕望，孙芝房、邹云阶作陪。

廿七日　（4月30日）晨剃发。午间季云三朝道喜。写大字多。晡出，回拜昺冈并谢宾。过厂肆，话玉泉处。有相人叶通判颇奇异。归饭。戚小蓉来话。

廿八日　（5月1日）晨、午静。写大字，撰《秦公华钟考》，为程兰川藏本，《积古斋》所称周公华钟也。其实是秦武公器。晚饮黄黻卿兄弟处，又邹云阶处，两处俱畅，遂至醉矣。

廿九日　（5月2日）卯正，至慈仁寺顾祠春祭，兼饯王子怀，何愿船承办。潘季玉、边漱石、苗仙露到，人为极少。归，写大字多。晡至龙树庵，吊张受之。

初一日　　（5月3日）母亲早起痰闭不适，连服姜汤
乃安，吐出痰涎也。午后乃大适胜常，化痰
药阁三日遂有此。晚拜玉泉生日，遂留饮。

初二日　　（5月4日）鼎侄出疹，服子愚药。早过厂肆，
为觅人画《营造法式》图也。午过石洲话。
归静，撰《秦公钟铭考》。

初三日　　（5月5日）早至崇效寺看牡丹，开到七分矣。
见壁间徐星伯丈所嵌置《王君墓志》，有吴
荷屋师题记，又翁覃溪题。朱竹垞手植丁香，吴兰雪补种
海棠，皆有题记。西院牡丹黑者已无，尚有紫者一窠在西
来阁前。归来方卯正也。午间出拜数客。俞麟士来晚酌。

初四日　　（5月6日）晨静，石洲来话，为同到李季
云处也。午间写大字后，冒大风进城。到季
云处，看画卷数事。同酌者石舟、鹤田，后来者月乔。出
城，归少憩。夜饮甘石安处，两次俱觉醉矣。文昌馆失骤，

今日赔来，仍老骡耳。

初五日 （5月7日）晨静。饭后客来不绝。未刻，赴陈酉峰席。申刻，朱霞峰请，遇善相人叶衡甫通判，与谈，仍江湖满地耳。归，困甚。

初六日 （5月8日）晨静，午间财盛馆。拜林范亭堂上寿。归少憩，到东头拜客。晤向筠舫、黄鹤汀。归，晚静，搭天棚。

初七日 （5月9日）早到金版库，陈中堂师师母仙逝，唁寿卿，怆怆。归。饭后写大字多。未刻，文昌馆拜李薇生同年慈寿。少坐，应刘宽夫局。仍归饭。晚，步月过石舟，兼访杨海琴话。

初八日 （5月10日）越云病忽剧，早间谵语后遂无一字。疹闭不得出，用外敷喉闭法，竟不效，于亥刻化去，十八岁矣。此侄女贤甚，乃归疫劫耶？老人悲感，夜不得寐矣。二娣实可悯恻也。

初九日 （5月11日）卯时，为入敛上祭。余于巳刻先往石榴庄开地，即与铁侄墓近接。午刻发殡，未初到，申初下葬，申正归。前吾家小墓共五冢，有须补碑者。酉初后归。

初十日 （5月12日）巳刻，杏侄得病，喉闭不能言，用宽夫侍御所施药枣，始得嚏，吐痰涎而喉开，大泻大热不止。请郑小山来，连服凉剂而未解。

十一日　　（5月13日）小山来用通小水方，不应。午后，万藕舲来用方，仍泻不止，烧不退，脉渐坏，可奈何。

十二日　　（5月14日）脉坏至无矣，人尚起卧自如，泻略少些。午后，藕舲凡三至，殊无主意。晚间，戚小蓉、郑小山来，同立方，知无用矣。三君子夜分始去。

十三日　　（5月15日）杏儿自昨来自知病不起，竟日夜所说皆慰藉谆嘱之语，令人不忍闻见。延至辰正后，略糊涂。巳初一刻去世，痛极痛极。一切俱先各预备，酉初入殓，酉正后始出殡。送至报国寺西屋停灵。余傍黑归。两幼相去五日间，真如风雨之疾，岂非奇惨。娣氏悲恻，可悯之至。是日即杏侄廿岁生日也。

十四日　　（5月16日）祖父章五公忌辰。余晨到毕春亭处问房屋事。归后，未复出。毕春亭、陈子嘉来话。夜小雨。

十五日　　（5月17日）早到石榴庄看越儿墓，乡间略润泽。归饭。汪致轩未刻到京，一别五年矣。俞麟士晚来，同便饭。

钱世瑞，字榆皋，浙江嵊县（今嵊州）人。

十六日 （5月18日）北院房屋通裱动手。午刻过义园，遇雨归。石舟两次来，与致轩同饭。

十七日 （5月19日）晨、午静。晡，回拜钱榆皋、钱梦兰、汤太守。看朱莲浦房子归，不够住。

十八日 （5月20日）竟日未出。陈淮生来晤，从天津归也。

十九日 （5月21日）早到寺，为杏侄设奠。归饭。午至厂肆。

廿日 （5月22日）连日因卿侄病颇险，幸获渐愈矣。

廿一日 （5月23日）越儿二七，可怆之至。竟日未出，亦未会客。

廿二日 （5月24日）竟日未出。石州来话。

廿三日 （5月25日）早剃发。条珊来话，知大郎病，请小山同子愚去看。午间至陈师相宅陪吊，少坐即归。

廿四日 （5月26日）晨静。午拜卓师相寿。出城，拜数客归。黄辛农来话。

倦甚。

初六日　（6月6日）晨静。午间出，回拜牟农星、朱九香。由厂肆归。

初七日　（6月7日）题顾子山比部《乞画图》，石州和之，余复次韵奉答。午间拜数客。

初八日　（6月8日）程兰川来晤。至魏宅，知叔太爷及朱四兄均病逝，令人不忍闻见。午静。晚，石舟来饭。

初九日　（6月9日）早上馆，出城，到魏宅。归。饭后，客来不歇。申刻，黄莘农宗丞请新居，即淮生旧屋，园篱幽厂，属题"菜香书屋"及"双井别业"二扁者也。归已暮矣。

初十日　（6月10日）早寅正二刻，往园问潘师相疾，已愈矣。过蕴柬之，未值。归饭。午间静。晡至宝应寺，看陈寿卿。

十一日　（6月11日）伯父光禄公忌辰，又杏侄四七也。晨至报国寺，归上供。午间吊吴霁峰丈归。得雨，凉甚。晚携肴具同张石洲、汪致轩、汪勋伯至龙树院看烟雨，归时亥正矣。

十二日　　（6 月 12 日）晨静。竟日写大字多。晡出，过厂肆，淮生、雁汀、石舟先后来话。饭后至麟士处，与致轩便酌，并作字，颇有趣。

十三日　　（6 月 13 日）早剃发。午出，拜数客归。申刻，翁玉泉约游南顶。出永定门约七八里，水边桥畔，游人嬉戏，殊有野趣。归饭陈栗生云洲处，甚畅。

十四日　　（6 月 14 日）晨过周铁臣，将出河南差，审案也。过方子佩谈。归饭。午后静。

十五日　　（6 月 15 日）晨、午俱静，写大字多。未刻，致轩请客，零星谈宴至暮。麟士复邀至陶然亭看月，更酌，夜分始返。

十六日　　（6 月 16 日）鼎侄生日。许信臣来话。午间出，拜数客。晤杜兰溪、骆籥门。归，申刻。玉泉、霞峰同请，颇热。暮归，倦甚。

十七日　　（6 月 17 日）晨静。午间写大字多。未刻，祝蘅翁请，出门遇雨一阵，颇奇。石州同回。

十八日　　（6 月 18 日）报国寺上供，树阴甚凉。归看义园工程。午间静。孙兰检、汪致轩同晚饭。

十九日　　（6 月 19 日）晨、午静，大雨，雷。晚饮杨海琴处，看画数种，同席伊少沂善书，彭益斋太守，江西人，乃辛巳北旋时同行侣也，相遇颇奇。

伊念曾，字少沂，号梅石，福建宁化人，喜学篆书，尤精隶法。

廿一日 （6月21日）晨静。鹤田来晤。午至厂肆，回拜数客。胡荪石来话。为少沂题文，清书卷。

廿二日 （6月22日）晨静。午雨，写大字多。晚饯致轩、兰检，玉泉、麟士作陪。

廿三日 （6月23日）晨静。饭后进城，吊锡子受内艰，贺戚小蓉升西路喜。回拜许滇生。出城至松筠庵，晤心泉上人。吴冠英从海淀归，催其画债。在西华门遇大雨。

廿四日 （6月24日）晨静。午作大字。晡出，过厂肆。归静。

廿五日 （6月25日）热甚。午间写字后，吊申世兄归。静。晚，何晓枫约便饭，在誉侯处，黄琴隖处不能到矣。早间庙中上供，儿侄辈去。

廿六日 （6月26日）晨、午静。申刻，赴刘宽夫席。散后，至陈酉峰处闲话。

廿七日 （6月27日）寅正二刻，出永定门，至十里庄，看越云圹，转瞬已断七矣，不堪涉想也。

归，饭后写字。未刻，至文昌馆，杜寄园、云巢兄弟请晚席。归，郑小山来便酌。夜间热。

廿八日　（6月28日）顾祠生日祭，饮福后，与仙露、石州、愿船、星农诸君即事赋诗，过午始散。甚热。晚静。

廿九日　（6月29日）晨静。午过厂肆拜客。晚请牟星农、苗仙露、陈卓人、汪醇卿、徐莱峰、张石洲、冯鲁川酌，辞帖者伊少沂、梁吉甫也。

卅日　（6月30日）晨静。午写大字多。朱时斋、伊少沂来晤，俞麟士来话。

六月

初一日 （7月1日）晨静。午出南星门，至中顶东岳庙，每年止此一日有会，为御史禁止，剩有看会人极多耳。晚，黎越乔、路小洲来便饭。

初二日 （7月2日）晨过厂肆，因拜客。午间写大字，颇热。晚，请王雁汀处，同人论诗相持，亦近来希有也。同席者伊少沂、林岵詹、江翊云、郑小山诸君子。

初三日 （7月3日）早过厂肆，拜数客。午写大字。石洲来话。晚至宽夫处，送乃郎子重行，将往肃宁做教官去也。

初四日 （7月4日）竟日静，写字多。石州来话。有雨意而不果。早间题伊墨卿丈《西溪消夏图》，张宝岩所画甚清妙，即送少沂行。

初五日 （7月5日）匡鹤泉、吴莲芬来话。鹤泉借醇士画册去。收拾书房，为初七日称觞也。

子恭、麟士来便饭。

初六日 （7月6日）五娣生日，早面晚酒，晚无客。甚热。

初七日 （7月7日）慈寿日，早面五席，晚两席，惟女客颇多。有清音夜唱软包剧。今日不甚热。

初八日 （7月8日）竟日静，惟过石洲一话。

初九日 （7月9日）早到史馆，出谢客，到本衙门，耆介春协揆午刻到任也。香儿生日。晚出谢寿，到松筠庵，杨立斋孝廉请也。

耆英，字介春，满洲正蓝旗人，任钦差大臣时与英国签订了《南京条约》。

初十日 （7月10日）晨、午谢客，前门以西俱清楚矣。子愚游十刹海。

十一日 （7月11日）城内谢客全清。方子箴处拜其严寿。与子愚饭麟士处。

十二日 （7月12日）子愚弟四十岁生日，早面晚席。午后，余赴陈淮生看棋之约，又雷春庭看帖之约。酉正归。戌初，上席甫半，内子忽以微疾化去，骇痛，出意外也。今年运气至此耶！布置竟夜未歇。

十三日 （7月13日）申时入殓，幸阴不甚热。停枢于我书房之中屋。

十四日　　（7月14日）有客来。甚热。三日祭成服。

十五日　　（7月15日）客来多。天热。

十六日　　（7月16日）早到报国寺看屋。三弟由常州
　　　　　总运到家，岂意如此惨凄乎。

十七日　　（7月17日）料理讣帖。

十八日　　（7月18日）头七祭。

十九日　　（7月19日）无客。

廿日　　　（7月20日）

廿一日　　（7月21日）

廿二日　　（7月22日）连日雨。

廿三日　　（7月23日）

廿四日　　（7月24日）

廿五日　　（7月25日）请王爱棠前辈题主，孙兰检、

梁子恭、黄倩园襄事。黎月乔后到，已成礼矣。二七祭。

廿六日　　（7月26日）送奠分者多。

廿七日　　（7月27日）开吊。申刻后大雨，旋住。

廿八日　　（7月28日）客有补至者。晚堂祭，到庙收
　　　　　检各件。

廿九日　　（7月29日）辰初发引，停灵报国寺之后厅
　　　　　云深松老处。桂儿移住灵右。

初一日　　（7月30日）早晚到庙饭。

初二日　　（7月31日）收拾书房。晚到庙，同桂儿饭。

初三日　　（8月1日）三七祭。午、晚两到庙。

初四日　　（8月2日）移书架至庙，以厅甚闲厂，乐得贮书也。晚到庙。

初五日　　（8月3日）移书。晚到庙。

初六日　　（8月4日）移书。谢步。晚饭庙中。

初七日　　（8月5日）谢客。午、晚到寺。

初八日　　（8月6日）谢客。

初九日　　（8月7日）谢客。未到庙。

初十日　　（8月8日）谢客。晚到庙。四七早祭。

十一日　　（8月9日）静。翁玉泉、俞麟士晚便饭。

十二日　　（8月10日）周月祭。午至厂肆，晚到庙。

十三日　　（8月11日）静。晚，吕鹤田处便饭。作吴师寿叙。

十四日　　（8月12日）补谢客。

十五日　　（8月13日）到庙早饭。晚拜吴晴舫师五十寿。

十六日　　（8月14日）补谢客。晚饭庙内。

十七日　　（8月15日）静。写各处回信。五七祭。

十八日　　（8月16日）静。晚饭谢方斋处。

十九日　　（8月17日）二娣生日，未备面也。午至厂肆。晚到庙。写大字多。

廿日　　　（8月18日）桂儿生日，可怆念也。午、晚到庙。

廿一日　　（8月19日）写大字多。晚饭翁玉泉处，未终席。复至蒋亲家处。

廿二日　　（8 月 20 日）写大字多。郑晴川从南来。

廿三日　　（8 月 21 日）写大字，字债稍清矣。晚到庙。

廿四日　　（8 月 22 日）朱小鸥来京，旋同饭于普应寺，
　　　　　　陈寿卿作东也。见所刻印谱极佳。翁祖庚放
贵州学政来话。六七祭。

廿五日　　（8 月 23 日）写字多。晚约朱啸鸥、陆
　　　　　　□□、吕尧仙饭。

廿六日　　（8 月 24 日）静。晚到庙。

廿七日　　（8 月 25 日）拜客。午写字。

廿八日　　（8 月 26 日）写字多。晚到庙。

廿九日　　（8 月 27 日）朱小鸥来早饭。午出拜客。

卅日　　　（8 月 28 日）陈竹伯来早饭。午写字。晚到
　　　　　　庙。

初一日　（8月29日）早剃发。王雁汀来话。七七祭。

初二日　（8月30日）早、午写字。晚到庙饭。

初三日　（8月31日）写字多。晚鹤田处便饭。

初四日　（9月1日）早到庙饭。晚乔鹤停处饭。

初五日　（9月2日）汤敬亭来话。张小浦来话。晡出拜客。

初六日　（9月3日）早到史馆，程兰川来话，分发江苏也。傅松岩太守兄来晤。

初七日　（9月4日）早拜潘师母寿。到劳星陔廉访处，未遇。星陔旋来。刘五峰来引见也。晚约星陔便饭，黎月乔、苗仙露、张石州同坐。

初八日　（9 月 5 日）早剃发。竟日静。

初九日　（9 月 6 日）写字。未刻到园住沈朗亭处。

初十日　（9 月 7 日）万寿圣节，行礼后即归。晚在
庙饭。

十一日　（9 月 8 日）向筠舫来便饭。午间写字多。
晚在庙上祭，悲怆可知。连日料理枢行，少
暇时也。

十二日　（9 月 9 日）黎明，灵枢起程。送桂儿同汪
七兄行，一路甚迅速。酉初到通州船次，通
永道李戟门同州牧王君来上祭。过朱筱鸥船上谈，即回本
船同饭。

十三日　（9 月 10 日）料理船上事，未得回。午间，
筱鸥约便饭，并写字复回船。戟门请晚饭。
宋莲叔来，未遇。

十四日　（9 月 11 日）早仍携桂儿回城。未时到家，
料理节事，忙甚。罗麓泉同年来话。

十五日　（9 月 12 日）各位老师处贺节。晚，堂上酌，
甚寂怆也。

十六日　　（9月13日）写字，并写江南各信，因子敬将行也。

十七日　　（9月14日）仍写字，至未刻罢。晚约黄蒨园、翁玉泉、樊子安饭，为子敬作饯也。

十八日　　（9月15日）早饭后送子敬行，至东便门回。

十九日　　（9月16日）写信并长沙送人各扇对。

廿日　　（9月17日）桂儿往通州，余送至便门回。所带家人孔秀、阎顺、王升、老闫，定于明日开行也。

廿一日　　（9月18日）早、午写字多。夜在陶然亭公饯俞麟士。是日刘鉴堂先生到馆，名道衡，河南甲午副榜同年，课韬女、钟孙。

廿二日　　（9月19日）郑晴川来，请分发也。周寿珊侄婿来早饭。松筠庵赴张翼南、王荫芝、孔诚甫、吴老七请，皆山东乙酉世兄，陪傅松岩太守也。晚为鉴翁置酒。

廿三日　　（9月20日）晨静。午入城，陆静轩请。由厂市归。晚黄莘农约便饭。

廿四日 （9 月 21 日）晨、午静。晚，刘五峰、凌荻舟来便饭。散后，同至黎月乔处话。

凌玉垣，字荻舟，善化（今长沙）人，著名诗人。

廿五日 （9 月 22 日）先公冥寿，早晚祭。午间到厂市。石州来话。

廿六日 （9 月 23 日）竟日静。晚至厂肆。

廿七日 （9 月 24 日）早，东头拜客。午至松筠庵，潘季玉请也。晚归，子恭、子安、蒨园在园便饭。

廿八日 （9 月 25 日）拜客竟日。

廿九日 （9 月 26 日）刘五峰来早饭。午后静。

中臺司藩　碑文并序　道因法師

大唐故翻

經大德益

州多寶寺

初一日　（9 月 27 日）石州、伯雄、月乔先后来话。午至厂肆，黄子寿请饭。

初二日　（9 月 28 日）早、午作字。过厂市。

陶梁，字凫芗，或作凫香，江苏长洲（今苏州）人。

初三日　（9 月 29 日）拜陶凫香丈，未遇，即到馆。归，送顾子方及魏世兄行。数日因条珊亲家遗藏书画被人偷去数件，为访得而不到手，可叹也。晚陈淮生处请，与登之一话。

初四日　（9 月 30 日）曹西垣来作别，将南归也。竟日静。

王义樟，字苌生，福建人。

初五日　（10 月 1 日）先伯父冥寿。徐谦木树楠世兄来话。向筠舫、孙兰检来晤。晚请王苌生大令、王雁汀学士、郑锡侯编修、江翊云给谏、林章浦郎中、沈翰宇庶常，皆闽人也。

初六日　（10 月 2 日）边漱石、朱建卿来晤。汪衡甫来晤。竟日未出。

初七日　　（10月3日）赖仁宅之侄以森来，得仁宅书。
　　　　　　王雁汀处陪王苌生，主人有刘心房、林岵瞻、
何杰夫，公请也。晚至乔济翁处，公请黎月乔，主人、客
来俱甚迟。

初八日　　（10月4日）冯展云得山东学政，来晤。午
　　　　　　间写字。晚拜客。

冯询，字子良，
号展云，广东广
州人，收藏家。

初九日　　（10月5日）早，顾祠秋祭，散已午正后矣。
　　　　　　晚至陶然亭。

初十日　　（10月6日）早到本衙门，麟梅谷前辈掌院
　　　　　　到任也。晡出，拜数客。

十一日　　（10月7日）早进城，陆静轩方伯雄同请。
　　　　　　出过厂肆。晚，黄琴五处陪月乔。

十二日　　（10月8日）郑晴川来辞行，分发直隶，借
　　　　　　盘川去。月乔来话别。晚同子愚饮乔济翁处。

十三日　　（10月9日）晨、午静。陈杏江来话。祝子
　　　　　　伟来拜。午间写字。晡下园住朗亭处。

十四日　　（10月10日）同乡谢蠋贷恩。行礼后即归。

十五日　（10 月 11 日）善化人蔡君传枢来，问知张得吾兄仙逝，俱未得其讣，怆怆久之。晚间，为月乔作饯，约翁玉泉、蒋誉侯、黄琴五同酌。月色佳甚，余得五古一篇赠行。

十六日　（10 月 12 日）晨静。午携聩侄送月乔行，甚怅。月乔以言官不得意而去，同学故人日少一日矣。晚，子愚处有便饭客。杨海琴来话。独至陶然亭，与老僧一茶而归。

十七日　（10 月 13 日）早至厂肆。午静。晚赴孙云溪席。

十八日　（10 月 14 日）苗仙露来别，将赴冯展云之聘也。晡至厂肆。

十九日　（10 月 15 日）写字多。晚请苗仙露、吕次闲、刘子豫、张石州、冯鲁川赖。

廿日　（10 月 16 日）早、午写字。谢方斋处公请盛凯亭、夏子龄。晚，冯鲁川饮，饯仙露也。酒后，为仙露题《寒灯订韵图》，得五古一篇。明日仙露行矣。

　　　　　以上原件藏于湖南博物院藏，题名《种竹日记》

道光三十年

道州书法如龙跳天门，虎卧凤阁；又如长松拔地，盘旋夭矫，气象万千。观其用笔，无一不从金石文字中得来，洵推国朝第一大家。论者谓其平日服膺颜鲁公，足为鲁公入室弟子，固无不可；即谓与鲁公并驾齐驱，亦何不可。此日记六册，系其衔恤南旋，水陆舟车，随意挥洒之作。其时正抱鲜民之痛，在道州何尝经意，而天趣独绝，落墨便是不凡。余尝谓道州即污染墨点亦有来历，非阿谀也。拜读一过，五体投地。

小松

廿八日 （5月9日）巳初刻奉母枢由报国寺起程，独龙杠绿罩，十六名夫，共三班四十八名。神主楼一抬，诰封牌、入城牌共二对，帐篷一架、行李三套、车二辆、轿一乘，以车不能随杠也。自十二月初五见背，廿七日移殡寺中，侍居灵屋，恰周三月而行。因人客酬应太烦，精神为惫损，几有不胜丧之恐。此番起程，年世谊俱未通知，惟贵州门人不知何以得信，于昨日来上公祭。今早有王曼生、赵少言来送，蒋鹤庄侄婿来送。家中男妇俱来上果供送行。子愚弟及桂儿同至长新店。带家人四人：孔秀、王贵、李淦、陈芑。承办杠轿者赵秀也。未正到新店。丙初，上供。戌初，饭。甚热，为城中所未有。

廿九日 （5月10日）丑初二刻起，丑正二刻行，五弟、桂儿送灵后归去。五十里豆店尖。一路山沟，绕道迂远。巳正后始尖，午初后行。又六十里涿州南之南皋店宿，共百一十里，而绕道有廿卅里。戌初方到。行李车折轴于流黎河石桥上，戌正后始到。换枣木轴，京钱五千五百文，可谓廉矣。闻有卖轴人在桥边候此生意，故近年车夫多愿出南星门，亦可见桥久不修，不便行旅也。作弟一次书。

卅日 （5月11日）丑初二刻起，寅初十分始行。

杠夫昨颇乏矣。四十里至新城，大令玉珩不在家，差人伺候，公馆祭席，送席，想是良乡借马时致有溜子信来也。又四十里白沟河小憩。又四十里雄县南关外宿。周云峰大令奇昌差人伺候如前，惟席棚稍低耳。竟日风凉而土大。弟二次家书，交办差人。

初一日　（5 月 12 日）寅初三刻行。卅里过郑州，已有市矣。又四十里任邱尖，伊瑟庭世兄铿额来上祭，一话去。又五十里廿里铺住。河间令何香伯遣人办祭，到时已亥初。行黑路有十里，幸平安也。早凉，午后甚热。

初二日　（5 月 13 日）天明始行，因杠夫连日大站颇乏也。廿里至河间府北关外，王升甫太守、何香伯大令来路祭，一话别去。城内预备公馆，未入。又卅里高家林尖，献县差伺。尖后，卅里至献县南关外住。上供后，李同文大令焜来上祭，乙酉世兄松葆之胞侄，一话去。饭后，发第三次家书，交马号候折差带去。此间尚未得春雨。

初三日　（5 月 14 日）仆辈一夜未睡，都怕迟也。复静候至寅初三刻行。约五六里即天明矣。早凉极，觉衣薄。四十里富庄驲尖。交河雷令五福差伺，停杠处无棚，止此处耳。又四十里阜城县住，署令蔡懋昂县考未来，家人差伺。今日申初到公馆，惟杠夫落杆二次，不免欹斜，可惧也。麦田干甚，昨日献县店壁上有楚潙李蓉镜黼臣题诗，颇有致："止有同尘真妙法，世情谁喜太分明。"上两句言风沙大也。"若说风流真个事，圣狂一念苦分明。"上六句言多妓也。"三上应无宰相书"，上三句言逐功名也。不记得全，漫录于此。

初四日 （5月15日）子正即闻催起，算一夜未静。
直至寅初二刻方成行，天未明，时冷极，又甚于昨日。五十里景州尖。鲁卓泉刺史杰，江夏人，差伺王禄来见，去此十五里名鲁家庄，即日入京，因付第四次家书去。又六十里德州南关外住，路颇远，到时昏暮矣。汪竹千刺史上祭。景星桥观察催船未回。河水干，豫东粮艘恐将误事。在京闻誉侯说竹翁有恙，今问知无所苦也。汪、景俱送奠仪。

今河北衡水市有景县，紧邻山东德州。

初五日 （5月16日）不见吾母四阅月矣，悲怆何极！
天明始行，甚寒。午初，曲流店尖，平原管，徐大令顺昌差伺。尖颇久，日午太热也。未初行卅里至平原东关外，少憩。又十五里廿里铺住。晚风解热，稍可。饭后见月，昨日此间有劫车事。天再不雨，民气可虑。

初六日 （5月17日）寅正二刻行，天大明矣。五十里禹城桥尖。又四十五里晏城住。天热，行不能速。到时戌正，齐河办差人迟到，自打店。买菜颇鲜，然早尖禹城庖人却甚佳也。一路见梨枣林颇多，近山气象

今山东德州下辖有禹城市。

如此。夜作书与陈慈甫中丞，并附第五次家书去。齐河令姚锡华差人亦来，姚令江南辛丑进士。禹城令史性仁，溧阳拔贡。今日卅二人一班，共一班半递换。

初七日 （5月18日）舁夫昨日多受热者。寅初二刻起，已天明。寅正二刻始行，廿五里齐河县。入北门，出东门外店茶尖。店内见邳州女士芮蓝玉题壁，略云："妾本儒家女，以贫卖为李侍卫妾，携至京，大妇不容，遂见逐。侍卫遣老仆送回沛县，誓以破镜重圆，自矢相守以报侍卫。时己酉重九后二日。"其诗有云："照镜剧怜尘满面，临妆无复婢梳头。"余平平。又廿五里走山沟，避大道，迂甚。午初二刻至杜家庙尖。今日止走半站，以休夫力。店小而院大，即己亥使闽尖处也。云意时作，而雨不可得。此处林木颇盛，觉不甚热。

今山东德州有齐河县。

初八日 （5月19日）昨日早歇，今日舁夫起得早。行十里始天明也。十五里至开山，行山沟中，渐入石陂陀路。过大长桥，桥下无水，由未得雨也。共五十里，章复尖。长清令章文津师舟差伺。慈甫中丞差人前来照应，已往前去矣。尖时方巳初多，将午初行，又四十里长城宿，仍长清地。满眼皆山，尚未见岱顶。竟日阴云，欲雨不雨，且得凉爽。杠行石坡路极稳且速。昨、今俱自搭帐篷。

初九日 （5月20日）昨一夜细雨，奇凉，薄枕被禁不住，五更住点。天明始起，寅初三刻行。

卅里新庄小憩。石坡小水，时时担心。又卅里颇长，到泰安府南门外住，方交午初。三日两站也。法敬堂太守丰阿、张寿泉大令延龄同来祭。陈慈甫中丞差家人王成上祭。青州都统奉命祭告岱岳，于昨日到，闻祭告尚未定日也。司徒芷邻都转、花思白观察俱有奠信来，复信，即交去，并复谢慈甫书，交其家人带回。第六次家书亦令带去。此间春夏无折便，闽浙折弁均走湖路也。午后大晴，甚热，夜凉。

初十日 （5月21日）丑初起，寅初始行，未三里天明矣。路极好走，雨来仍不碍行也。四十五里崔庄尖。店后小园林木幽茂，雨不住，尖久歇。已初始复行。风大，雨止矣。廿五里花马湾小憩，山势开敞，一望圆秀。又卅五里羊流店住。新泰令李天涛（松崖，癸酉孝廉，大挑），差伺。到店申正，下半日路颇长，过小水数次，又有山坡，俱甚平稳。回首望岱，已不得见。

十一日 （5月22日）昨夜早睡，今天明始起，即行，甫寅初也。至翟家庄小憩，说已走卅五里，恐无此短路也。又廿五里新泰西南关外尖盐店，屋院大而陋，海棠三树却不小。尖后廿里敖阳住，仍新泰县差候。风凉甚，午不知热，所过河皆无水。左看敖山青云山，右见蒙、峄诸山。一直东行，略带南耳。乃知此路直走弓弦，而湖路弓背，故路大得多也。到敖阳才未初。昨、今两日俱有民壮护行。

十二日 （5月23日）丑正起，寅初行，天微明耳。

早凉，路平而舁夫极缓，由昨日久歇转疲也。四十里蒙阴南关外尖，巳初一刻矣。文鲁斋大令颖迎送于郭外，亲来祭。公馆宽而门口逼窄。尖后廿五里□□小憩，又卅五里垛庄住。沂水令王廷荣差巡检柳如松代祭。午后路颇长，到店酉初二刻矣。有月而躁热，将有雨乎？一路俱苦旱也。今日山陂陀时有之，无高斗处。

十三日　（5月24日）天明行，寒，有风竟日。山坡不少。四十五里青驼寺尖，方巳初耳。巳正二刻尖后，山坡更大。午间热。卅里大峪小憩。又廿五里伴城住。两处俱属兰山。张云骞大令应翔，湖北钟祥，拔贡。晚风稍凉，有月，昨日作第七次京信，适有火牌差带去。

十四日　（5月25日）丑起，寅初行。路极平坦。廿五里鹅庄小憩，又廿里沂州府尖。先过河一次，即沂河也。德松斋太守峻及副将以下均迎送于郭外，尖在南关外。诸君上祭后甚热。陈耀曾典史，祁阳人，候县委；家兰（佩芬），海安人，吴履吉先生门人也。尖后行，风沙大，甚热。又五十里过河，闻上游有沂水、费县两水合成此沂河，故比早间所过水大多了。住李家庄，仍兰山管。张云骞大令早间公出，晚差人致书兼送奠仪。灯下作书复谢去。夜热。

沂州府在今山东东南沿海，治所在今临沂。

十五日　（5月26日）昨夜大雨，天明后少住，即行，巳寅正矣。途间复大潲数次，泥水中行，甚平稳。无路可避，舁夫转小心尽力也。逢村即小憩，共六十里。住十里铺，已申正矣。崇翰臣世兄亮，己亥，由县来祭，即同饭。饭后去，已暮。写对十付。今日止一餐而已。午后大晴，故夜颇凉，惜屋多树，阴黑少味，见榴花。今日半站。

十六日 （5月27日）寅正行，路极好，间有小泥淖。十里至郯城东关外。翰臣来送，一话别去，仍差人护行。六十里不大，说止有五十里耳。到红花埠住。今日仍半站，午正即到，舁夫要休息，养气力也。翰臣说两江昨日有四百里、五百里折各一次，不知是何紧急事。住处斜对门有折差总局，因作第八次书付管号人。杠上要钱，而钱店距此向南十二里，因从烧锅铺易钱，价仍不减也。院树有阴，想蔡玉山。

今山东临沂有郯城县，地处鲁苏交界。

十七日 （5月28日）丑初二刻即行。乘大月行廿里始天明，共六十里，峒峿驿尖。又六十里宿迁县东顺河集住。先过永济桥下，桥七十二孔，每孔相去丈有余。桥下为六塘河，有纯庙御诗碑二石，四面皆刻满，历次南巡皆有诗也。现在六塘河无水，闻夏秋之间由骆马湖泄水入海，此桥为往来要途矣。任秋岚大令辉第，根云河南门生也，来祭，一话。见《会试题名录》，杨性农、杨敬士、慎符卿俱隽。闽、黔、粤门人各二而已。秋岚说上海民居失火，延烧洋楼，夷人说话，故有昨日五百里。

今江苏北部有宿迁市。

十八日 （5月29日）丑正一刻行，十余里而天明。

走小路，而舁夫颇迟。五十里尖仰化集，又五十里亦走小路，至重兴住，桃源县管。吴仲仙同年大令棠，行二，来祭，一话去。属其致书，南边州县无供应，着李淦、王贵先往清江雇船。得子敬弟廿七日清江留书。

十九日　　（5月30日）天大明始行，夫疲路远，四十里鱼沟尖。又卅余里过盐河，有板桥渡，过至王家营，杨至堂河帅、清河于大令差接，备公馆，未入，恐天迟也。有职员严廷华拦接，说杠夫多，清江街走不过去，请暂憩设法。余坚却不住，即渡黄。申正三刻上船，酉初即到南岸。起杠，少憩，行。又五里至清江浦，街窄拥挤，亦由观者多也。到马头请灵上船，安顿尉帖，已上灯矣。自河帅以下俱差候，晚回。左青崝大令来祭。杨石卿来话，知许印林已归沂，不得晤，怅怅。夜热。

清江浦大致在今江苏淮安清江浦区一带。

廿日　　（5月31日）早，于前峰大令醇儒来祭，罗椒生门生，山东平度州人，说今年会元邹石麟，亦同榜生也。杨至翁河帅来祭，谈久方去。石卿复来，同饭。午后彭雪眉来祭，带到子敬留书，子愚四月二日京寓书，又许印林书，并寄奠。知印林现移书局于青江，刻桂《说文》，定今年毕工，而光景窘迫，可念也。曹子固联桂、黄小帆钦鼐两司马来祭。子固新调宿北同知。小帆者，瀛帆之子，现山盱同知也。路小洲给谏、熊存东通判先后来。桂星垣淮海因病未来，差人候。客来皆久话，兼热甚，颇困乏。赵秀除正项杠价外，共借用大钱贰百卅千文，到京交还。然此行一路平安，渠甚吃苦，听说可感也。

廿一日 （6月1日）回拜各客俱遍，除不进衙署外，得晤者雪眉、石卿、小洲也。石卿处晤高北平均儒，说顷，已上船叩奠，系先公浙江进学门人。又晤黄树斋前辈，将入京也。石卿赠我《小松访碑图》。小洲处晤梁海楼，因为书两扇，索小洲画，即便饭。兼约雪眉来，四丙申一聚。晡时大雨，饭毕，已上灯矣。仍由河南至河北回拜小帆，一晤。回船，知树斋及谭桐舫祖勋均到船，而桐舫处不及谢步矣。作弟九次家书，交雪眉。

廿二日 （6月2日）早开船，起颇迟，实疲乏也。过淮关，关监督全福差候，又淮安府恒廉、山阳县陈兆夥均差候。船到马头，未泊。昨又坚托于清河复札致河运勿预备一切，看来得免矣。惟河帅派两小武官送行，坚辞之，而面请留一人，止得从之，究属累赘，不大便。又此次太平船无腰门，出进必走前门，真闷甚。由老三交李福（清河办差）先雇定，余仓卒过河，不料其如此蠢，而李淦、王贵亦均未见到也。东南风顶头，船倒行，七十里泊平河桥。雪眉、小帆均请今日吃饭，不及告以行期，止算不到耳。夜雨甚畅，忽甚凉。

廿三日 （6月3日）开船颇迟，竟日屡泊。我固不急，两舟子又有病婴也。过宝应，未泊，王令筠节差人迎送。夜泊界首，得百廿里。昨日杨叠云漕帅丈差送奠分，今日检出小箱中各书。

廿四日 （6月4日）行不过四十里，至马棚湾泊。

风大，不能行矣。课两仆作小诗，温书亦自可。

廿五日　（6月5日）早行十余里耳。南风暴，大可怕，仍泊。午后，来雨一阵，而风不息。王贵入高邮城买菜，往东南，有八里远。州牧范凤谐差接。

廿六日　（6月6日）风略定，曳纤行。午间忽来北风，遂挂帆行。遇铜船北上，耽阁许久。复行，戌初抵扬州城南赵家渡泊。李淦与伊甥陈鸿回家去。陈鸿本入京寻事，学跟官，遇李淦拦回。余见其颇文气，因留试用也。作第十次书，交李淦带上坡去。夜凉甚。

廿七日　（6月7日）早供后，府县上祭。甘泉令陈容斋第诵、江都令姚桐川维成先来，吴红生太守（前江都令）、许大令道身后至，俱一话去。余于巳正上坡寻周子坚于旧院署，久候不归。到杨季子处，而子坚亦来，遂同步出，用点心。因至袁门桥一带字画古玩店流览，见明时龙香御剂蓝、绯、朱三锭，索价太昂，未买成。日暮别去，余回船上。晚供后，罗茗香来奠，久话去。魏默深署海州运判，刚离扬到任去。不得一晤，与不晤印林同一怅怅。子坚却出意外也。

廿八日　（6月8日）早供后即饭，因子坚、季子约今日舟游也。两君来已迟，复具飨。杨大令承忠、谢默卿司马元淮、许季眉世叔乃常先后来祭。谈次，知现在淮南改票盐，已有新章，何其速也。大约刘星房都转住扬州，而联秀峰、姚石甫分住九江、湖口，各带委员数人去。客去，与季子、子坚同便衣行约二里余，上船。出南北水关，向城西北，过小秦淮。沿岸茶亭极佳，西北行，先至云山阁、小金山、五鼎亭各处。刘孟瞻后相晤（文淇），同至平山堂，"谷林堂"三大字阮师所题，东坡旧题也。平山堂尚署六一款。闻十六年前所见板桥巨画已为前方丈失去。与季子复至观音山一憩。回船，至郝忠烈祠饭。饭毕，至桃花庵问石道人，寺僧无知者矣。平山堂有阮师存大砚。时天色将暮，回舟，半路与三君别。余独舟回大船，已将上灯。茗香来，约玉清宫之集。洪子香着人来说明日上祭。

廿九日 （6月9日）早雇轿上坡，回拜罗茗香，吴虹生，陈、姚、许三大令，谢默卿、黄小园、又园昆玉。衙门中本不进去，余未晤。其得晤者许季眉丈、杨季子、周子坚、熊竹村丈，洪子香未晤，晤其老五，言子香即回苏，欲同行也。孟瞻亦他出。到梅花书院晤梅伯言，新来主讲，真本色也。伯言处遇王令甫观察，知乃弟子兰亦在此。先是到康山哭阮太傅师，送奠敬，挽联："大清二百年来，更谁儒术事功，包罗万有；夫子自千古矣，从此经生才士，景仰何人。"与五、七、八三世兄一晤，相向哭也。到玉清宫，同集者孟瞻，阮氏五、七两兄。季子后来，茗香作东，为阮师神道碑事。阮氏欲余撰书而署汤、祁两协揆款，与吾师十年前面托语意不符，且余不能为人代笔，故力辞以心绪烦杂，无能为也。饭后，同至东园，乃南巡时行宫内阿哥所，亭屋幽敞，水石极胜。近为

郝景春，字和满，江都（今扬州）人。任房县知县时，张献忠破城执景春，不屈而死。

制军行馆。久憩始别。回船甚热，大吃水果，饭。夜乃凉。拟明日一早行矣，而黄小园来，坚约明晨一饭。季子为买得前日所看三龙香饼子来（五元半），真古得有趣。此次扬州所得止此，及子坚赠青主字卷耳。府学宫看阮师所存中殿廿七八两石，又一石字更奇古，不可识。又师所刻石鼓，从天一阁本摹出者，恐当较杭州本为胜耶？文汇阁、上方寺未去，怅怅。又园半夜着人来送奠仪，并书两种。

厉鹗，字太鸿，
号樊榭，浙江钱
塘（今杭州）人，
乾隆时著名诗
人。

初一日 （6月10日）早，黄小园来祭，一话后即同上坡。余回拜李二兄馀庆、岑秋舫淦，秋舫者，即刻《旧唐书》岑绍周提举建功之子。绍周刻成即寄我于京师，绍周旋殁，秋舫与从弟仲陶（镕）复刻成《旧唐书校刊记》及《旧唐书逸文》，昨来赠我，未晤。今答谢，仍不晤也。到小园处剃发，书扇，乃饭。季子同坐。饭后到小玲珑山馆，即屋后也。石树清奇，惜无水耳。缅想全谢山、厉樊榭、金冬心诸老游集之盛，而马氏兄弟儒雅好事，真为神往。今此园，小园已质诸查耕麓，查尚未来住也。未正回船，复上坡回谢王令甫、阮氏兄弟，均于早间来奠，余不在船也。回船即开行。十五里至高明寺泊，尚早。入寺，见塔身尚存，而屋檐俱毁于廿四年。行宫一片瓦砾，余佳石数峰兀傲蔓草中。回船晚饭，候子香不至，想未开船矣。高明寺即三叉河，西去往仪征有江西粮道船泊此，当是邹忠泉，却未来看。

初二日 （6月11日）早行，东南风不小，迟迟曳纤。午后到瓜州，不能渡江而泊。展阅青主书陈右元诗卷，为右元评改秋诗卅首，殊有趣。后有包慎伯跋，乃妄贬青主云：前见其数帧，擢居能上，若早见此卷，当处以□□矣。真谬诞也！青主书意岂慎翁所能解耶？申刻，洪子香到船，谈久，复过其船，话无锡，快甚精洁。别去。子香渡江，约明日相见。

初三日　（6月12日）辰初渡江，四渔舟曳护，有东南风，折戗行。宛转久之，至西门外泊，在金山东五六里，非昔年泊舟咫尺金山处矣。变迁如此，才十年外耳。子香亦今早始渡，同泊京口驿前。早饭后，雇小轿同游。先至象山洞之前石公山，阮师题"石公山房"，为韫公题。梦楼题"小有天"于石崖上。登楼看江外，无它奇景。与焦山止隔江，有红船三只，为往来渡处。即上船篢江，顷刻抵焦山，先至自然庵。净波与子香同乡，遂导游海云庵、水晶庵、松寮阁诸胜。看《瘗鹤铭》石，别来复十年矣。仰止轩拜椒山先生像，观阮师所存轩中椒山诗字卷，复题记于后，因及松筠庵刻疏稿事也。旧题联集《鹤铭》字云：吾志未遂，上荡真宰；其词不朽，留表此山。尚悬像旁，无恙也。观周鼎及定陶鼎，方丈月辉同看。妙诠者，借庵弟子，闻能诗，秘不见示。赠借庵诗钞二本。至焦仙洞、观音阁，斜至山坡，见米老题"法芝""仲宣"处，又陆放翁题字处。仍回至自然庵，一饭小酌，盘桓久之。石壁香林不复到，仍篢江渡望城行，至北固山多景楼、海岳庵，观坡、米两公像，并研山阁。沿山麓至甘露寺，旧迹罕存，孤亭亦毁。望江最胜处，现在有邹君动工修葺也。回船后，丹徒令张介石元揆来奠，文和公之曾孙也。

子香入城拜客，候其同飧，久未回。

初四日

（6月13日）早，入城谢介石步。街市填壅，有旗物做都天会傩，蜡意也。回船，饭后，为会船所阻，不能远行，仍同子香觅肩舆看山去。先过支家园屋，未毕工，有池、楼诸处，离南门三四里耳。西南行，共十里余至招隐寺。石径入，深树曲折，有天然趣。登昭明太子读书台，方事修葺也。四面皆山，嫌不开敞，下至虎跑泉，水色颇清。行坡路，斗斜而上，至师子窟，寺后一洞不大，僧倚松导游望湖亭，南望练湖，东见圌山。亭本名鸟外，甲午岁，赵兰友丈与张稼村同重葺，更名望湖也。甚敞豁，如目光好，可见数百里外也。八公洞说太险，寺败不去矣。下坡就归路，至竹林寺，层层倚山而上，楼屋多且闳敞。有曼生联云："孤竹瘦于尊者相，野云白似道人衣。"甚佳。雪谷上人已退堂矣，年六十余，出《竹林寺图》，张崟画，有洪稚存、曾宾谷诸老题记。余题字数行，劚笋而去。雪谷自道近诗，有"屋缺补疏竹，楼危瞰远江"句，殊佳。出寺下山，东北行，望金、焦、北固俱明白。过米元章墓，在草中，有祠，门已锁，不得开。过周濂溪先生祠，一片土耳，可叹也！旁有张文贞祠，尚无恙。至鹤林寺，前有寄奴泉，水甚甘。廊间石刻多，无甚古者。后有杜鹃楼，无其花也。圆具上人方葺破败，恐非易易。出旧修寺记卷子，为题一段而别。到南门闸登舟，移泊至都天庙前，前有船桥，为赛会而设，各舟不能过矣。与子香上坡，至庙看联扁，乃张睢阳庙也。何时为都天神专管漕运事耶？与子香同食竹林寺笋，甚鲜。夜庙会，喧

张巡，唐代名臣，曾与许远坚守睢阳，阻遏叛军南侵，城破被俘遇害。全国多处设祠祭祀，江苏民间奉其为"都天神"，庙会隆盛。

张崟，字宝厓，号夕庵，江苏丹徒（今镇江）人，清代画家。

阗至天明始散。

初五日 （6月14日）舟子自作粽送来，并枇杷、小
桃、鸭蛋。上供，怆痛，昨梦何可得也？梦
母病而移榻无恙。舟竟日忽行忽住。至大新丰泊。东南风
未住也。子香今晨开船后前进矣。夜奇热，又行，泊张官
渡，距丹阳廿里。共行七十里。

初六日 （6月15日）早，至丹阳买菜，久泊。连日
俱买得笋，闻此时已过矣。黄花鱼甚美，与
京师气候不同如此。晚泊奔牛镇，属常州武进县，共得
八十里。晡时小雨，夜稍凉，而苦蚊。

今江苏镇江有丹阳市。

初七日 （6月16日）东南风劲，船行甚缓。卅五里
到常州泊，已午正矣。到府署谢严仙舫，门
者传命固请，今不能破例进署也。寻赵伯厚，说到苏州去。
武进张芸门大令亦往省。回船后，仙舫来唁。去后，余剃
发。晚，仙舫复来祭，送奠仪，移庖来，共饭。仙舫升淮
海道，未到任。又以京中保举，须北上，现办赈未完，故
未卸事。常州民捐赈至将三十万千钱，尚义可知。酌次，
伯厚忽来，云自杭州甫归，知寿臣处已得余将小住杭州信。
伯厚三年不见，亦觉苍苍。仙舫亦更有老意。自言精力渐
差，报称非易。谭至夜分始别去。伯厚后行，欲往金陵，
邀陈硕甫到杭同我住。第十一次书交仙舫寄京。夜凉。

初八日 （6月17日）早行，船箄拥挤，呼嚷可悸，

屡行屡泊，竟日行廿五里。晚泊漆氏堰。东南风太大也。仙舫复差役送联幛至，可谓情文稠叠，然舟中无悬挂处也。昨祭席甫见杨梅，连日舟中无菜买，并萝卜、蕹菜、鱼俱无之，此间盖旱矣。问仙舫，说河南大旱，我过山东亦久无雨。夜凉甚。

初九日　（6月18日）东南风不顺，晡又雨，行不过廿里，泊处无地名，大约是苏林铺。雨声遂竟夜。奇凉，盖厚被。

初十日　（6月19日）仍不顺风，频行止，至洛社镇泊，此处红醋甚佳，不比镇江、扬州黑醋可厌，惟一路无小菜，止有苋菜耳。这两日买得豆腐，晚雨潇潇达旦。

十一日　（6月20日）早，雨未住，舟子睡不起，因催促开行，雨已渐住。卅里到无锡，已午正矣。雨复来，望惠山不能去。过城小泊，忽西北风起，雨亦住，复行约有五十里，未及关而泊。今日约共得八十里。伯父光禄公忌日。

十二日　（6月21日）雨住，有顺风，到浒墅关，久泊，方过，到苏州胥门泊，已未初矣。上坡寻洪子香，知于初八日到省。得子愚四月十三日书，子敬留书，四月廿日从苏回湘也。得默深书，颇谬。金兰坡处看傅青主题邢琬画册、陆朗夫先生画册，佳，然必须与其家书大册同售，故难到手。遇顾湘舟于坐间，昔年通书，彼此均未接到。到朱筱鸥处问其病，初愈，见于卧侧。谈画甚适，为我留得孟津画兰卷，又石涛小景卷，俱精绝。过韩履卿，话及三十年前在蒋伯生燕园同叙，为写蘖庵扁，其同梦境。知伯生所藏各器，零落尽矣。过杨芸士处，暝归。

韩崇，字履卿，江苏元和（今苏州）人，工文善书。

十三日　（6月22日）早，过履卿，看李西涯篆隶行草诗卷、董香光画册、黄忠端《孝经》册，俱佳。问碧山银槎杯，乃兄桂舲先生以殉葬矣。然闻尚有一器在浙也。到顾湘舟处看吴中画派册，吴中墨妙册共十余大册，所见书画将百件，略有赏心即索题跋，腕为困矣。饮次，陈硕甫、姚紫恒同坐，硕甫就制军馆，不意其在家也，得晤出于意外，现为栗翁刻郝氏《尔雅疏》，未竟也。晚过程兰川，不得晤，怅怅。湘舟乃侄号季台。

十四日　（6月23日）先到筱鸥处。即叩谢各处曾送奠及幛者。自抚军傅秋坪前辈以下，共将四十家，不进衙门，素不识者不会。乃遇大雷雨。于兰坡处看颜书《元静碑》，未买就，石涛画册及唐高公佛堂碣均买成。兰坡留饭，又看字画多。雨少住，仍谢客。到练笠人处，大雨不能走，留便饭，纵谈诗字，酒颇多酌，可悔也。（此处删去一行"早间闻制军陆栗老前辈到岸，往谢，晤谈后方上坡"。）

傅绳勋，字接武，号秋坪，山东聊城人，曾任江苏巡抚。

十五日　（6月24日）早，余同年、黄菉溪两大令来奠。傅秋坪前辈来奠，一谈去。制军陆栗夫前辈早间到岸，由松江阅兵，过此阅兵也。往谢一话，即入城去。到筱鸥处，久憩，剃发，为题各件。过珊林、云乃处，不遇。湘舟处看字画，仍留饭。宋元名贤尺牍卷精极。倪鸿宝画梅竹寒雀直幅，乃奇迹，恨不夺之也。晚饭杨芸士处。芸士、履卿、顺之、筱鸥同做东。筱鸥遣乃侄伯兰来。潘顺之到船，我未见也。梁吉甫、沈竹宾陪客。竹宾画笔清出，昨与芸士言欲与相晤，因腹泄先去。雨竟日，不大住。

十六日 （6月25日）早，谢汪艮山前辈步、陆栗夫前辈步，均未起。入城，到洪子香处，便饭后，同坐小舟，冒雨游木渎钱氏新旧两园。问系竹汀先生本家。新园幽曲，老园开敞。登楼，看灵岩上方诸山，雨蒙烟茂，一奇景也。回舟，出杏春桥，到石湖，虽不得上山，而波云无际，人到画中不觉，未易得也。舟中为子香书扇五柄。入夜，归过横塘，江水长逆流，颇费篙纤，力靠大船，仍饭于小舟中。子刻，子香始别去。舟中看《顾涧薲集》，芸士所赠。

十七日 （6月26日）早，黄蓉溪来，知子敬于初三已到南昌，则此时已抵长沙矣。与黄寿臣一书，即交蓉溪。今晨作京寓及长沙两书，分交信行。栗夫前辈来，谈至午正始去。过上坡，到小鸥处便饭。兰坡处《元静碑》买成。湘舟处题看各件，买成大《晚香堂苏帖》《郑板桥兰卷》《黄孝子画轴》。过毛逸亭一话，老态，未多谭。到梁吉甫处为题《渔洋尺牍卷》，皆与林吉人商知余至也。饭后，命小舟同至鸳鸯湖，登烟雨楼，敬观纯庙御笔画烟雨楼图卷，并题诗，有睿庙为皇子时及成哲亲王和韵，和珅、梁国治、董诰三相国和韵，五律。时楼下□久憩，雨小住，行到马头，复肩舆至陈园，本岳倦翁园，曹倦圃曾得之，今归陈氏，分为中、东、西三园，水石树皆幽奇，亭桥楼屋俱布置疏密，有奇趣。古树甚多，不仅一鸭脚树也。回至公馆，复出，谢朱述之大令步（嘉兴令朱绪曾），即回，饭岷樵处，邀述之同坐。述之好收秘本书，书气满面，亦牧令中希品也。赠家集一部。岷樵令三弟号汝舟亦同坐，初从家乡来，谈新宁用兵事，使人闷闷，然昨闻陈登之说，其事已了，不审确否。回船后，岷樵来奠，话至夜分始去。

廿三日 （7 月 2 日）早开，而舟子延医，少耽阁，细雨不绝，得顺风，乃向西行，故东风便也。卅里至本觉寺东坡三过题诗处，石刻在东屋之壁，内有空翠亭，外有咸通经幢二，阮太傅师联云："寺中惟唐代二幢是峨眉仙人未过前物，壁上有宋贤三律乃空翠亭僧初梦时诗。"亭旁竹色高秀。回船后，仍顺风行。晚泊石门县，今日得百里，近日所少见也。张啸亭大令见家缙，仪坡本家，知仪坡乃郎得拔贡。又署巡检姚复辉来见，同乡人也。早间有监利人李□□，候补府经，押贡入京，带有致轩寄子愚信物，知致轩住螺师门内灵芝巷。

廿四日 （7 月 3 日）早，舟子仍延医，开行略迟。沿途俱未添短纤，石门令强送六人，将至塘

梁国治，字阶平，号瑶峰，浙江会稽（今绍兴）人。董诰，字雅伦，号蔗林，浙江富阳（今杭州）人。

西，有跨塘地方桥圮石在，水成急溜，船不得上，折旋当心，久始得过。短纤与有力焉。过塘西，未泊，江心有文昌阁，从前似未见也。晡时，黄寿臣廉访差两仆来，送到子敬、子愚南北信，知为我定屋于净慈矣，作书致寿臣，令来人先回。我船今日总不能到关也。晚泊王家庄，距杭州三十里。

廿五日　（7月4日）早开，辰正后到马头，仁和令黄漱庄兄、钱唐杨晓东均先来谒晤，言净慈不肯停灵，与昨寿臣来纪所说不合，心甚踌躇，赶紧上坡，先看张庄，屋潮而小屋多。与寿臣、晓东久憩。上船，由湖心过，到净慈西南角独秀峰之侧，新屋五大开，前后进，极干燥。六舟方丈金石旧交，亦毫无不肯，遂定住此。余菊农太守亦来，同看屋。回船，已昏黑。净慈到北新关有廿里远，又来去坐船，船大走迟，且得与寿臣谈两次耳。晚，第十三次京信交折差，即夜行。

廿六日　（7月5日）早起收拾，辰初后请灵上杠起坡，执事杠夫俱两县预备，沿城行，平稳。时有积水，久雨之故。时见日光，无雨点，为近日希见事。巳正到净慈安停。寿臣与杨大令上祭。余菊农来奠，林芟溪从京来。客去后，布置房间，渐妥。黄漱庄同乐世兄蘅来。傍晚，汪蘅甫方伯、胡小初观察同来，话久别去，天已暮矣。下半天细雨时作，天复阴。夜仍大雨。抚军吴甄甫前辈今早勘海塘浸漫工程，夜即回江浙，雨俱未歇。官场相顾，有惧色，天心尚未悔祸耶。寿臣带近日邸钞来，郑小山放登州府，吕尧仙先放高廉道。

廿七日 （7月6日）似有晴意，屡见日而仍阴，可虑也。汪致轩来早饭。韩树年都转来唁。六舟上人见示六一撰王文正墓志草稿卷，又言城中秀才王安伯收藏颇富。林香溪来别，赠以盘川，并《顾涧宾集》《黄九烟集》各一部。香溪现钞《龚定庵集》也。夜，大雨一阵。

廿八日 （7月7日）有晴意。早饭后入城，至各署谢步，共十一处。以不入署，甚速。到汪致轩处吊，因晤乃兄奋斋，乃弟心梅，并子侄共六人，均出见。久话，归。晚餐食蕈，惜为姜味夺，庖人真妄也。闻汪老三说湖南、广西、贵州三省交界猺务用兵事已全平，湖督、黔抚、粤抚俱进宫衔。仆子俱游湖去。今日算无雨而长阴。

廿九日 （7月8日）早，剃发未毕，吴康甫来，苦况如昔，赠砖拓本，有新得者，犹故好也。留早饭去。午间，肩舆到灵隐，阮氏书藏而楼门不开，司事僧它出，怅怅。到直指堂而返。山门外冷泉亭、飞来峰，恍如十二年前重游光景，西行至韬光。同昶江上人登炼丹台，祁止祥书联，宋之问句云："楼观沧海日，门对浙江潮。"看西湖、钱唐江均了了，却不见海。展梦瑛、梦禅所画图，有石庵、芸台诸老题咏，后有姚伯印师画《感旧图》。步竹而下，真仙地也。西至天竺，通然上人导游梦泉，乃三宝为巡抚时一梦得泉，然云："每年冬至斟此泉

祁豸佳，字止祥，号雪瓢，浙江山阴（今绍兴）人，工书善画。

入京，为元旦祭祀之用。"此语不知的否？下山归寓，已暮。康甫言严州、绍兴水大出蛟，钱唐江水汹汹，可悸。今日雨住第二天，而不见日。早间，龚定庵之世兄衫来，光景亦苦甚苦甚。

龚自珍，字璱人，号定盦（庵），浙江仁和（今杭州）人，晚清思想家、诗人。

初一日　（7月9日）是月不堪想，痛甚痛甚。复竟日阴，可虑。巳刻出，到大殿礼佛。入城，晤梁敬叔一话。许吉斋师往苏州去，未得见。即回寺，因寿臣前日说今日来也。候至暮，不至。夜雨声达旦。灯下阅定庵诗，可删者盖多矣。

初二日　（7月10日）晨静，安间壁疲慢甚，此间工役最难缠也。同年密云路来吊，姚韬庵世兄来吊。署将军固都统庆来祭，戊子孝廉，由刑部京察出为办事大臣，升科布多参赞，移此，官迹颇奇。未刻，棹小舟冒雨往三潭印月、金沙港，过岳王坟，坟向东，庙向南。过凤林寺，至苏小小墓，茶于圣因寺，由湖心亭返，绕西南行，看莼菜。归寺，知同乡李溶、吴英樾来上祭，又汪致轩、心梅兄弟来祭。雨转大，可若何？

初三日　（7月11日）祈晴不得，今日从天竺请大士到海会寺，中丞以下迎于昭庆寺。入城供奉，以便早晚拈香，此杭州求晴雨旧例也。作第十四次书，交正大局。六舟上人来上素供，旋过方丈谈。六舟说有米南宫翻刻《鹤铭》，在焦山米、陆题名之间，曾手拓之。出其手拓，《国山碑》下半截露出字颇多，知此碑亦磨古碑而刻者，有瑞字、廿字、炳字，极明了也。入城，到城隍山宝书堂，书堂、积书堂半皆相识于廿年前者，携《翁山诗外》全本归。又到旧府前看字画古玩店，无可采者。遇大雨，少憩于乾元及多古斋两处。归，知梁敬叔来唁。阴雨，至暮少开，似有收潮之意，而夜雨，遂未住点。

初四日　（7月12日）早雨大，且阴黑，屋中不见小字，气得此一泄，或者可望晴乎？午间到宗镜堂、法堂、藏经楼，俱有坍损，恐难修复。五百应真殿叩仰纯庙，有黄伞；睿庙无量光罗汉，有黄伞；成庙首光焰，手执如意，无伞，塑像。我道光御容实面长而癯，殊不甚似也。归后，龚海床（名太思，即定庵子）来谈六书、古均，殊有心得，然古人窠臼，翻书取信不易也。今日为六舟题《佛祖三经注》，宋人墨迹，复见示米刻《鹤铭》。晚过方丈，又见吴云壑焦山石上诗刻，此二种均从前未见者。午后，雨渐希，夜未雨，可慰。

汉传佛教将《四十二章经》《佛遗教经》《沩山警策》三书汇集为《佛祖三经》。

初五日　（7月13日）真晴矣！方早饭，而梁敬叔携石斋先生撰书《张天如墓志铭》楷卷来，遂同饭。饭后同出寺，途遇黄寿臣廉访来，仍回寺。寿臣索早饭。六舟来共话，寿臣饭后眠我榻，我遂出门。入钱塘门，一路谢客，得晤者同年密得之、同乡李锦湘与汪致轩兄弟。晡至敬叔处，而寿臣已先至，约同便饭也。敬叔出示各迹，有《山谷墨迹尺椟》佳，又郭允伯《西岳华山碑》，由朱笥河家归梁氏者，十四年前曾见于京师，时尚属朱氏者也。入夜忽大雨一阵，想不到，出城已亥刻，须问将军留城门，方得出。

初六日　（7 月 14 日）早，朱伯兰来，因同饭，携示黄梨洲先生撰书《母寿序册》。客去，偕六舟同出，到石屋洞看题名。雨后，石泉涓滴不绝，出洞西南行。逾杨梅岭，至理安。道能方丈陪游松颠阁。出示箬庵、天隐两法语卷，题于卷后，皆崇祯年间迹，甚有书家意矩。久憩，出，回游烟霞洞，看千官塔，乃南宋时就石岩作塔，造千官像，各有题名，好事极矣！六舟云此断不能拓，拓费□而不值钱也。洞比石屋更深邃，人迹罕至，一僧，苦极。南望钱唐江及隔江山，如在几案。下山，过法相寺轶三上人，六舟法弟也。看定光佛肉身相，吴越王时来寻师于草蓬间，师云真佛子在净慈，王去，师圆寂矣。遂创寺塑此象焉。轶三留饭，同酌，回寺，已暮矣。

初七日　（7 月 15 日）母亲寿日，想年年称庆，痛何极也。早供后，朱仲清来，同饭。吴康甫来上祭。江岷樵从秀水来，索早饭，话过午。仲清、康甫久话于六舟禅室。余剃发后，汪致轩、少白来祭，因留晚饭，戌刻别去。城门紧，不能秉烛也。

初八日　（7 月 16 日）朱仲青约城隍山早饭、看帖画，而学使吴晴舫师着人来告，说从天竺回当来啍。竟日不得出，东西晒，热甚。申正，师来吊。酉初二刻始去。余即到城隍山文昌庙与仲青桥梓一叙，看大字《麻姑坛》，系翻本。文衡山《拙政园图三十二景册》，甚佳。赶紧出城，门已半掩。

初九日 （7月17日）早饭后，入城谢客。仲青处久憩，为乃郎伯兰写联扁数件。遇王安伯一谈。过汪致轩处坐。姚韬庵处话。访安伯不值。城隍山书店久坐，携数部回，无佳本也。甚热。

七月

初二日　（8月9日）龙津小泊，余干县管，距县十五里。刘大令士伟差迎并着役护送，一路俱有兵壮护行，夜间颇放心也。又廿里霸口住，东西岸俱有人家。今日止得六十里，而舟人说是九十里，竟日不歇，想是书本路程靠不住。将至龙津，有一水分流往饶州去。

初三日　（8月10日）开船甚早，未寅初也。风小无滩。天明，行廿里耳。风不顺，摇橹少力也。以后，尽曳纤行，共六十里，到瑞洪。一路水不深，而河相连，盖是湖地，水未退。闻余干县尚查水灾也。西风，不得过湖，且住此。地方甚热闹，然止买得猪肉耳。住时未正，夜暖。默叩灵前，明日要东北风，好过湖也。

初四日　（8月11日）五更，东北风起，寅正三刻开船，主仆俱起，先一路渺茫甚，后渐遇草洲浅阁，以后汀州露沙痕处颇多，船屈曲行，鱼鳞细浪，顺风而无大波。午初，至赵家围。过湖算完。直至焦溪口泊，共得百七十里。距省城十里。作第廿次家书，预备明日发。

余干县地处江西东北部，鄱阳湖东南岸。

夜暖，不好睡。

初五日　（8月12日）寅正后开行，一路看江景，西往吴城，东往饶州、全湖，直到省城下，真大观也。小泊买菜，旋至滕王阁下泊，邓原甫太守先来唁，因将廿次京信交去，并属其札致宜春令，预为料理陆行事。南昌县张同年赋林、新建令彭老前辈宗岱同来唁，因言公祭在明日，余告以明日再不能等，此间实无一事也，于是公祭移到午后。约申时，陆虹江方伯、恽潎生廉访、熊璧臣观察、蒋玉峰观察丈、王观察训及首府两县同祭于坡上采棚。璧臣来，话于舟中。盛凯廷太守同年、崔正甫观察、郑芝生世兄、刘仲实世兄先后来，遂至暮后方得憩。而晚热，又打更人甚烦喧，不得睡。沈西墉署九江道，未来，有书至。并得韩小亭信。陈玉堂大令送奠分，明日来。闻璧臣说广西军事未清。徐仲深制军现带兵往。而英德亦有军务。夷务甫清，内盗如此，如何如何。闻张石卿擢滇抚，吴尧仙升蜀臬，皆飞得诏。厚甫送来子敬五月初十广信府信。

初六日　（8月13日）早，上坡谢客。先到徐柳臣处一话，住徐廉峰之壶园屋子，殊开敞。看其《九成》《智永》《绛帖》，皆佳。旋各署及公馆谢步，共十四处。张小浦学使已出棚，而早有信到京，亦往候之。陈玉堂处一话，此外均不会。回船，将巳正。即开船至螺墩一看，回船至昨处不远，始转西南行。走赣河，顺风上水，水面宽。暮泊市汉司，得六十里耳。倦甚，夜得睡。

初七日 （8 月 14 日）黎明开船，顺风，晴暖。而江流曲折，沙滩时见。未刻到龙头山，因至龙山书院。呼门不得一人，门外少憩而已。远看极有致，近看无意境。旋过丰城县，以无差接，不泊。趁风至渡船埠住。离丰城四十，今日共得九十五里。南昌护送人去矣，而丰城护送者不见到。夜有月，旋起大风报，可悸。令船夫加缆。至五更，风静。

丰城，今属江西宜春。

初八日 （8 月 15 日）天大明始行。三十里到樟树镇，已午初矣。步上坡，街市颇繁喧，买得东坡墨拓一纸，九十日春光词也。船上买菜，行下滩，甚费力。十里入临江河口，是小河，向西行，与南去向赣州者分路矣。沙滩多，难走之至。行至暮，到回龙寺泊，河口距此十五里耳。丰城护差人说昨日顺风走过去了，此刻又从清江回头来迎。因令傍船宿，守夜。大风报如昨晚，殊不可解，总由午间太热。

初九日 （8 月 16 日）天明开船，沙滩不好上者数次，五里路走了一个半时辰。辰正到临江府，适值军营操演，遂列队迎于江干。到马头，史太守麟善、陈简斋太（大）令纪麟同祭于江干，即来舟共话，因托简斋代觅小船二只更换前去，止得住此。上坡谢步。回船，剃发，检点零物入四篾篓，以归简易。小船灯下始到，因需到樟树镇去唤也。问太守借京钞来看，薛道士案已结，文孔修、福元修与谢方斋均革职。方斋同年无余罪，为幸也。周敬修到京，召见十余次，尚未见差使耳。到小船去看，

道士薛执中因"编造妖言"被定为斩监候，秋后处决。

其一支即王贵早间所看之旧船耳，可叹可叹，亦止得将就。

初十日　　（8月17日）早间为船价耽阁，一经官便添
　　　　　　出行用及衙费，转贵矣，因唤船户当面谕悉，
不用行票，始得成行。请灵先过船，行李船后过，已初开行。
一路沙滩多，不好上，中间船户买米耽延半时，三十里滩
头泊。申正后，天未黑也。夜风奇大，呼护送之管家民壮，
则皆到别村看戏去矣。简斋所用人不可靠如此，奈何！

十一日　　（8月18日）天明开行，亦得东北风，而船
　　　　　　不尽向西南也。阴冷，觉不甚适，恐有雪意。
穿上小棉袄好些。过滩不少，幸无石耳。六十里罗坊泊，
过浮桥，有水北司巡检金淦来唁，山阴人，略话去。夜风，
比前稍静，惟船摇摆殊甚，似吾乡倒（舟伐）子，无如何也。

十二日　　（8月19日）天大明行。天暖，西风不顺，
　　　　　　曳纤竟日，午刻略歇。申正到新喻县东关外，
过浮桥泊，止得五十余里。沙滩多，不好上也。县令张元
矩不在家，差送祭席。福建进士，秋堂，行四。

十三日　　（8月20日）早行，一路坝多，石滩亦不少，
　　　　　　有几处大似下水时满天星也。渐入分宜境，
山高水狭，夜泊处名东山峡，天已大黑。说走了八十里。
阴寒竟日。

十四日　　（8月21日）早行，辰正到分宜。高石卿大

令（梦麟）二兄迎祭，甚整齐。两次到船，兼送奠仪。潍县人。谈及严介溪，乡评颇好，袁州四县免漕及分宜大石桥皆其遗泽，现在家中尚有秀才、举人，县城对面山上有树及寺，即钤山堂址。山名钤山，水名秀水。宜春令蒋矩亭差探，因作札付去。酉初到江山岭下泊，分宜到此五十里，今日共得七十里有余。石滩三处甚可怕，此外坝极多，赖有行李船先上，以绳曳此船而过。晴，而我伤风，不甚适。买得冬笋，每斤卅五文。

严嵩，字惟中，一字介溪，江西分宜人，明嘉靖时任内阁首辅。

十五日

（8月22日）大西风顶头，而船行较平。一路皆坝成滩，水浅，不好走，却不甚耽险也。袁州府各官差迎，共得六十里。申正到袁州府小北门外石桥南泊。蒋矩亭大令予检、沈月泉太守兆溶先后来唁。都司景星同来，署副将穆齐贤感冒未来。矩亭言夫役未齐，明日请住一日。夜送看点，意殊殷殷。善画兰，因从索赠。夜大风，船摇撼，蓆篷透冷，不得眠。寅初，风略定，始睡着也。

十六日

（8月23日）风定而雨。夫役不齐，并行李亦不能发。巳刻公祭，太守、都司、宜春令、汪广文同行礼。广文者，巽泉太老师之孙时夫，行二，元祥。午后上坡，回拜各处。出入于北门。大石桥在北门外，县□又在石桥北，往西五六里至化成岩，楼上有李文饶神主。石洞幽奇，惜楼阁不甚得法。石壁上宋人题名不能尽识。冒雨回船，少憩，仍到汪时夫学署，西偏院落有兰竹群花，屋亦清敞。看矩亭画兰，余作字，两人互奏而时夫与张赠淘旁观。赠陶名怡龄，桐城人，乙丑世兄，弟在矩亭署中。两人亦俱文雅，即同饭。矩亭做东。雨不住，无如何。剃发。

十七日　（8月24日）雨不歇，行李先发，共十七号。

早饭后，同时夫、赠陶往游宜春台（旁有昌黎书院），地尚敞，南、东、西三面入望无际。好在眼中无高山也。茶话后，出南门，至珠泉，泉出如珍珠，汩汩上升。亭左右皆蔬畦，殊有野趣。时夫云此寻春处也。宜春台下有昌黎书院，退之曾作袁州刺史，此系府书院。入城，出北门，至学廨。时夫做东，中有袁高士祠，谓袁京也，东京时人，无甚事迹可考。客同昨日，与矩亭互为书画，比昨尤酣恣。矩翁为作两丈横卷兰花，信杰作。余为书集《争坐》《禊叙》各联。矩亭亦诧为希有。夜仍四人同席。雨声一阵，殊闷闷。五更雨住，副将穆齐贤来唁。

韩愈，字退之，因郡望昌黎，世称"昌黎先生"。

十八日　（8月25日）寅初起，收拾。作书寄石梧与子敬，交矩亭处。候至卯初，襆被方行。卯正，请灵，杠系八人抬，甚不放心，乃行走甚速，步从赶不上。出西门外，又二里，矩亭、时夫公祭。余已走约六七里，赠陶先别去。此次行李夫、杠夫皆矩亭支应，却之不肯。四十里罗河桥尖，草草即行。申刻后，雨不止，又五十里卢溪，住三义行。天黑甚，颇扰扰。萍乡办差人又迟来，此五十里有六十里长。夜雨住，仍阴。

《兰亭序》又名《禊叙》。

十九日　（8月26日）寅初起，写信与子敬，又寄严仙舫书，因李淦所继之子李镛求荐严处也。现在宜春蒋矩亭处签押，乃父欲其近乡，故荐之。卯正起身，无雨无日并无风。五十里至萍乡西南城外下船，昨日已遣仆先来看船。马紫岩大令九功，河南伊阳人，迎谒，上祭。又来见，须髯如雪。旋复送席，又送一日船□价四千，此船小小而每站四千文，然不愿领其情也。上船后，作书谢矩亭，又作字与子敬，令孔秀由陆路先往长沙。请灵后，料理清楚，申正始开行，约行有十里长荡泊。逢下滩，后必阁浅，而溜急，须折旋回滩口方行，此处持篙者颇费力。

伊阳，古县名，即今河南汝阳。

廿日　　（8 月 27 日）五更冷甚，果然霜降节准也。

晨雾，至辰正后始开，约四十里至湘东。家人买菜，空手而回，除却牛肉，一切无有。又行约五六十里，至大王滩泊。一路过坝有极斗者，如运河之下闸也。午后晴暖。

今江西萍乡有湘东区。

廿一日　　（8 月 28 日）寅初一刻即闻开船，真早也。

滩多，过坝后必回折，临到坝，水面平缓，故不能多得路程。卅余里至醴陵，已巳正矣。雷子木大令铎差迎，到岸上祭。又来话两次。怀宁人，丁酉拔贡，朝考后来省，补缺于此。又送席，惟送船价不收。上岸谢步，兼谢把总步。回船即开，已午初后。见传钞，知车意园升工侍，邵又村得阁学，万荔门升大理，祁幼章升吾湖南藩矣。广西贼甚猖獗，湖南提督带兵防堵去，吾永郡恐不得高枕，如何如何。闻孔秀昨日由此换小船去，今日不审能到省否。醴陵开船后过坝滩多，惟大石滩与石坳嘴两处，满河屼嵲大石，船行一线，曲折沟中。又溜急，可悸可悸。夜泊辰湖涧，离醴陵四十五里。子木除民壮外，又添派快班二人，据云拿贼方猛，不敢不紧。

廿二日　（8月29日）天明开行，一路下，滩比昨少些，水面亦宽，惟仍过乱石江两处，耽心。将出渌口，忽浅阁，不易行，乃天然锁钥也。行舟未歇，而到渌口已申初后，何止四十余耶？少泊，买菜，舟人取桅柁。醴陵人护送者到此即返。又行廿五里至新市泊，回望湘山上流，故乡宛在，不胜怆企。又现在粤西用兵，不知我家乡父老怎样惊惶，以紧接壤也。渌口尚买不得冬笋，亦奇。前日在袁州，沈月泉太守送冬笋，余以此吾湘土物，遂转赠汪广文，不想数日来所到处俱买不出。

渌口今属株洲，因地处渌水汇注湘江水口得名。

廿三日　（8月30日）竟日北风，尚不大耳。六十五里至湘潭，已申初矣。颇觉萧然，尽小船，无大船，惟河冲甚长，我舟行未泊。过湘潭，又廿五里鹞子岩泊。天尚未大昏黑，恐起北风。此处靠山稳便。今日望子敬省中信来，不可得，念念甚。

廿四日　（8月31日）丑初即开船，不解舟子何故如此早。余即不能睡，延至寅初方起，许久，方得天亮，而月明尚未敛也。晓雾蒙蒙，有小北风，天有阴意。到东边涧买菜，才行廿余里耳。雾散天晴，畅行四十余里。已正到省南门外之林官渡。西看尖山不可见。先公墓在其下，瞻念增痛。上坡，入南门，晤唐印云，知

林官渡，疑为"灵官渡"，也称朱张渡，在今长沙天心区，为湘江古渡口。

子敬弟住湘北会馆，即往寻，说到洪恩寺。到洪恩寺，说未来。寺僧慧性尚相识，昔年先公停殡于此寺之东屋，今仍定此屋，亦事有一定耶？回船，船上人说林官渡难避风，因移泊小西门外，喧杂，无如何。又上坡寻子敬，得相见，无恙，慰极慰极。作家书一纸，明早折差行也。过李石梧亲家处，晤乃三郎叔虎，一话，归。周子俨观察来唁，春介轩方伯差仆来问，皆先公门人也。子敬到船，时予尚未回。现料理明日起坡事，吕丽堂署臬差候，善化令易小坪兄差人照应。

廿五日　（9月1日）昨夜雨不甚住，五更始歇。寅初起，收检，卯初上供后，吃饭。移泊南湖涧，就马头候至辰正，请灵起坡。子敬已从洪恩寺来，李石梧、唐印云来。平稳而路近，到洪恩寺安殡后，巳时矣。石梧、印云早饭，张即山来，杨铁星来，话间掀幔，为烛所然，急拉息，亦大可怕矣。客去，与子敬同饭，料理一切，遂至暮。陈秉初直牧来话，石梧次郎仲云早间在此，亦多年不见矣。晡时雨，夜间遂未住点。

廿六日　（9月2日）阴雨竟日。陈秉初午来，同饭。骆籥门中丞前辈、车云渠学使、春介轩署藩、周子俨观察、署长沙府陆咸升、静轩之弟署长沙县王葆生、善化易小坪先后来公祭。谈及粤西、东两省匪徒正在用兵，湖南、东南两面皆须防堵，不知可早战定否，念吾道州在两省之间，可虑之至。未正后，公祭事始竣。张雨堂兄弟来，李西台季眉来祭。雨连日，夜未住，却亦不大。省间尚苦缺雨。

廿七日 （9月3日）雨竟日，午后更大。早饭后剃发，印云于午刻移乃祖母殡迁葬，由船去，与子敬往祭并送。陈尧农来唁，梅药浦、毛文縠、龙湘桡先后来。张即山来上祭，索字两纸去。尧农、湘桡、药浦俱廿年老友，精采尚都好。此番来省，最怆忆者，张得吾、张第蓉俱已逝也。得吾乃郎雨堂及老九亦来唁。夜雨未歇，然晡时闻雷，或当开霁。

廿八日 （9月4日）晨雨，忽小住，复来不歇，复住。早饭后，出门谢客，即进城。申初，回寺。陈尧农、龙湘桡、李季眉、仲云俱获晤。见李年伯母，精神兴趣俱健甚。寓中东院水亭奇妙，各处衙门谢步清楚矣。回寺，时黄兰坡、曹西垣适来唁，上祭。子敬陪客。申正，往妙高峰，湘桡、尧农同请便饭。登亭，正对岳鹿，而尖山竟不得见，怆怅而已。同坐者石梧、雨胪、南坡与子敬弟。散时戌初后。夜雨奇大，可怕。

岳鹿，即"岳麓山"，在今长沙岳麓区。

廿九日 （9月5日）早雨不住，早饭后始小住。杨铁星兄弟来，徐信臣及樵笙之子来。前长沙守雷震初前辈来。未初，方出门谢客。梅药浦谈字。张雨堂兄弟晤老六、老九，痛念乃翁待我之诚恳曲至，园屋皆我熟游，不禁大恸。得见老嫂，亦悲不自胜也。刘霁南亦老矣。陈秉初处属教乃郎写字法。回过贺世兄处，藕庚丈不复可见，乃郎已服阕，闻史馆本传成。未昏暮，出城。

服阕，守丧期满除服。

张即山处携《南雷文定初集》归。即山现钞其全集，不审几时得见全的。午后果未雨止，犹阴云不开。庭前桂树、茶花俱因雨落尽。

卅日　　（9月6日）雨小些。子敬下乡看地去矣。

　　　　套间屋漫地版已毕，而阴暗不解。午初出门，回谢各处步。得晤者贺律云，不见廿年矣。辜晋升店内略坐。李石吾处坐水阁，仲云出各藏物赏阅。《黄石斋先生尺牍册》佳甚。《董香光临自叙卷》两字一行殊遒峭，异常迹。《沈石天画册》奇纵，亦希见者。余则平平。闻所收尚多，迟日再来看也。石吾即留共饭，烟水蒙蒙，天易入暮。归途过黄兰坡，不遇。徐信臣处少坐，亦新造屋子。出城，已上灯，不复思食。夜雨零星，不甚住而不大。五更后，不闻雨声矣。夜睡好。

初一日 （11月4日）雨住而天阴，未申间日出，晡
时仍阴。裱糊套间屋，匠人文甚濡滞，可厌。
因南方不尚裱屋也。贺十五送来満丈奏稿十六本，属为拣
定。张雨堂弟兄来上祭。汪老七从岳州来，知侄女卿卿消
息，今年人尚好过去年，惟寿珊婿不知作何事耳。周药舲
来，宁乡广文，多年矣，不复谈命。沈彦珍来，牧兰，知
栗仲丈精神尚健，今年七十九。

初二日 （11月5日）雨住而阴，药舲来索书。余出
门，到湘桡处换轿。尧农仍不得晤也。入城
谢客，晤周药舲、熊河亭、熊雨胪。荷亭病隔食，精神照
常，而甚可虑，此病最苦而难好。雨胪同年乡居而设馆于
城内，风采如昔，怀抱之旷可知。到湖北会馆，子敬尚未
回。吃面后，过汪老七处。到唐印云处，遇宋于庭明庭[府]，
七十四矣，精采如十五年前。到沈栗仲丈处，见于内厅，
足不良而兴致甚好，忽谈等韵，云从校《广韵》《玉篇》
来。出城已暮，雨亦至。

初三日 （11月6日）时阴时雨，雨却小甚。早饭后，到金盆岭杨裕田九兄处，与雨村、铁星兄弟同话，居然我旧游宛尔也。铁星复随我到福田十兄处，茅屋亦幽敞，新分出，未造屋子，谈不久即行。回寺，午正后耳。刘君康来唁，乃宁乡之好古者，问知云巢舅兄老况清佳。客去，余入城，至子敬处，遂同晚饭。夜回寺。

初四日 （11月7日）黎明即饭，冒雨，由大西门过河，至望城坡尖。时雨更大，俟雨略小，行。而一路泥埂，可怕。午正二刻，到九子山，父亲茔上一去十年，甫因衔恤来看墓，痛何极也。一切俱尚安帖，惟右手树木成林，前年为人伐尽。看山人郑兰亭不管事，可恼可恼。去年已换龙姓看山种田，似还老实。总之，无人在家，靠人是难的。杏侄即葬在右侧，怆甚怆甚。飨堂工程均坚固，惟庄屋多而欲圮，急宜谋更筑也。午、晚两奠于墓前，心中默祷若平安者，当见日出，果然两次俱日出，满山晴亮，少顷复阴矣。

初五日 （11月8日）早叩墓后，绕山西北行，约四五里，至竹子冲，哭奠于子毅弟墓，山主即地师李载庵夫妇，俱没，止余一子，田屋俱归它手矣。雨今日未下，时复见日，又东北行，约十里余至石塘冲贺家龙，哭奠于亡室陶安人墓。去年十一月葬，看地人蒋先和，即住于墓山下之茅屋，算是我家屋也。山势颇有情理而开敞。与蒋君并罗君同饭，饭后，与蒋君同西北行，二三里至白云寺后看一地，地在高山上，虽雄，无用也。

仍下山行，不好走，多斗绝处，赶紧行。十五里至龙王市，已暮。过河后，昏黑矣。入大西门，至子敬处，则从昨晨出北门看地，今尚未回也。然灯回寺，院中篱笆安好，自成院落，较便矣。

初六日 （11月9日）早饭后入城谢客，到刘承泌处，雨耕姨兄之子也。雨耕殁已多年，存此子，闻甚□，而今日又不得晤，为念。晤景暄垣直牧，郴州案结，将回任去。张星楼未遇，一路至石梧处，与三郎叔虎久谈，就晴窗剃发，水阁菊花山鹤，阑及邻家，大池小圆亭，俱入幽境。仲郎出画轴廿件，有佳品。石梧、西台同饭，梅生嗣子补孝出见，抱与酒果，毫不觉生疏，可爱也。饭后，到子敬处，甫从回鸾岭看地归。携灯出城，少憩即睡。明日当往河东扫墓去。

初七日 （11月10日）丑正起，将行，雨声来。少待，至寅初方行，已泥泞载途。十里方天明。一路冒雨，又十里至花桥，又十五里至瑯陵。路远且烂，殆有廿里，尖。饭后仍冒雨行。过麻塘，北转，共有十里至蚌塘周家屋。换油鞋，持伞上山，叩奠伯父健园公墓。形势甚佳，惟树木仍不大长。周氏老翁年八十，健甚。旋向东南，约有五里，至老伏坡叩奠伯母黄夫人墓，地颇苦沮洳，多荒草。看坟人易姓，亦殊愦愦，不懂话。雨不住，行至郎陵，复饭。过河后雨住，路亦不大烂。到花桥即点灯笼行，浏阳门外闻放头炮，回寺将二鼓。

沮洳，指泥泞低湿的地方。

初八日 （11月11日）晨静，书屋初可坐。饭后，宋于庭明府来唁。神充趣足，真不似七十外人。丁伊辅前辈来，不见十余年矣。叶辰生、齐慎庵两明府来祭，皆先公小门生也。子敬同食粥，看帖。余入城谢客，俱未晤。惟晤张晓峰于季眉处，因同登平台四眺。晓峰军功保举，以知县即选，要入京。回寺已暮。晚餐剥蟹，不佳。今日晴。

初九日 （11月12日）雨住且见日，然甚暖，恐仍欲雨也。蒋先和来共早饭。谈理气亦有理，然不甚懂也。黄惺溪前辈之世兄来唁，始知惺翁即停枢于前边屋子，因即往一哭。午正入城，至石梧处，主人未归。在上房太夫人处坐，命食橘。石梧归，导至芋香山馆楼上，屋宇重深，书亦富，因捡得沈氏新刻《昭代丛书》三套借阅，次第送换也。至东院，而张晓峰及子敬弟来，同晓峰至水月林鹤阑，一路闲步。陈尧农、劳辛陔来，始就坐。辛陔调粤西藩，驰驱出都，召对十二次，甚服英明也。散时将二鼓。晡时雨一阵。

劳崇光，字辛阶、辛陔，湖南善化（今长沙）人。

初十日 （11月13日）暖更甚，小阳春果不错也。早略静而汪勋伯来同饭。杨铁星来，约看山，即订十三日往。贺世兄瑗来，柘农丈之次子。胡小山之桂、张第蓉乃侄恩注来。李西台之子来。欲早出门，为客牵连，至申时甫得入城。止宋于庭、丁伊辅两处一谈。于庭处遇蒋奇男，它处不能去，天已暮。至子敬处饭，同饭者曹西垣、汪勋伯，食颇多，而亦无不适。过唐印云处，一话回寺。

十一日 （11月14日）晨静。不久，汪世兄俊兴复来，无故来看我学应酬也，因申戒之。午饭后，张晓峰来，复为设饭。出字画同观。午刻，余入城谢客，见张第蓉之乃翁丈，年八十二，尚健如常。程炳堂、黄鹤汀均来。过劳星陔处，与石梧、问鸥及主人同饭，久话始散。晤齐慎庵明府，荐汪老七馆，即答应，亦爽快也。寻季眉不遇，与晓峰一谈。过子敬寓，不遇，相遇于南门街，即出城回寺，未黑将黑。季眉送菊布置，夜分罢。

十二日 （11月15日）晨静。劳辛阶方伯过唁，久话。陈尧农来，同话，饮粥而别。辛阶驰驿，今日须住湘潭也。尧农同早饭后去。余看书至未刻，入城，过印云家，到其西园，荒芜，有菊，拟从乞取。到子敬寓，今日为庆治侄订姻，攸县龙湘桡之女。午时过庚，大冰陈尧农、唐印云，陪客李石梧并新亲家湘桡，同邀一酌。雨不住，酉正散。余与尧农、湘桡同出城。昨日得九月十八日京信，其日系为彤云侄女缔姻于杭州吴孝廉观礼，折差即日行。作廿二次家书一纸，交子敬处寄。

大冰，即媒人。

十三日 （11月16日）昨夜雨达旦，晨起，仍不晴，得静。午初，同子敬往金盆岭，杨家少憩，偕雨村、铁星同至石人境，看地面中步草土间有形势，而穴未遽得也。子敬云地脉已结它处矣。回至杨家，裕田、福田两兄留饭，匆匆一酌。见天暮，速行。回寺，已昏黑，衣履俱湿。余复酌数杯，子敬不复思食。少坐，入城，雨不住。早间湘桡送阅南园先生幅，墨将脱尽，略存笔路耳。

近日钱迹极少矣。

十四日 　（11月17日）雨竟日不住，寒意至矣。晨
　　　　静甚，午间，李少四来，谈学字法，亦有志也。
未刻，冒雨至城南书院，与龙湘桡话，陈尧农未遇。尧农
明日到李家去题主，因托带挽联并席敬去。挽双圃丈云：
"济时未了，出处超然，七十年鹤戏鸾翔，倏从兜率乘真
去；衔恤遄归，典型邈矣，五千里山回水折，空向渔樵问
渡来。"仍冒雨回寺，夜大风振林，至旦，雨住，仍风，
阴不解。

城南书院，在长
沙妙高峰下，与
岳麓书院齐名。

十五日 　（11月18日）晨静，复小雨不歇，却不大。
　　　　午间，子敬来商，话。得钟子宾太守书，即
复去。未刻入城，晤叶辰卿，一谈。至张晓峰处剃发。季
眉不在家，回寺，尚未昏黑。夜雨不大，移菊。

十六日 　（11月19日）晨静。子敬着人来，因作札
　　　　与齐慎庵，为汪老七馆事也。余旋入城，至
湖北会馆，写字数件。看洞庭宫屋子。到石梧处看京报，
吃蕈油煮面，甚咸。石梧同至晓峰处，已与季眉同饭矣。
何太早也。邀晓峰到子敬处晚饭，饮新酿壶娘酒。饭罢出
城，到寺，未上灯，雨大，遂竟夜。

娘酒，一种用糯
米酿的黄酒。

十七日 　（11月20日）晨雨不住，署臬吕丽堂观察
　　　　来奠，久话去。今日子敬五十生日，同上供，
同饭面，心绪怆怆。杨铁星来同坐，饭后同子敬到马筠庄，

园在白沙井之北，倚山为池阁。登楼，眺岳，尽云烟耳。菊事方盛。入城，至小瀛洲访王仲俶，为门者所尼，久乃获入。景晖恒在焉，同穿桥亭，看水，曲折幽蒨，有奇石佳柳，大似邢园。水之佳，不用说矣。别去，又同至怡园，上楼临水，殊胜东堂，菊花山一色红烂，于酒店为宜也。今日整灶，无可得食，冒雨出城。回寺，雨声竟夜。子敬想看地去，余欲往乔口去，俱不果，奈何奈何。

十八日 （11月21日）竟日夜雨不住，将长水耶。上半日甚静，午后，张海屋来话，去。余入城谢吕丽翁步。携廿三次家书交张晓峰，咨文未到手，尚无行期。唐介吾约便饭，与子敬同吃，无它客。挑花盆八个来寺。余回寺，才上灯。不久，夜雨大。胡雪门司马来唁，余未归也。

十九日 （11月22日）雨竟日不住，且时下大雨。檐溜如银竹也。晨静，至午后来往俱无矣。申时，子敬来，因同上供并晚饭。同剥一蟹，甚大，仍未甚肥也。雨大，一事不可为。夜，雨住。

廿日 （11月23日）大晴见日，逢庚如此准也。晨、午俱静，贺十五持耦丈行状来。未正后入城，胡雪门处话，到湘北馆遇汪咏恬，知子敬买地事得半矣。同饮后，余先出城，南门外一路灯采，肩舆不甚好走，因秋间火灾作醮事也。

廿一日 （11月24日）晨静。早饭后，入城谢客，黄海华、夏憩亭、景暄垣均未晤。张辅垣丈亦不在家，晤乃郎一话，住清泰街路西烟霞庵南间壁，庵今为客寓，故难问也。到石梧亲家处，写大字于听雨轩，天忽大暖，始裘难耐，字歇。晚饭，熊雨胪同年、李西台二亲家同坐。出城，尚不甚晚。

廿二日　（11月25日）五更起饭，天明行。出大西门过河，风斗起，甚大。舟中浪涌骇人，颇悔早行也。龙王涧过河后仍沿湘水行，一路水啮堤处，尤可悸。四十里至白沙洲尖，尖后风更大，徒步亦艰。又十里新康住，店中四壁皆风，又与豕为邻，竟夜呼呼作声。

廿三日　（11月26日）早行，十里至静涧尖。风大如昨。又十五里至乔口，过河，八里至沙田围杨家。问周家姻母，已移回周家围老屋，所谓分湖洲也。杨家屋林竹奇茂，屋亦华敞，惜离城远耳。复过河水鸡口河西北行，约卅里至周家。一路田埂不好走。申正方到，卿卿侄女比在都时瘦些，却也还好。看亲家母待媳妇光景，围炉共话，亦都亲洽。侄婿奇珊它出，近不耆学，甚望之。同屋住者有卢、余两姑爷，皆华甫之婿。寿珊乃兄有四子矣。二娣所寄与女儿一箱一包均交清。余代潘德畬还华甫五十两，又未交者不记确数矣。乡间无菜可买，杀鸡一握，呷酒半饱。仍话于火炉，亥刻方睡。

耆，通"嗜"。

廿四日　（11月27日）寅初起催饭，饭毕，天大明，行卅里至乔口尖。风比昨小些而有雨，亦殊搅人。行至新康，舆夫复尖，行至白沙洲，已大昏黑，止好住下。店中应客者姑妇耳，男子不管事，大奇大奇。

廿五日 （11月28日）早尖后行，曲折南东，走过山坡两处，均廿里。至九子冲，叩先公墓。商酌右手培沙形势。入屋午餐。先是，过关山嘴寻陈家学生父子均未值，后乃翁及学生鸿恩先后来，言及墓右及墓后竹树成林，均为郑兰亭所毁，可恨可痛。晡时西去，到沈家，闻衣、晓帆两兄俱在粤西就幕，未回。晤闻衣之孙三人，其老七已入学矣。前空地已作花园，有横屋甚雅洁。归冲后奠墓。晚餐未毕而李淦自洪恩寺来。

廿六日 （11月29日）卯时起，辰初上山，叩告山神并告先墓，携锄动土。即派李淦住此监工，佃夫之子龙大似尚明勤，交与料理。龙家于廿二日为次儿娶妇，至今女客尚有住此者，故不甚便。亏得本看廿二动工，改廿六也。早饭后行，天气晴和，有日无风无雨，前数日无日不风，甚苦甚苦。望城坡仍尖。午正后到湖北会馆，知子敬于昨日回城，地事得大半妥矣。剃发后，出城回寺。陶云巢老舅兄于昨晚来此住，年七十四，精采尚好，不见十四五年矣。问知宁乡岳父母坟茔安好为慰。谈至亥刻方寝。早间山上大霜，故得晴。

廿七日 （11月30日）竟日未出，便与云翁话也。家族弟老四绍奎子星来，同早饭。午间为云巢写对联各件，而汪勋伯来，与子星亦各索书。勋伯先去，蒋先和来，乃四人同晚饭。子星、先和持灯回城。检数物赠云巢，蒙以季寿丈字四幅见饷，可珍之至。因话及己卯赘于凤台县署，见丈字，不多讨。实不料庚辰春别去，旋即作古人也。绍奎来此数日，知广西事不定，虑家山不至惊扰，稍可放心。

廿八日　（12月1日）早饭后，云巢先行，老而尚健，再见可期也。静坐一时许。已正后出门，晤龙湘桡。入城，各处谢步，因访贺律芸、张氏兄弟，均不值。张辅垣丈仍不得遇。前日与乃侄辈来奠也。熊雨胪处久话，并吃包子。郭粹庵亦未得晤，此次数同年如张星楼、黄鹤汀均未晤也。谢丁伊辅前辈步，晤俞岱青前辈话，须发皓然，神致丰健；有十孙，足娱老；不想书院，可谓知足者。近日两榜公无人不想书院，好为人师，可为一叹。访唐印云，不值。回寺，从湘桡借《明史稿》八十本。

廿九日　（12月2日）晨静。子星弟来早饭，收拾贺藕丈行状稿。黎月乔前辈来久话，同至李寿田丈墓一看。据云真是地，果事后有先见之明，其实寿丈殁时，石梧兄弟俱成立矣。子敬看地回，匆匆即入城去。鲁世兄公树来，大挑分发，丁艰起复也。晚饭后入城，与子敬话，地事大概定矣。

卅日　（12月3日）晨静。早饭后，将出门，刘禹耕之子承泌（子衡）偕其姊夫陈崧（新海）来。禹耕丙午年殁，是子有清气，当得成就。客去，余入城谢步。晤鲁兄，过黄南坡处，拜月乔。遇张少衡，七十六岁，不过如五十许人，时文健手也。一饭去。贺果斋处兼晤笠云，知有刻石人傅姓，颇佳。到子敬处商地事。子敬明日五更当再去细阅。回过宝墨斋，问前日所见春湖书联，乃东乡人朱姓所裱，"仙墨法书分桂上露，清言妙理来松下风"。想是春翁自占句也。出城回寺，令舆夫以兜子往子敬处。复罗研生书，交月乔与潘德畬都转书。

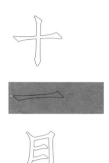

十一月

初一日 （12月4日）甚冷，霜大也。晨静，绍奎弟来，同早饭，即下船回州。因附书到家中去。复向筠舫书，寄黄寿臣书交李乘时行。竟日无客，苦日短，不能多看书。晚饭时，汪泳田来，为买地事。子敬未回，余不能为定主意。

初二日 （12月5日）竟日未出，心地更静。写大小字俱不少。午间，邹叔稷来，近年在贵州修贵阳大定、思南各府志，出示所著《湘中考古录》。贺世兄（柘翁之子）、舒二世兄（苏桥乃郎）先后来。许拔贡泽洋来，由京师回州去。清《明史稿》为四十本。

初三日 （12月6日）半阴晴。晨静，李仲云来早饭，看帖画，并携石斋尺牍册来要题。新小京官陈士杰来，桂阳州人，同府拔贡，道州许宁远、骆孟郅，永明何宗海，东安周后生，祁阳黄寅宾同来，无非求书而已。客去，余步入南门，与印云话。遇张星楼同年。至理门街旧书铺，由藩署后街东南转至石梧亲家处。晚饭，着人问子敬，知未回。回寺后知子敬上灯后到寺入城去。早间剃发。

初四日 （12月7日）早即入城，觅子敬，已出去，候久方回。地事知尚未甚定。早饭后，余谢客，晤舒仲和、邹淑稷、余星翁、宗山皆病足，不良于行，可叹也。出北门，到文昌阁吊张雨农，接丁之丧。少坐入城，至浙绍会馆，晤修慧上人，看前后屋，计初住此今廿六年矣。陈峻霖、陈士杰俱未晤。出城回寺，李老四来看写字，因留晚饭方去。

初五日 （12月8日）五更起饭，天明行，已卯正矣。辰初，过大西门河，辰正到望城坡尖。巳初到长善庵。巳正二刻，到九子岭叩墓后，与李淦丈量左右沙，将补右以配左也。今日到工者四十九人，大约可至六十人。天久晴，难得也。四庄屋午尖，郑兰亭父子来见，亏得它看山，将树斫尽。午正，从山中行。申正二刻，到湖北会所。子敬早出城，到寺，余即出城。城门闭久始开，人极拥挤，兜子几破。问系收拾门锁闭城，可谓蠢极。路遇子敬，数语。回寺，杨紫卿寄到所刻柳集。

初六日 （12月9日）晨静至午，难得之至。除为两仆课书外，自家看注疏将四十叶。徐礼斋来话，此外无客。昨日客多甚，故今日静也。申初二刻入城，寻杨性农不遇。性农以新庶常归，到省有人来，因约到湖北馆，同饭子敬处。而李石梧、西台俱来，遂同酌。酒甚佳，印云所赠，到长沙第一喜也。客去，余出城，回寺，写字至亥初二刻，睡。五更时闻雨声一阵，念及九子岭工程，妙在雨不大而旋止。

初七日　（12月10日）晨静。饭后入城，晤贺律云、陈伯符兄弟，至小东街晤周仙峤同年，为查湘潭案奉制军委，与刘桐坡世叔同来，遂住桐翁屋中。桐翁未在家，桐府西栋新做过，顿殊旧观矣。到营盘街，张子晋往山东去，姨侄女泰官出见，生三子。长者已出考，惟家境清寒，问知乃翁周克生柩已到家，乃弟同母回，孤稚尤可悯也。至李季眉处，谢其日前着人到山，未得晤。雨来，赶出城。作家书一纸，送子敬处。见京钞，知淮南票盐已行有成效。吴甄甫中丞还顶戴，因海塘复堵合也。广西大获胜战，大有肃清之意。此次折差回，无家信。昨闻杏农说子愚病了一场，前家信中亦未提及，好生挂念。杨九兄、十兄傍晚来话。

初八日　（12月11日）半夜醒后不能复睡，起。晨静，午饭后入城，到子敬处，知石梧京报此次由黄黼卿寄来，故我家不知，而各处亦俱无信也。未刻，到李家，与西台及仲云兄弟话。写字一阵。往东院看水闲话。冒雨至子敬处晚饭，因子敬明日下乡去，去看地也。杏农夜来同坐。余饭后先出城，看画作字，亥刻方歇。

初九日　（12月12日）昨夜雨不甚住，甚念子敬。起，五更行也。晨静，蒋先和来话，午间，黄鹤汀同年来话。祁阳杨秀才来晤，客去，写大字。杨杏农来话，同晚饭，去。夜看《明史稿》，至亥正后歇。杨裕田兄弟约今日看山去，不果往。

初十日 （12月13日）阴雨竟日。晨静至午。午后入城，至湖北会馆剃发，颇冷。过黄南坡处话。黎越乔不在家。出城回寺，已暮。闻石梧昨日得幼子。

十一日 （12月14日）雨时时大，且风大作寒。子敬看山未回，真可念也。我捡得竟日静，看书写字俱多。竟日未来一客。夜冷，昨夜梦甚可蹰躇，然不似也。

十二日 （12月15日）雨住见晴。晨静，午间，张辅垣丈、贺笠云先后来，同吃点心。胡雪门来话，粤东、西俱无消息也。蒋先和来，说跳马涧南有一处山可看。子敬从山中来，即入城去。晚至石梧处饭，性农同坐，看颇佳。散后乘月同尧农到书院，并与湘桡话。归，复作字。睡时将子正矣。

十三日 （12月16日）晨、午俱静，略有阴雨耳。李世兄鹏来，说是李年伯焕然之子，殊似不甚安静者。师笙陔来，略见老态。未刻入城，看熊大兄隔食病，大有起色。竟日守着一棺油漆收拾，亦达观之至老。子敬处遇黎越乔来，一话去。与子敬同饭。

十四日 （12月17日）五鼓起，卯正天明即行。辰初大西门过河，辰正到望城坡尖，巳初到长善庵憩，巳正二刻到九子山叩墓后，看培沙工程，得四分矣。做工人六十四名为度，好在天气好也。商量种竹树。拆破屋一。饭后，午正行。申正一刻多到湖北会馆，与子敬同饭。唐印云同坐。

十五日　（12月18日）晨静，饭后，刘子衡携文字来，张星楼同年过话。子敬来商买木料事。午后写大字。十五弟绍桢字幹臣，从家乡来，将往新化学官王芷庭乃岳处去也，因以襆被来宿。余入城回拜师笙陔，至印云处饭。戌正出城，城门几闭，何其早也。归与十五弟话，至夜分睡。

十六日　（12月19日）晨静，出一文一诗题课十五弟。午间入城，回拜王象山丈恒。过熊大兄话，赠以药饵。过杨性农话，访贺仲肃不遇。出城回寺，晚与十五弟话及家乡诸事凋零，文风大颓，殊不可为怅也。子敬今日五鼓下乡去。灯下作书与王芷庭广文，十五弟之妇翁也。长沙、善化两大令来，余未归。

十七日　（12月20日）晨静。饭后，送十五弟行。邹叔稷来话，写字多。晡时入城，寻印云不值。至石梧处饭。仍过印云。遇左季高共谈。头鼓回寺。

十八日　（12月21日）五更起，黎明行，十里至石马铺，十里洞庭铺，候印云至，同行十里白

左宗棠，字季高，曾就读于城南书院，后成为湘军将领，治世能臣。

田铺尖，由左手小路行，过黄金岭，共约十五里，至黄谷境内，与子敬同看龚家山，徘徊久之，去。同向东南行，至青山塘，至印云家庄屋宿，屋左山势殊佳，同去一步，似有所得。晚餐田主甚殷勤，夜睡草床，暖甚。

十九日 （12月22日）天明，仍同看昨所步山，过岭，看后开嶂处，甚雄厚也。回至庄屋饭，饭后同行，约七八里，与子敬分路，已过关刀岭矣。共得廿里。至佛日寺，印云新改葬其祖母处，圆紧得势，久憩行。约十余里至跳马涧，吴家饭铺主人盛设，盖为印云也。子敬后来同宿。甜酒、腊肉俱佳，而屋壁有风，不如昨日之暖。

廿日 （12月23日）早仍饭于吴家，索其腊肉一方归。同人同行十五里至白田铺憩，回过石马铺后，余从雨花亭后分路，过金盆岭，至金盆寺中小憩。下坡，到杨裕田处话。铁星从它处归，乃翁邀看临江口生基，回，同酌。而福田十兄来，说城中喧传石梧放广西钦差，明日午刻行。子敬旋有人来，亦答知此事。回寺一转即入城。至石梧处，系十二日亥刻发廷寄，昨十九日亥刻到。林少穆丈行至潮州作古，石梧代之。周敬修署广西抚，未到任。劳九暂署。郑梦翁已褫职也。石梧谢折已发。余即出城回寺。周寿珊侄婿于十八日到此住下。

廿一日 （12月24日）晨静，课周婿一文一诗，颇肯用心。午初刻，李西台、季眉来，同至寺门外送乃兄石梧宫保行。余赠荔支一小匣，取利用行师也。
并信一纸。陈尧农亦同来送，殊惘惘，有别离意，兼念母
切也。杨性农来，同一茶。性翁复一话，余作书后入城。
至子敬处饭，剃发，为周家地事略有耑绪。

耑绪，即"端绪"。

廿二日　（12 月 25 日）仍课周婿作，竟日未出。罗
　　　　　一憨子来，昔年为我寻钱南园先生字颇多，
今殊希矣。晡时陈秉初、鲁连初同来，因留饭去。

钱沣，字东注，
号南园，云南昆
明人，曾任湖南
学政，清代著名
书法家。

廿三日　（12 月 26 日）晨静，饭后送周婿行，往湘
　　　　　潭去。天姿尚好，勉以勤学，似有感悟。午后，
子敬来话，说明日仍看山去。余未刻入城回拜善化易小坪
大令。到李家看年伯母，不免闷闷也。与西台一话。回拜
胡雪门不遇。至子敬处晚饭将毕，性农、西垣先后来谭。
余先出城回寺。陶云巢乃郎世楷来，知云巢兄廿八日别去，
初八日作古，一面千古，奇甚奇甚。难为怀也。赠《荣木
堂集》及腊鸡并手书，叹叹。尚是生前作，盖绝笔也。陈
鸿往九子山去，即回。

廿四日　（12 月 27 日）早送陶家内侄行。晨静，子
　　　　　敬早出，着人送来王而农先生遗书，叔稷带
到，王半溪所赠，求为书祠堂扁联也。即检理分卅四本，
又读《通鉴论事》，分七本。午后，陈门生逢恩来，李仲
云来话，见探报，知前月廿九向提督在粤西得大胜仗矣。
道此粤东无消息。未刻入城，回拜邹叔稷兄弟。陈如嵩铺
问先公行述版子，尚无恙，将刷印也。到北门晤郭粹安同

年，黄治堂同年处难寻，寻着又不遇。回拜长沙令王君葆生，至湖北馆候汪先生不至。出城时过印云不遇。今日冷甚，甚念子敬。

廿五日　（12 月 28 日）比昨不冷些，竟日静，未出。

午间杨福田同伊令表徐姓来，说东山有一地佳。李菊生同年来，山东即用，改教，新选永州教授也。昨日李淦家有平安信来，今着人送九子山去。子敬于头炮后回来，到寺即进城去。

廿六日　（12 月 29 日）天甚暖。饭后，蒋先和来，邹叔稷来。罗憨子送字画来看。张星楼来话。未正入城，到子敬处少憩。至理问街梁家书店，无可采，仍至湖北馆晚饭。曹西垣、张耦翁、李仲云先后来同坐，见京报。前月廿八日奉严旨：穆、耆两相均以前后误国，穆革职，耆降员外。新天子英断如此，真天下臣民之福也。惟折差回而无家信，徒深念念。

廿七日　（12 月 30 日）晨静。早饭后即入城，晤印云。

至子敬处，知地事均未有成局，年已近，止好从容，此心稍定。过李家，晤西台、季眉话，因至季眉处看字画。徐天池花卉五段极佳，查二瞻两山水幅迥异恒笔。钱南翁书幅有"酒倾百榼鸢肩客，醋设三杯羊鼻公"句，不知谁人绝句也。回至子敬处，一话出城。杨雨村、铁星兄弟来话。

廿八日 （12 月 31 日）晨静。午间子敬来话，有武陵人罗谦，字朗秋，刻印章来见，景暘垣门人也。江华王炳来四川，未入流，起复请咨过此，问知我郡情形安帖。客去，携两仆看白沙井，便游马氏园，云庄不在家，四郎少筠出见客。菊事已过，而景象转幽矣。一茶去。入城，至天心阁，登高眺远。湖光岳色俱至。至子敬处晚餐，刘霁南同坐，余先出城。

白沙井在长沙白沙街东隅，泉水从井底涌出，甘甜可口，四季不断。

廿九日 （1851 年 1 月 1 日）五鼓起，天明行。过河，略有风，大雾不解。至尖山下遇李淦回，说土工已毕，仍随余至九子山。叩墓后，周阅新工，略嫌板滞，此半月不来之过也。看明年春雨后何若耳。午餐后回，申正，至湖北馆，子敬未回。遇罗一憨子，缠了一顿。出过印云，不遇，即回寺。体中不甚适，晚饭后却好了。

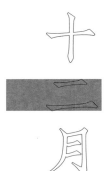

十二月

初一日 （1月2日）是何月也，怆甚怆甚。子敬来，同奠后，同饭。印云来，为我诊脉，无病何诊，且服厚朴一剂耳。未初入城，至李家，晤西台，就暖剃发。仲云归，见示钱对："书非药物能医俗，家近云山亦养年。"过黄南坡处，尝酒，说从江南新运来好酒，清而仍新，遂留晚饭，邀陶少云与子敬同坐。少云初得晤。陈尧农先去。饭罢后，王仲俶、郑莲舟来，余即出城。

初二日 （1月3日）风作，冷且阴，竟日未出。晨静，午间陶少云、邹叔绩及零陵赵尚兰来，住家省城矣。乃翁曾署道州游击，故话类吾州也。叔勣明日即行，就辰州府馆去。李季眉、张即山同来，看帖画，俱内行，不易得，因同饭，上灯后去。夜风更大，其作雪乎？

邹汉勋，字叔绩，湖南新化人。

初三日 （1月4日）晨静，阴冷，写字，看书，俱得味。子敬来话，同饭。甚冷。未刻，彭丽生同年申甫来，久话去。余旋入城。过介吾、印云处叩谢，为青山塘地事也。印云得晤，复同饭于子敬处。汪泳恬来共饭，冷，不免炙炭。戌初出城回寺。

初四日　（1月5日）晨霰颇大。饭后，唐介吾来，沈世兄其秀来，闻衣之孙，晓帆侄孙也。问知粤西信来，贼匪散而颇难收拾。客去，静甚。晚雪。

初五日　（1月6日）母丧周年矣。痛痛，日月如驰。子敬同祭后同饭，门人杨铁星来共饭。张即山来，杨裕田、福田两君来祭，彭世兄承恩来祭，棣楼乃郎也。今日雪大至数寸，南方所罕见。先公行述添数行，交陈如嵩去刻。竟日阴寒甚，昨日马云庄送腊梅二窠，香色俱不如京师，人功少耳。院后腊梅树颇大，而为山树所掩，郁不得舒，亦有数耶？

初六日　（1月7日）晨午静，积雪未化，冷甚。唐介吾、印云兄弟写青山塘契来，可感之至。申初入城谢客，到李家，与西台、仲云一话，上房中少坐，东水阁看雪。至子敬处晚饭，同坐者介吾、印云、西台、季眉也。余先出城，看书至子初寝。

初七日　（1月8日）晨静。午初后入城谢客，晤刘子衡、陈伯符兄弟。陶少云、张辅翁俱晤。哭熊荷亭大兄，回送陈秉初行，未遇，明日即北行矣。至子敬处少憩，作书复谢杨紫卿，交季眉处。旋到怡园，上东楼，极高敞，比午间上胡问鸥家楼尤有致也。今日西台、季眉同约在怡园饭，即山、印云同坐，子敬亦来。余先出城，又得紫卿书并板鸭、凉菽二事。灯下复作书谢之。竟日阴，雪化路湿。

初八日 （1月9日）晨静，蒋先和来同饭。饭后即同行，南去白田铺尖，未至跳马涧一二里，看一地石耀化气，略有意思，惟前面龙虎难揣度耳。绕山后看，甚好。至跳马涧廖家饭店宿，已上灯矣。夜眠冷。

初九日 （1月10日）早尖，菜丰，可愧。饭后，先和别去。余东行看所谓皇坟者，想系前代藩王遗墓，无形势可看。过关刀铺，有关庙，东北行至青山塘复看唐家山地，与彭姓茶憩即行。出唐家段水口，一敞平阳，真大开大合也。由青山塘行十五里至东思涧少憩。又十里至东山尖，饭铺荒陋甚。尖后行十余里，至李双圃丈葬处，哭拜之。石工先做齐全，棺阁土面，谓之"堆金葬"，殊无甚道理，不思葬者藏乎？与王姓一话，茶憩于庄屋而别。此地在阿弥岭下，十年前李老九曾导我来看者。又十里到浏阳门，至子敬处，适汪泳恬从乡间来，即同饭。余宿此。

初十日 （1月11日）五鼓起，天明同子敬行，出北门八里，至骆驼觜过河，又数里劳忉河，过河少憩。行过高岭尖，尖后行，约迂回将十里。同汪泳恬看袁家山，略可而无甚大局面，酌量久之，方行。与子敬过右手岭，看一地，甚合意。余先行回城，少憩，仍即出城，回寺，已上灯矣。饭后得子敬回城信，所说事未得即

劳忉河，即捞刀河，传说关羽青龙刀掉入此河，被周仓捞起，故名。

成，怅怅。竟夜不好睡。

十一日　（1 月 12 日）晨静，早饭后入城，到子敬处，
　　　　　　已着人到昨所看处，或可有成也。且剃发。
午正出，回拜谢客。左季高、易雨林处俱晤。春介轩廉访
处谢步，留札。至李家，与西台、仲云一话。回至湖北馆，
同曹西垣到间壁俞仁和栈，尝得好酒，同子敬回。西台叔
侄亦来，遂同酌。周莲臣来，为熊兄地事，一话去。余出
城，尚不迟。作家书一纸。看范书，至亥正睡。今日半阴
晴。又晤沈栗翁一话，话间遇王丽生，栗翁说是一谈学问
人，匆匆未及谈到。

十二日　（1 月 13 日）晨静。饭后，子敬信来，说即
　　　　　　下乡去。明日方回也。午后，步至湘桡处话，
见其次郎、三郎，知长郎皞臣尚未回。张六叔来话，留晚
饭。杨福田来，同坐。半阴晴，不大冷。亥初后睡。

十三日　（1 月 14 日）早发廿五次京信，不得家信者
　　　　　　六十日矣，徒增悬念。午间入城，晤印云，
到湖北馆。子敬未回，回拜齐明府不值。至李家，将京信
交仲云，说明日即可发。西台叔侄留饭，饭顷，知子敬回
来，即至湖北馆同饭。山事虽无成局，渐多端绪矣。

十四日　（1 月 15 日）晨静。午间，子敬来，杨福田
　　　　　　与铁星、蒋先和来，为要献地事。福田先去，
先和与子敬谈山，话后亦去。铁星久话，吃粥去。余写大

字一阵。晡时入城，至子敬处饭。龙湘桡同坐。出城尚早。看书，至亥正后方睡。今日从李家借到《青照堂丛书》。

十五日　（1月16日）五更雨，天明住，已而复雨，竟日未出。甚静。湘桡来便饭，子敬同坐。

十六日　（1月17日）阴雨未歇。晨静。饭后入城，先到子敬处，即回拜洪西堂、江大令承诰，补宁远令蒋维杨处话，索《倪鸿宝集》，未寻得。回至子敬处，知乡中客怕雨未来。出城回寺。

十七日　（1月18日）晨静。饭后入城，至子敬处久坐，遇黄南坡来话，尝酒二坛。到李家看花园，北方一带新屋曲折，敞朗有致也。至贺仲肃处看钱字对，久谈，仍回李家。晚餐后过子敬处，一话，归。雨声竟夜。

十八日　（1月19日）雨复竟日，却不大也。日渐觉长，计冬至到此日长四刻矣。山事未成，竟日未出。子敬亦不得来。复石梧亲家书，粤西事尚无头绪也。陈鸿于十六日得扬州信，其父病逝，初出门人即遇此变，可悯可悯。闻新行票盐日内可到。

十九日　（1月20日）早起入城，到子敬处，山事似有头绪，同饭后，余回寺，阴雨竟日，雨不大耳。今日屈家人同黄治堂在子敬处饭，议买山事。晚间子敬信来，说事成矣。

廿日 （1月21日）早入城，与子敬一话即归寺。

早饭，雨脚不住。未正入城，到李家话。旋到子敬处，写契人未散也，上灯后始竣事。屈家人与治堂俱冒雨去。余与子敬邀刘霁南、贺笠云、仲肃兄弟同酌，酒觉多矣。冒雨回寺。

廿一日 （1月22日）晨起稍迟，夜却好睡，亦太暖也。雨仍不住，午间，龙皥臣自京回来晤，余世兄肇锌来话。申正后入城，晤印云，方为新坟事与多事人淘气。长沙陋俗，于茔地最甚，凡有人买成片地，则必有人出来挑逗讹钱，即日内子敬买得袁家地，亦致动县差而多周折也。到子敬处。子敬它出，久始回，即同饭。

龙汝霖，字皥臣，湖南攸县人。

廿二日 （1月23日）雨住，而天未开，阴沉沉竟日，甚冷也。晨至金盆岭杨家裕田九兄冒寒同饭，而不适，先退。余与雨村、铁星兄弟话而别。泥路烂得不像，回寺，忽觉背寒，急令添盆炭。陈伯符来话，子敬来商量下乡事，如天未晴准何？李世兄世芭来啭，因问及星房兄弟及双丈、邵夫人光景。晚饭，忽添小半碗，为近日所稀，胸中久隔阂，其将开乎？黎越乔着人持书来，送蔬脯，即复谢。又作书与潘德畲，为会项事，由子敬专差去。

廿三日 （1月24日）晨静。饭后入城，与子敬一话，回拜余世兄、李世兄、诒斋。回至贺仲肃处话。过季眉不遇。王仲叔小瀛洲久坐，果佳境。新晴恰好，仲翁说惜前次大雪未来也。到李家，至上房，仍涉园。至子敬处饭，曹西垣同酌，今夜住此。

廿四日　（1 月 25 日）寅正三刻起，卯正行，天甫开明也。与子敬同出北门，至高岭尖，遂至回龙坡看所开平盘，妥当之至。旋至屈家山看土色，久之，竟未得佳土。刘霁南、黄治堂亦同来看，又至庄屋后，看形势极好，当有佳土。余一饭先回城，子敬与刘、黄两兄住下，细看山。余入城，已戌初。至仲肃处便饭。仍住湖北馆。小年夜，不得亲上供，甚怆怆也。夜暖，仍不甚适。

廿五日　（1 月 26 日）卯初起，卯正行。天阴，幸无雨耳。河西路泥甚，巳正二刻始到九子岭。祭墓后，看新卓土围已有被雨冲者，可叹也。西手田中大石今不得再敲，止少收谷一石耳。午正行，申正二刻到湖北馆。子敬已回，方与霁南、咏恬饭，知大局定在回龙坡矣。余至贺笠云处饭，戌正出城回寺。

廿六日　（1 月 27 日）大雨竟日，天气大暖，真春到矣。晨静。午刻，子敬来话，申初方去。晚至尧农处便饭，临时邀湘桡来同话，油菜苦，甚佳，又湖北菘佳。亥正回寺，雨未住也，且更大。钞《说文》起。

菘，古时对白菜一类蔬菜的统称。

廿七日　（1 月 28 日）虽天不晴而雨已住。晨午静，张蔗泉同年来，从常宁书记回家，言彼间有匪首，恐将不靖，殊可虑也。未正入城，过文光书店，段《说文》一部四千三百文，此书价真贱，而每年止销得

段玉裁为清代训诂学家，著有《说文解字注》。

三四部耳。至湖北馆剃发，子敬回，西台亦来同饭，看新到京钞，陶问云放衡州府，王荫芝升兴泉永道，上春考取军机章京未补人员，忽复引见，不得记名者五人，未解何意。袁午桥劾广西抚郑梦白丈疏稿甚厉，而石梧到粤即保留，梦翁平日精细认真，此番料理亦方得手，人才未可轻弃也。一劾一留，不审如何。

廿八日　（1月29日）雨住，且见日，其果晴乎。

晨静，午间季眉来话，久坐去。蒋先和来，新丁父忧，求助去。贺仲肃来看帖去。晡时入城，谢张蔗泉同年步。齐慎庵已得补宁乡部覆，前荐汪老七馆地，乃干修耳，令人愧愧也。先过龙湘桡话。晚同子敬到李年伯母处饭，园亭周历，西台、季眉同酌。出城尚早。夜雨。

廿九日　（1月30日）寅初二刻起行，到花桥天明，已廿里矣。又十五里朗陵尖，又十五里蚌塘叩奠伯父墓。又七里到老□坡叩英伯母墓，转身不二三里即浏阳大路，仍至朗陵尖。尖后过河，到寺将上灯耳。舆夫三人勇甚，雨脚不住而不片刻停，故得早回，葬略淹已如此。子敬今日到九子山叩墓，晚间送到十月十六、十二月初十两番京信，一切平安。子愚患耳聋已愈，前此却未闻。桂儿寄到文字，香儿、轺儿、钟曾均寄小诗来，家中都说我近发脚疾，真奇语，不审所自。

卅日　（1月31日）雨竟日未住，昨晚有常德兵来，住前殿，县中无办差人，致索水不得，颇嚷嚷，后安贴矣。晨静，饭后，铁星来话。未刻，子敬来。晚间同奠后同饭，即宿此。常德兵夜间已去，闻登舟矣。见京钞，陈颂南仍补御史，苏赓堂仍补给谏，林少翁谥文忠，特笔也。子愚信中称上每用一人，必从旁探问，左右大臣皆栗栗。夜雨且夹雪，不大住。

林则徐，字少穆，时人称"少翁"。